吳曉東

著

三〇年代的　中國現代派詩人

目錄

005　代序　心靈與藝術的母題

049　尺八的故事
079　「遼遠的國土的懷念者」
097　扇：中國現代派詩歌的藝術母題
127　戰爭年代的詩藝歷程

185　李金髮的詩學意義
199　二十世紀的詩心：林庚
207　出世情調和彼岸色彩：廢名的詩境
215　場域視野中的曹葆華

221　西部邊疆史地想像中的「異托邦」世界
　　　——解讀孫毓棠的〈河〉
239　中國詩人的江南想像
247　「中國人從貓的眼睛裡看時間」

253   詩人之死

259   永遠的絕響

271   燕園詩蹤

287   後記　詩心接千載

代序　心靈與藝術的母題

　　在我心目中，二十世紀三〇年代以戴望舒、卞之琳、何其芳為代表的「現代派」詩人群在中國現代詩歌史是具有相對成熟的詩藝追求的派別，成熟的原因之一體現在詩歌意象世界與作家心理內容的高度吻合，以及幻想性的藝術形式與渴望烏托邦樂園的普遍觀念之間的深切契合，最終生成為一些具有原型意味的藝術模式和藝術母題。

　　這也就給我們提供了一種視角，可以通過藝術母題的方式考察一個派別或者群體的共同體特徵，考察他們之間具有共通性的藝術形態、文學思維乃至價值體系。本文即試圖重新回到現代派詩人群的藝術世界，捕捉詩人們的具有普遍意義的審美心理是怎樣具體轉化為詩歌形式的。

　　對中國的這批唯美而自戀的現代派詩人的自我形象的塑造而言，古希臘神話中的水仙花之神納蕤思具有特殊的意義。中國的現代派詩人正是在臨水自鑒的納蕤思的身上為自己找到了原型形象。

納蕤思的神話：詩的自傳

　　法國蒙彼利埃（Montpellier）的一個植物園中，有一座柏樹環繞的墳墓，鐫刻著這樣的銘詞：「以安水仙之幽靈。」墓中埋葬的是十八世紀英國詩人容格的女兒那耳喀莎（Narcissa）。這個名字很容易使人聯想到希臘神話中的水仙之神納蕤思（Narcissus）[1]，銘詞中的「水仙」字樣也正由此而來。

　　1890年12月，有兩位法國青年長久佇立在這座墳墓前，被銘詞激起了無窮的遐想[2]。第二年，這兩位青年分別發表了詩歌〈水仙辭〉以及詩化散文〈納蕤思解說 ── 象徵論〉，瓦雷里（Paul Valéry, 1871-1945）和紀德（André Gide, 1869-1951）的名字也從此逐漸蜚聲法國以及世界文壇。而〈水仙辭〉以及〈納蕤思解說 ── 象徵論〉，則使希臘神話中這一水仙花之神在象徵主義語境中被瓦雷里描述為一種「需加解釋和說明的詩的自傳」[3]，成為象徵主義詩學的重要資源。隨著紀德聲名日隆，他的「解說」逐漸演變為代表紀

1　Narcissus 有多種漢譯，如納喀索斯、那耳喀索斯、納西塞斯、納西斯等。本文採用卞之琳在三○年代的譯法。

2　參見克洛德・馬丹著，李建森譯：《紀德》，頁82，北京：三聯書店，1992年。

3　轉引自馬立安・高利克著，伍曉明、張文定譯：《中西文學關係的里程碑（1898-1979）》，頁204，北京：北京大學出版社，1990年。

德早期藝術觀的「納蕤思主義」，而瓦雷里在 1922 年問世的
〈水仙的斷片〉中也再度思考納蕤思主題，水仙之神最終成
為「詩人對其自我之沉思」的象徵。

　　當兩位文學大師流連於關於納蕤思的想像的時候，他們
恐怕很難料到這一經由他們再度闡釋的神話原型，會在幾十
年後構成了遙遠的東方國度中一代青年詩人自我形象的忠實
寫照。

　　〈水仙辭〉在問世近四十年後由梁宗岱譯介到中國文
壇[4]。二十世紀二〇年代末，梁宗岱在為〈水仙辭〉所作注
釋中這樣敘述納蕤思的神話本事：

　　　　水仙，原名納耳斯梭，希臘神話中之絕世美少年
　　也。山林女神皆鍾愛之，不為動。回聲戀之猶篤，誘之
　　不遂而死。誕生時，神人嘗預告其父母曰：「毋使自
　　鑒，違則不壽也。」因盡藏家中鏡，使弗能自照。一
　　日，遊獵歸，途憩清泉畔。泉水瑩靜。兩岸花葉，無不
　　澄然映現泉心，色澤分明。水仙俯身欲飲。忽睹水中麗
　　影，綽約嬋娟，凝視不忍去。已而暮色蒼茫，昏黃中，
　　兩頰紅花，與幻影同時寢滅，心靈俱枯，遂鬱鬱而逝。
　　及眾女神到水邊苦尋其屍，則僅見大黃白花一朵，清瓣

4　梁宗岱譯〈水仙辭〉最初發表於《小說月報》1929 年 1 月 10 日
　　第 20 卷第 1 期，後又在《小說月報》1931 年 1 月 10 日第 22 卷
　　第 1 期再度發表。

紛披，掩映泉心。後人因名其花曰水仙云。[5]

　　梁宗岱用華麗的文筆描述了納蕤思臨水自鑒，心靈俱枯，鬱鬱而死的形象。這一形象本身具有的幻美色彩是近世歐洲詩人經常掇拾起納蕤思母題的重要原因，馮至在 1935 年寫作的散文〈兩句詩〉中即曾指出「近代歐洲的詩人裡，有好幾個人不約而同地歌詠古希臘的 Narcissus，一個青年在水邊是怎樣顧盼水裡的他自己的反影」[6]。馬立安・高利克也稱瓦雷里的〈水仙辭〉「描述的自戀主題取材於奧維德《變形記》中關於那耳喀索斯和神女厄科的一段」[7]。「這則故事從歐維德（Ovide）以後就屢被演述」[8]，從而使納蕤思這一神話人物構成了近現代西方文化史上一個重要的心理原型形象。瓦雷里就一直沒有擺脫納蕤思的原型對他的誘惑。如果說 1891 年的〈水仙辭〉塑造的是一個唯美的水仙形象，具有「慘淡的詩情，淒美的詩句，哀怨而柔曼如阿卡狄底〈秋郊〉中一縷孤零的簫聲般的詩韻」[9]，那麼 1922 年的〈水仙

5　　這是梁宗岱 1927 年初夏所做的注釋，參見梁宗岱：〈譯者附識〉，《水仙辭》，上海中華書局，1931 年。

6　　馮至：《山水》，頁 19，石家莊：河北教育出版社，1994 年。

7　　馬立安・高利克著，伍曉明、張文定譯：《中西文學關係的里程碑（1898-1979）》，頁 203，北京：北京大學出版社，1990 年。

8　　Sabine Melchior-Bonnet 著，余淑娟譯：《鏡子》，頁 142，台北：藍鯨出版有限公司，2002 年。

9　　梁宗岱：《詩與真・詩與真二集》，頁 13，北京：外國文學出版社，1984 年。

的斷片〉則超越了少年時的唯美色彩和淒怨的詩情而臻於一
個更沉潛的冥思境界，從而成為「寓詩人對其自我之沉思，
及其意想中之創造之吟詠」[10]：

當他向著這林陰紛披的水濱走近……
從頂，空氣已停止它清白的侵凌；
泉聲忽然轉了，它和我絮語黃昏。
無邊的靜傾聽著我，我向希望傾聽；
傾聽著夜草在聖潔的影裡潛生。
宿幻的霽月又高擎她黝古的明鏡
照澈那黯淡無光的清泉的幽隱……
照澈我不敢洞悉的難測的幽隱，
以至照澈那自戀的繾綣的病魂。[11]

　　詩中的納蕤思作為一個傾聽者，在高擎的霽月的照徹下
沉潛於「難測的幽隱」，體悟到的是一種「真寂的境界」。
梁宗岱在 1927 年致瓦雷里的一封信中這樣闡釋瓦雷里的新境
界：「在這恍惚非意識，近於空虛的境界，在這『聖靈的隱
潛』裡，我們消失而且和萬化冥合了。我們在宇宙裡，宇宙

10　梁宗岱：《梁宗岱譯詩集》，頁 73，長沙：湖南人民出版社，
　　1983 年。
11　梁宗岱：《梁宗岱譯詩集》，頁 60，長沙：湖南人民出版社，
　　1983 年。

也在我們裡：宇宙和我們的自我只合成一體。這樣，當水仙凝望他水中的秀顏，正形神兩忘時，黑夜倏臨，影像隱滅了，天上的明星卻一一燃起來，投影波心，照徹那黯淡無光的清泉。炫耀或迷惑於這光明的宇宙之驟現，他想像這千萬的熒熒群生只是他的自我化身⋯⋯」[12] 從這個意義上說，納蕤思形象中的自戀因素弱化了，「新世紀一個理智的水仙」[13] 誕生了。這是一個沉思型的納蕤思，凝神靜觀，與萬物冥合。而這個沉潛的納蕤思正是瓦雷里為自己擬設的形象，借此，瓦雷里試圖滌除象徵主義所固有的世紀末頹廢主義情緒，把詩歌引向了一個更純粹的沉思的境界。恰如梁宗岱評價的那樣：

> 他底生命是極端內傾的，他底活動是隱潛的。他一往凝神默想，像古代先知一樣，置身靈魂底深淵作無底的探求。人生悲喜，雖也在他底靈台上奏演；宇宙萬象，雖也在他底心鏡上輪流映照；可是這只足以助他參悟生之祕奧，而不足以迷惑他對於真之追尋，他底痛楚，是在煙波浩渺中摸索時的恐懼與彷徨；他底欣悅，

12　梁宗岱：《梁宗岱譯詩集》，頁 73，長沙：湖南人民出版社，1983 年。

13　梁宗岱：《梁宗岱譯詩集》，頁 72，長沙：湖南人民出版社，1983 年。

是忽然發見佳木蔥蘢，奇獸繁殖的靈嶼時恬靜的微笑。[14]

正是這種內傾的生命與隱潛的冥想使瓦雷里再造了納蕤思的形象。瓦雷里執迷水仙之神的過程，正是其自身詩藝歷程的一個形象的表徵。

梁宗岱的譯介帶給中國詩壇對瓦雷里的最初的了解。二〇年代末，梁宗岱在翻譯〈水仙辭〉和〈水仙的斷片〉的同時，還寫了一篇極富才情的〈保羅梵樂希先生〉，連同瓦雷里的〈水仙辭〉一起刊於《小說月報》1929 年第 20 卷第 1 期，1931 年由上海中華書局出了單行本，並在 1933 年出了第二版。三〇年代梁宗岱譯介了瓦雷里的〈歌德論〉、〈法譯「陶潛詩選」序〉以及〈「骰子底一擲」〉等幾篇文章，創作了論文〈歌德與梵樂希〉[15]。中國文壇對瓦雷里的譯介，梁宗岱堪稱功不可沒。瓦雷里也從此深刻影響了中國詩壇崛起於三〇年代的現代派詩人群，如卞之琳在反思二〇年代中國文壇以李金髮為代表的初期象徵派時所說：「他們炫奇立異而作賤中國語言的純正規範或平庸乏味而堆砌迷離恍惚的感傷濫調，甚少給我真正翻新的印象，直到從《小說月報》上讀了梁宗岱翻譯的梵樂希（瓦雷里）〈水仙辭〉以及介紹瓦

14　梁宗岱：〈保羅梵樂希先生〉，《詩與真・詩與真二集》，頁7，
　　北京：外國文學出版社，1984 年。

15　上述論文均收入梁宗岱：《詩與真・詩與真二集》，北京：外國
　　文學出版社，1984 年。

雷里的文章（〈梵樂希先生〉）才感到耳目一新。」並認為
梁宗岱在三○年代關於瓦雷里的「譯述論評無形中配合了戴
望舒二三○年代已屆成熟時期的一些詩創作實驗，共為中國
新詩通向現代化的正道推進了一步」[16]。高利克也稱「對何其
芳早期創作發展有決定性影響的是梁宗岱的〈保羅梵樂希評
傳〉（即〈保羅梵樂希先生〉——引按）一文……瓦雷里一
度成為何其芳的偶像和他進一步研究法國以及隨後的英國象
徵主義的跳板。梁宗岱文中所論及的其人其詩，是何其芳詩
歌創作和文學生涯一定的原動力」[17]。由瓦雷里重新塑造的納
蕤思的原型也構成了對現代派詩人年輕心靈的持久誘惑。

　　1930年，留學法國里昂大學的中國年輕的學者張若名
（1902-1958）以她的專著《紀德的態度》獲得了博士學位，
這部學位論文獲得了紀德本人的青睞。在給張若名的信中，
紀德聲稱「我確信自己從來沒有被別人這樣透徹地理解
過」。《紀德的態度》曾分別於1930年以及1931年在里昂
和北平公開出版，書中設專章探討了紀德的「納蕤思主
義」。這大約是中國文壇最早對紀德以及他所闡發的納蕤思
形象的系統研究。

　　而執著於向中國讀者介紹紀德者首推卞之琳。從三○年

16　卞之琳：〈人事固多乖：紀念梁宗岱〉，《新文學史料》第1期，
　　1990年。
17　馬立安・高利克著，伍曉明、張文定譯：《中西文學關係的里程
　　碑（1898-1979）》，頁203，北京：北京大學出版社，1990年。

代初直至四〇年代，他先後翻譯了紀德的《浪子回家集》、《贗幣製造者》、《贗幣製造者寫作日記》、《窄門》、《新的糧食》等作品。其中，作為《浪子回家集》首篇的〈納蕤思解說〉曾經在1936年的《文季月刊》上全文刊載。紀德筆下這一水仙之神納蕤思的形象也終於登上了中國文壇。

　　納蕤思的形象在紀德的這篇〈納蕤思解說〉中被賦予了更豐富的涵義。儘管納蕤思的故事在西方文學史中屢被講述，但紀德仍然感到有必要「重新講」。紀德因此在〈納蕤思解說〉中重新建構了納蕤思的神話。或許可以說，在西方近現代文學史中，沒有其他人能夠比紀德從納蕤思的原型中提煉和生發出更多的層次的意蘊。紀德在開篇設計的納蕤思是一個探求自我靈魂的形象。「他想知道究竟自己的靈魂具何種形體」，呼喚一面鏡子卻無從獲得，於是來到了河邊，並從溪水中第一次看見了自己的影像，從此便沉湎其中而流連忘返。

　　但這個自戀的納蕤思的形象其實只是紀德重構納蕤思的出發點。首先，如同瓦雷里詩中的水仙之神，紀德也把納蕤思進一步塑造成一個孤寂的靜思者的形象。納蕤思對於自己水中的形象，只能遠觀而獲得，他無法真正擁有它，「一個占有它的動作會把它攪破」。換句話說，當納蕤思試圖求得與水中影像的完全同一，俯身去吻自己的倒影時，水中的幻象就會破碎。只有與水面保持距離，納蕤思才能完整地獲得自己的倒影。於是，放棄行動，耽於靜觀，沉迷於「對於自

我的默契與端詳」，構成了納蕤思性格的基本特徵。正如張若名解釋的那樣：

> 僅僅當我們完全放棄行動，而後放棄了解之時，當我們不拒絕與世界密切的交融，也無任何倉促的行動干擾這種交融之時，只有在這個時候，我們的小我才似乎與世界交合了。我們一下子就會發現世界在我們身內，我們的小我在世界之中。它們會顯出同一形象，產生同一共鳴。在這極少出現的瞬間，我們實現了宇宙間的相互感應。[18]

放棄行動甚至放棄對世界的了解，構成的是和宇宙相互感應的前提。納蕤思的臨水自鑒，獲得的正是這「極少出現的瞬間」，只有拒絕對世界的自我擴張意義上的占有，才可能更親切地體驗到與世界的交融。

其次，紀德試圖賦予自己筆下的納蕤思以沉思樂園的稟性。納蕤思企望回返人類已經失去的伊甸園。這一樂園曾經在上帝初創亞當的時候完整地存在過。那是一個「純潔的伊甸！『觀念』的花園」[19]，但由於亞當「不安於坐觀，想參加大觀，證見自己，一動就破壞了和諧，失去了樂園，撩起

18　張若名：《紀德的態度》，頁39-40，北京：三聯書店，1994年。
19　紀德：〈納蕤思解說〉，《文季月刊》第1卷第1期，1936年。

了時間，於是人類和一切都努力想恢復完整，恢復樂園」[20]。
然而，失去的「純潔的伊甸」畢竟永遠失落了，納蕤思只能
「向一個樂園的結晶的已失的原形努力突進」[21]，「在現實
的波浪之下辨認此後即藏在那裡的樂園的原型」。由此，納
蕤思臨流自鑒所追尋的，既是自我的影像，也是理想的樂
園。主體對自我認同的尋求一開始就與雅克・拉康（J. Lac-
an）所闡釋的「他者」緊密關聯，只不過這個「他者」既是
自己水中的倒影，又是作為烏托邦象徵的樂園。

　　然而，正像納蕤思自己的影像是虛幻的一樣，他所追尋
的樂園，同樣是幻象的存在，樂園只不過是一個象徵圖式。
但恰在象徵的意義上，納蕤思的形象構成了對藝術家的一個
完美的隱喻。紀德所勾畫的樂園，在本質上類似於柏拉圖的
觀念世界，是一個在現實中無法企及的理想國的象徵。而藝
術的本質正在於通過象徵方式去間接傳達這個觀念的世界，
正像納蕤思從溪水中去獲得自我的幻象的顯現和完整一樣。
「詩人的職分」也由此轉化為透過形象世界去「重新獲得那
種早已經失去了的原始形式，那種樂園般透明的形式」，去
重新揭破關於樂園的祕密。這仍然要求詩人採取納蕤思般的
孤寂內省的姿態：

20　卞之琳：〈安德雷・紀德的《浪子回家集》──譯者序〉，《滄
　　桑集》，頁 148，南京：江蘇人民出版社，1982 年。

21　紀德：〈納蕤思解說〉，《文季月刊》第 1 卷第 1 期，1936 年。

一旦時間停止運行，一旦沉寂出現，藝術家就預感
到祕密不久即會自洩，他會把握住「自身存在所具有的
那種內在和諧的數」，並且獲得對世界的完整視覺。這
種視覺及和諧的數通過一種絕對的形式體現出來，藝術
家最終就會得到樂園般晶明的美。[22]

既然如此，藝術家的職分就獲得了某種轉化，從對樂園
的嚮往與追尋轉化為對樂園的顯現形式的沉思與捕捉。這正
是紀德的〈納蕤思解說〉最終所獲得的結論。

與紀德的上述理念相似，瓦雷里選擇納蕤思主題的真正
意圖是把它看作某種「需加解釋和說明的詩的自傳」，瓦雷
里更看重的是納蕤思主題中蘊含著的關於詩人以及關於詩的
真諦。

的確，納蕤思之所以成為象徵主義詩人很容易認同的原
型，正是因為他的身上稟賦著使詩人為之傾倒的特徵：孤獨
的自戀，內傾與沉想，以心靈去傾聽，在放棄行動的同時獲
得靈魂的更大的自由，從而在心靈深處洞悉「一個幽邃無垠
的太空，一個無盡藏的寶庫」。因而在納蕤思臨水自鑒的姿
態中隱含著沉思型詩人的諸多心靈的母題。它要求詩人擺脫
對感官世界的沉迷，去把握內心世界的律動並與超越的未知
域契合。這正是法國象徵主義詩人的藝術軌跡。無論是波德

22　張若名：《紀德的態度》，頁 39，北京：三聯書店，1994 年。

萊爾對「幽昧而深邃的統一體」的執著，韓波對「未知」的
通靈的追求，還是馬拉美對「重歸天宇的靈感」的表述，都
使象徵派詩人走上了以心靈的自省的方式臻於超驗本體的道
路。作為法國象徵派傳統的承繼者，瓦雷里與紀德進一步締
造著沉思者詩人的形象。他們是心靈世界的立法者，力圖以
純潔的納蕤思式的幻想「把握感官世界之外的現實」，不妨
說，在納蕤思的主題中，正體現著以沉思的心靈去領悟世界
的方式。這構成了納蕤思母題的一個重要的方面。

　　作為「詩的自傳」，納蕤思的沉思冥想之中還關涉著詩
歌的藝術母題內容。這或許是納蕤思身上更令象徵派詩人感
興趣的部分。

　　納蕤思形象所蘊含的藝術母題顯然更受紀德青睞。納蕤
思的渴想樂園，是企圖「重新獲得那種早已失去的原始形
式，那種樂園般晶明的形式」。因而，納蕤思對樂園的探
尋，其實正是對重現樂園的一種完美形式的尋找。象徵派詩
人核心的努力，是企望用「確定的東西再現難以理解的東
西」[23]，只有找到了這「確定的東西」──詩歌的藝術形式，
才能使難以確定的觀念轉化為藝術的結晶，只有當詩人們成
功地鑄造了完美的藝術結晶的時候，觀念的樂園才能真正獲
得表達。創造一種完美的形式由此構成了詩人更重要的使命。

　　「波德萊爾說：藝術家的生活，像對著鏡子一樣，時時

23　張若名：《紀德的態度》，頁 52，北京：三聯書店，1994 年。

刻刻，他要監視自己的生活，是否合乎藝術。而紀德在青年時代，就常常對著鏡子，一面想像他未來的藝術應該是怎樣的風格。」[24] 對鏡的紀德與臨水的納蕤思有一種同一性，他們都是藝術的觀照者，由此我們可以說，紀德對納蕤思主題的選擇並不是出於一時的靈思妙想，他是把自己的形象投射到納蕤思身上，並從中使自己的藝術觀獲得了表達。紀德把藝術理解為「造鏡術」，透過一面面鏡子，他諦視自己年輕的心靈，同時也諦視使心靈賦形的精緻而完美的藝術形式。他寂寞地注視著自己富於幻想的不定型的內心形象如何逐漸轉化為一種符號形象，〈納蕤思解說〉正是在這種對鏡的過程中脫穎而出。

紀德對納蕤思形象的重塑已生成為評論界所謂的「納蕤思主義」，從而使納蕤思的形象攜上了某種具有普適性的藝術價值。它蘊含著藝術創作的深刻本質，即藝術家如何使心靈的觀照與藝術的觀照合而為一。在瓦雷里和紀德這裡，心靈的主題和藝術的主題並不是截然兩分的，它們雖然可以離析為兩個層面，但卻有其內在的統一。這又使人想起雅克‧拉康。拉康的理論貢獻，「在於使我們在一個符號秩序的網絡中重新認識『主體的真理』」[25]，這啟示我們重新觀照納

---

24 張若名：〈漫談小說的創作〉，《文藝先鋒》第 12 卷第 2 期，1948 年。

25 張旭東：〈幻想的秩序——作為批評理論的拉康主義〉，《批評的蹤跡》，頁 31，北京：三聯書店，2003 年。

蕤思身上所昭示的心靈的與藝術的這雙重主題：主體心靈借助鏡像符號得以彰顯，鏡像化藝術形式也同時以洞見「主體的真理」為其鵠的。可以說，這是形式化了內容與有意味的形式的統一，正如納蕤思在臨水的過程中同時洞見了自己的靈魂以及自己水中的影像形式一樣。

法國作家莫洛亞曾經這樣評價紀德：「他只想做一個藝術家，也就是以向思想提供一個完美形式為唯一職業的人。」[26] 紀德和瓦雷里所闡釋的納蕤思形象，正是這樣一種「以向思想提供一個完美形式為唯一職業的人」。納蕤思母題中，因此既包含了詩人對自我的認知過程，又包含了自我呈現的具體化的模式，就像一面鏡子既是實體又是形式一樣，從中有可能啟示我們創造一種描述方法，尋找到一種詩人的內心世界與其創造的文本符號形式的對應方式，從而把「主體的真理」外化為可以在詩歌的意象和結構層面直觀把握到的內容。而通過對其鏡像結構的揭示，我們有可能捕捉到詩人的自我與主體究竟是如何符碼化的具體歷程，從而尋找到一種把「主體的真理」與形式詩學相結合的有效途徑。從納蕤思臨水自鑒的姿態中洞察心靈與藝術的雙重主題，這正是瓦雷里借助納蕤思的主題企望加以說明的「詩的自傳」所蘊含的富有深長意味的啟示。

26　莫洛亞著，袁樹仁譯：《從普魯斯特到薩特》，頁 126，桂林：灕江出版社，1987 年。

多年以後，納蕤思作為「詩的自傳」的形象，也出現在愛爾蘭詩人謝默斯·希尼（Seamus Heaney, 1939-2013）的〈個人的詩泉〉一詩中：

童年時，他們沒能把我從井邊，
從掛著水桶和揚水器的老水泵趕開。
我愛那漆黑的井口，被框住了的天，
那水草、真菌、濕青苔的氣味。

爛了的木板蓋住製磚牆裡那口井，
我玩味過水桶順繩子直墜時
發出的響亮的撲通聲。
井深得很，你看不到自己的影子。

乾石溝下的那口淺井，
繁殖得就像一個養魚缸；
從柔軟的覆蓋物抽出長根，
閃過井底是一張白臉龐。
有些井發出回聲，用純潔的新樂音
應對你的呼聲。有一口頗嚇人；
從蕨叢和高大的毛地黃間跳出身，
一隻老鼠啪一聲掠過我的面影。

> 去撥弄汙泥，去窺測根子，
>
> 去凝視泉水中的那喀索斯，他有雙大眼睛，
>
> 都有傷成年人的自尊。我寫詩
>
> 是為了認識自己，使黑暗發出回音。[27]

這是一個有雙令成年人感到有傷自尊的「大眼睛」的天真明朗的少年納蕤思，喜歡從「漆黑的井口」向裡窺探凝視泉水，「泉水中的那喀索斯」正是童年之「我」的鏡像。「我寫詩，／是為了認識自己，使黑暗發出回音。」結尾的這一句從內涵上看，同樣涉及了少年成長中自我認同和自我認知的問題，同時，作為一個「寫詩」的納蕤思，也同樣延續了瓦雷里關於「詩的自傳」的解說。

臨水的沉思者

當年讀何其芳寫於 1931 年具有幻美色彩的成名作〈預言〉，曾經魅惑於詩中那個「如預言中所說的無語而來，無語而去」的「年輕的神」的形象。直到很晚，才知曉這個「年輕的神」正是受納蕤思的啟迪而生：

這一個心跳的日子終於來臨！

27　袁可嘉譯：《駛向拜占庭》（中國翻譯名家自選集・袁可嘉卷），頁 232-233，北京：中國工人出版社，1995 年。

你夜的嘆息似的漸近的足音
我聽得清不是林葉和夜風私語，
麋鹿馳過苔徑的細碎的蹄聲！
告訴我，用你銀鈴的歌聲告訴我，
你是不是預言中的年輕的神？

你一定來自那溫郁的南方
告訴我那裡的月色，那兒的日光！
告訴我春風是怎樣吹開百花，
燕子是怎樣痴戀著綠楊。
我將闔眼睡在你如夢的歌聲裡，
那溫暖我似乎記得，又似乎遺忘。

請停下，停下你疲勞的奔波，
進來，這兒有虎皮的褥你坐！
讓我燒起每一個秋天拾來的落葉，
聽我低低地唱起我自己的歌。
那歌聲將火光一樣沉鬱又高揚，
火光一樣將我的一生訴說。

不要前行！前面是無邊的森林，
古老的樹現著野獸身上的斑紋，
半生半死的藤蟒一樣交纏著，

密葉裡漏不下一顆星星。
你將怯怯地不敢放下第二步，
當你聽見了第一步空寥的回聲。

一定要走嗎？請等我和你同行！
我的腳知道每一條平安的路徑，
我可以不停地唱著忘倦的歌，
再給你，再給你手的溫存。
當夜的濃黑遮斷了我們，
你可以不轉眼地望著我的眼睛。

我激動的歌聲你竟不聽，
你的腳竟不為我的顫抖暫停！
像靜穆的微風飄過這黃昏裡，
消失了，消失了你驕傲的足音！
呵，你終於如預言中所說的無語而來，
無語而去了嗎，年輕的神？

　　何其芳在這首成名作中化用了納蕤思與回聲女神厄科
（echo）的故事。厄科愛上了納蕤思，卻得不到他的回報，
因而傷心憔悴得只剩下了聲音，但又無法首先開始說話，只
能重複別人的話語，故稱「厄科（回聲echo）」。〈預言〉
在設計和構思上出人意表之處正在於選擇了女神厄科作為抒

情主人公「我」，整首詩便是模仿厄科的口吻的傾訴[28]。何
其芳曾這樣談及〈預言〉中故事原型形象的設定：

> 我給自己編成了一個故事。我想像在一個沒有人跡
> 的荒山深林中有一所茅舍，住著一位因為干犯神的法律
> 而被貶謫的仙女；當她離開天國時預言之神向她說，若
> 干年後一位年青的神要從她茅舍前的小徑上走過，假若
> 她能用蠱惑的歌聲留下了他，她就可以得救；若干年過
> 去了，一個黃昏，她憑倚在窗前，第一次聽見了使她顫
> 悸的腳步聲，使她激動的發出了歌唱。但那驕傲的腳步
> 聲踟躕了一會兒便向前響去，消失在黑暗裡了。[29]

「消失在黑暗裡」的「驕傲的腳步聲」反映了納蕤思義
無反顧的棄絕。這種「無語而來，無語而去」的決絕使納蕤
思的形象在何其芳的詩中多少顯得有些蒼白。而詩歌真正動
人之處其實是「我」（厄科）對「年青的神」（納蕤思）的
無望的愛情，抒情主人公感情熾烈而深沉，傾述的調子有一
唱三嘆之感，最終給人以無限悵惘的命運感。即使我們不了
解詩中隱含的神話故事原型，也會為「我」的熱烈而無奈的
歌吟而感動。而何其芳的自我形象，則是那個「年青的神」

28　參閱馬立安・高利克：《中西文學關係的里程碑》，頁204-206。
29　何其芳：〈遲暮的花〉（《浮世繪》之三），《文季月刊》第1
　　卷第3期，1936年。

納蕤思，抒情主人公「我」的仰慕和愛戀凸現了「年青的神」的孤高與驕傲。這種孤傲對於青春期的詩人來說，正是納蕤思般的自戀情結的表徵。

〈預言〉在何其芳的成長過程中有發生學的意義，以至於他一再談及這首詩的創作經過，譬如何其芳在 1933 年創作的一齣劇本《夏夜》，即可以與〈預言〉互證。《夏夜》裡的男女主人公是即將離開北方某城的中學教師齊辛生與愛戀著他的女教師狄珏如，狄珏如念起〈預言〉一詩的開頭兩段，向齊辛生發問：「這就是你那時的夢吧。」

齊　（被感動的聲音）那也是一個黃昏，我在夏夜的樹林裡散步，偶然想寫那樣一首詩。那時我才十九歲，真是一個可笑的年齡。

狄　你為什麼要讓那「年青的神」無語走過。不被歌聲留下呢？

齊　我是想使他成一個「年青的神」。

狄　「年青的神」不失悔嗎？

齊　失悔是更美麗的，更溫柔的，比較被留下。

狄　假若被留下呢？

齊　被留下就會感到被留下的悲哀。

狄　你曾裝扮過一個「年青的神」嗎？

齊　裝扮過。但完全失敗。[30]

　　劇中的齊辛生可以看作是何其芳自己的化身。他所裝扮過的「年青的神」，也正是〈預言〉中的納蕤思。這也足以證明水仙花之神一般的孤高自許曾經在相當長的一段時間裡支撐著青春期的何其芳。

　　如同青年時代的瓦雷里和紀德一樣，何其芳也在納蕤思的原型身上找到了自我的影像。沉迷於晚唐五代「那些精緻的冶豔的詩詞，蠱惑於那種憔悴的紅顏上的嫵媚，又在幾位班納斯派以後的法蘭西詩人的篇什中找到了一種同樣的迷醉」[31] 的何其芳，其詩作具有明顯的唯美主義色彩，有精緻、嫵媚、淒清的美感。這一切，與他自我設定的納蕤思的形象大有關係。

　　何其芳的代表性和典型性在於，他的身上所凝聚的納蕤思式的氣質，也構成著一代青年詩人的縮影。臨水自鑒的納蕤思形象也歷史性地構成了以戴望舒、卞之琳、何其芳等為代表的「現代派」詩人群的一個象徵性原型。這一年輕詩人群體呈現出了與納蕤思母題原型驚人的相似：其自戀的心態，沉凝的思索，深刻的孤獨感，對外部世界的拒斥與疏

30　何其芳、李廣田著：《黃昏》，頁 24，香港：文學出版社，1957 年。

31　何其芳：〈夢中道路〉，《何其芳文集》第二卷，頁 65，北京：人民文學出版社，1982 年。

離，對完美的詩歌形式的執迷與探索，對與紀德筆下的「樂園」等值的「遼遠的國土」的渴念與追尋……都使他們尋找到了與納蕤思原型的鏡像般的認同。現代派詩人的筆下由此也集中出現了臨水與對鏡的姿態，甚至直接把自我擬想為納蕤思的形象，進而在詩歌文本中結構了一種鏡像化的擬喻形式，創建了一個以鏡子為核心的完美的意象體系，最終生成了一種精神分析學意義上的幻美主體與鏡像自我。

何其芳所隸屬的年輕的現代派詩人群是在五四退潮、大革命失敗的社會歷史背景下登上文壇的。面對三〇年代的階級對壘和陣營分化，現代派詩人大多沒有隸屬於哪個政治群體，堪稱是國共兩黨權力中心之外的邊緣人。同時他們大都是從鄉間漂泊到都市，感受著傳統和現代文明的雙重擠壓，因此又是一批鄉土與都市、傳統與現代夾縫中的邊緣人。這一切，使他們與現實社會之間形成了一種疏離感，詩中因此普遍存在著感傷與寂寞的世紀末情緒。孤獨與自戀的心態，對自我的回歸與確證，走向內心和情感世界去追尋和體驗個體生命……成為現代派詩歌的主導流向。何其芳的自戀情懷也正生成於上述時代和詩潮背景中，並在現代派詩人群中具有典型性。

我們進而在現代派詩作中發現了一系列臨水自鑒的形象：

> 有人臨鑒於秋水，乃是欲於自己的
> 瞳孔裡看你於事不隔的流動的生命

──牧丁〈無題〉

自溪的鏡面才認識自己的影子，
水的女神啊，請你展開雙臂。

──方敬〈夏──畫〉

溪水給豐子的影子繪出來，
一對圓圓的懂話的大眼睛。

──常任俠〈豐子的素描〉

傾瀉如乳色的鏡子的河上，
我們將驚愕的看到失蹤了的影子。

──玲君〈呼召〉

詩人們在創作這一系列臨水的意象時未必都像何其芳那
麼自覺地聯想到納蕤思主題，也未必隱含著作為納蕤思母題
核心內容的自戀情結，但卻更加印證了納蕤思臨水自鑒形象
所昭示的人類自我認同以及鏡像審美機制的共通性和普適
性。無論是對「自己的影子」的認知，對「失蹤了的影子」

的重獲，還是對自我「流動的生命」的穎悟，都蘊含著自我發現與確證的主題，也隱含了鏡像結構固有的幻美色調。這種對自我影像的追尋和確認，是自我得以塑造成形的一個心理發生學意義上的前提，正像雅克・拉康揭示的那樣，個體的成長必然要經過鏡像認同的階段才能進入符號界（le symbolique）[32]。而即使人們超越了鏡像階段，鏡像式的自我認同和自戀的情懷也仍會長久地伴隨著人們。因為鏡像中有幻象，有幻美體驗，有烏托邦內涵，有鏡花水月的彼岸世界。也許人類想擺脫鏡像階段的誘惑註定是很難的。從某種意義上說，「鏡花水月」的幻象中存在著令人類永遠痴迷的東西。臨水的納蕤思因此可以看作是文學的繆斯，正像在瓦雷里和紀德的筆下所詮釋的那樣，文學世界由此構成了人類獲得自我確證和自我認同的審美機制，並在終極性的意義上涵容了鏡花水月的幻美特徵和烏托邦屬性。

在紀德的〈納蕤思解說〉中，最突出的正是狀寫納蕤思臨水的過程中呈現出的幻美的語境。納蕤思俯臨水面，渴想的是人類最初居住其中的樂園：「那裡悅耳的微風按照預知的曲線而波動；那裡天空展開無邊的蔚藍，掩蓋勻稱的草地；那裡各種的鳥都帶了時間的顏色，花上的蝴蝶都實踐神

32　在西方文化史上，鏡子一直與人的自我形象和主體歷程密切相關，因此才有理查德・羅蒂對人類的「鏡式本質」的概括。參見理查德・羅蒂（Richard Rorty）：《哲學和自然之鏡》第一編「我們的鏡式本質」，北京：商務印書館，2003 年。

意的諧和。」應當說，這裡關於樂園的想像帶有流俗的華麗
的陳詞濫調，也有觀念化的痕跡，而紀德重構的納蕤思，最
終也只能借助於自己的沉思默想，在觀念中為樂園賦予形
式。由此，納蕤思有如一個「沉思的祭司」，「俯臨意象的
深處，慢慢的參透象形字的奧義」，從中提煉出觀念的結
晶。在紀德闡釋納蕤思形象的過程中，沉思型的藝術品正是
這種「觀念的結晶」的具體體現：

> 因為藝術品是一個結晶——一部分的樂園。那裡，
> 「觀念」重新在高度的純粹中開花，那裡，就如同在消
> 失的伊甸裡，正常而必要的秩序把一切形體安排到一種
> 對稱而相依的關聯中，那裡，字的倨傲並不僭奪「思
> 想」——那裡的有節奏的，確實的句——還是象徵，然
> 而是純粹的象徵——那裡一言一語，都變成透明而能以
> 啟迪。[33]

從這段引述中可以看出，藝術品是樂園的象徵物，它具
有純粹的形式，勻稱的秩序；同時又是觀念和思想的結晶
體，在文字的外形背後隱藏著「啟迪」。在紀德看來，這種
觀念的結晶只有在納蕤思摒除外界的干擾，超然於塵世與眾
生，澄明自鑒，心如止水，甚至忘卻了時間的流程的境界中

---

33 紀德：〈納蕤思解說〉，《文季月刊》第 1 卷第 1 期，1936 年。

才可能真正獲得。在這個意義上，納藐思作為原型，構成了
沉思型藝術家的一個完美的象徵。正如二十世紀三〇年代有
中國評論者介紹紀德時指出的那樣：「創作家能在心裡可以
反照自然如同那爾西斯在水中能夠照看他的影子一樣，至於
創作家所用的靜思默想便和那爾西斯的孤寂好靜大略相
同。」[34]

　　紀德試圖借助於納藐思的神話重新編織一個關於沉思藝
術的「聖經」，這一「聖經」闡述的是人類對伊甸園的原初
情境的嚮往，是藝術家借助一個個表象得以洞察觀念的花園
的藝術方式。藉此，一個藝術家有可能生活在觀念之中，生
活在默思沉想之中。納藐思臨水的沉思由此象徵了一種哲人
式的沉潛的生命形態，一種生活在自己的觀念領域和想像世
界之中的人生情境。如果說浮士德被歌德賦予了人類向外部
世界征服和擴張，從中占有生活的盡可能多的可能性的性格
特徵，那麼納藐思則被紀德塑造成一個內省型的生命形象：
沉迷幻象，潛心觀念，在靜默中「渴想樂園」：

　　　　莊嚴而虔誠，他重新取平靜的態度：他不動——象
　　徵逐漸大起來——他，俯臨世界的外表，依稀的感覺
　　到，吸收在自己裡面，流過去的人類的世代。[35]

34　劉鎣：〈法國象徵派小說家紀德〉，《文藝》第9卷第4期，1936
　　年10月。
35　紀德：〈納藐思解說〉，《文季月刊》第1卷第1期，1936年。

　　這是一種有距離的沉思和觀照的方式，一種滌除了浮士德般的占有欲念的超然寧靜的方式。正是這種方式，才可能使納蕤思莊嚴而虔誠地「在沉默中探入事物的核心」，從水裡的影像中窺見「流過去的人類的世代」。

　　在人類的精神形態自身的發展進程中，總會有那麼一些歷史階段和時期，使人們更傾向於認為「寧靜、沉思的生活是最好的生活」[36]。也許中國三〇年代的現代派詩人們所處的正是這種階段。詩人們大都選擇的是時代的邊緣人的姿態，他們無法在融入社會中求得慰藉，也無法在介入歷史進程的體驗中獲得自足感，支配他們的生命的，更多的是對遼遠的國土的沉思與想像。也許，納蕤思的形象最終正是在這種沉思的生命形態層面上與現代派詩人吻合了。

　　曹葆華正是這種沉思的詩人。他的大量的〈無題〉詩作中充斥著對生命、本我、死亡的冥想。如這首〈無題〉：

　　　　怎得有一方古鏡
　　　　照出那渺茫的前身
　　　　是人，是鬼，是野狗
　　　　望著萬里的長空
　　　　一輪紅日突然隕下

36　比尼恩著，孫乃修譯：《亞洲藝術中人的精神》，頁 70，瀋陽：遼寧人民出版社，1988 年。

破袖遮不住手臂

腋下吹起漠北的冷風

摸著黑夜爬上山頭

腳邊有彗星閃耀

是夢，是自己的淚

　　正像納蕤思試圖從水中尋得自己的影像，在曹葆華的這
首詩中，詩人擬想一方古鏡，從中照出自己的前身。這是對
本我的尋找，對自我的存在與終極價值形態的形而上的思索
與探究。在曹葆華的詩集《無題草》中，我們經常捕捉到類
似於這種大漠與黑夜的典型情境，讀到的大都是生命個體孤
零零面對宇宙和自然的沉思：

一石擊破了水中天地

頭上忽飄來幾隻白鴿

一莖羽毛，兩道長虹

萬里外有人正沉思著

是夢，是曉星墜落天邊

拾起影子再走入重門

千萬個巨雷腳下停歇

半撮黃土，兩行清淚

古崖上閃出朱紅的名字

衰老的靈魂跪地哭泣

這首詩傳達出來的詩人形象，也是個臨水的沉思者的形象。水中天地的擊破以及忽飄來的幾隻白鴿勾勒的是動態的場景；而「一莖羽毛，兩道長虹」則更像電影中靜止的特寫鏡頭。這一系列意象的連綴和並置看上去似乎並無內在的邏輯關聯，但它們暗示的是一雙觀照它們的沉思者的眼睛。從觀察者眼中的事物，我們感受到的是觀察者自身的存在。這是一個沉思默想的靜觀者，而「正沉思著」的萬里外的人則可以看成是詩人主體的對象化，萬里之外的沉思者恰恰反襯了當下的水邊的默想者。詩人把自己的沉思者的形象外化到另一個沉思者身上，彷彿是穿越遙遠的空間尋找到了自己的鏡像。

曹葆華的〈無題〉詩更側重於渲染沉思者生命的個體性，我們看到的是孤獨的個體一個人面向宇宙人生發出他的「天問」，最終則是生命之謎難以索解的困惑和迷惘。詩歌的調子趨向於冷漠，有些不動聲色，從而使文本產生一種陌生感，一種間離效果。

相對而言，另一個酷愛玄想的詩人廢名在沉思的語境中則充滿一些禪宗式的頓悟，在頓悟中廢名傳遞的是參禪悟道般的解脫感。如他的〈鏡〉便是同樣借助於溪水與鏡子的原型意象呈示這種感悟：

我騎著將軍戰馬誤入桃花源，
「溪女洗花染白雲」，
我驚於這是一面好明鏡？
停馬更驚我的馬影靜，
女兒善看這一匹馬好看，
馬上之人
喚起一生
汗流浹背，
馬雖無罪亦殺人，——

自從夢中我拾得一面好明鏡，
如今我曉得我真是有一副大無畏精神，
我微笑我不能將此鏡贈彼女兒，
常常一個人在這裡頭見伊的明淨。

　　儘管廢名詩歌的思維和語言按照卞之琳的評價是「思路難辨，層次欠明」，「語言上古今甚至中外雜陳，未能化古化歐，多數場合佶屈聱牙，讀來不順，更少作為詩，儘管是自由詩，所應有的節奏感和旋律感」[37]，但廢名別致的意象和玄奧的想像仍使他的詩在現代派詩歌中占據一席之地。這

37　卞之琳：《人與詩：憶舊說新（增訂本）》，頁 185，合肥：安徽教育出版社，2007 年。

首〈鏡〉描繪了詩人夢中幻化為騎著戰馬的將軍形象，誤入桃花源，臨水洗花的溪女以及明鏡般的溪水頓時使他惡念全消，開始反省一生中殺人無數的征戰。連披滿征塵的戰馬也在水面上投下了寧靜的側影。這裡的桃花源象徵著與塵世的紛爭截然有異的一個和平安寧的世界，一個女兒國，一個理想的田園世界。佛家強調的一種「大無畏的精神」正是在這種幡然悔悟中被喚醒的。而在更深層的語義中，這面夢中拾得的溪水的明鏡以及明鏡中洗花女的明淨的影像，則象徵著「我」匡正自己塵世俗念的理想的鏡像，象徵著鑒照自己紅塵「罪業」的心靈的鏡子。它使人聯想起六祖慧能著名的偈語中的那面明鏡，是使臨鑒者從世俗中超升達到頓悟之鄉的途徑。這正是廢名所酷愛的鏡子的意象所特有的隱喻含義。

曹葆華對生命和自我的帶有玄學色彩的探究以及廢名禪宗式的人生感悟使他們的詩作比起其他現代派詩人來，多了幾分深度。這或許是曹葆華和廢名的詩在技巧因素之外更耐讀的一個原因所在。但從總體上考察現代派詩人群，我們會發現，這種相對純粹的觀念的思辨在現代派詩歌中是並不多見的。詩人們缺乏的可能不是一種沉思的意向，而是更沉潛的沉思能力。而歸根結底，是思想的匱乏。正如徐遲在《二十歲人》中寫的那樣：

　　　可是我思索著什麼呢，
　　　呃，年青人的思想

年青人的思想可能思索什麼嗎？

　　概括起來，現代派詩歌仍是青春期的抒情寫作占據了主導傾向。詩人們大致能夠憑藉直覺敏感地捕捉物象，但缺少更純粹的對物象的潛思，缺少紀德賦予納蕤思的那種靜默的沉思形態。這種能力或許只有在四〇年代的戰爭背景下，在馮至的《十四行集》以及沈從文的《燭虛》中才隱隱地表現出來。

　　也許限制了現代派詩人這種沉潛能力的真正原因尚在於自戀的心態本身。何其芳曾反省過：「是的，當我們只思念自己時，世界遂狹小了。」[38] 一代詩人尚無法完全把自己從狹小的自我感傷的世界中解脫出來，從而使一個抒情的感傷的生命昇華為「一個思索和自我體察的生命」，從中獲致一個馬拉美的闡釋者艾德蒙・鮑尼奧博士所謂的馬拉美式的「內滋性（intussusception）的生命的空間」[39]。只有借助這種「生命的空間」，一代詩人才有可能實現對觀念、思想，對身外的大宇宙的更深廣的關懷。我們在體味現代派詩歌的時候，總感到那麼一點遺憾，感到一系列文本在藝術上相對完美的同時，境界總欠缺一點開闊和舒展，意蘊總不那麼深

38　何其芳：〈夢後〉，《何其芳文集》第二卷，頁 17，北京：人民文學出版社，1982 年。

39　馬拉美著，葛雷譯：《白色的睡蓮》，頁 92，廣州：花城出版社，1991 年。

沉和豐厚。

更有智性特徵的沉思型詩人堪稱是卞之琳。他後來回顧說，自己三〇年代的詩作「喜愛淘洗，喜愛提煉，期待結晶，期待昇華」[40]。這或許都與他所翻譯的〈納蕤思解說〉中那個沉迷幻象，潛心觀念，把藝術視為思想的結晶體的納蕤思形象有關。卞之琳的幾首著名的詩篇〈魚化石〉、〈圓寶盒〉、〈白螺殼〉，都有這種歷盡淘洗，出脫空華的稟賦。他對具有結晶體般的質地的意象有著超出常人的偏好。無論是魚化石，白螺殼，還是圓寶盒，水成岩，都是歷經久遠的時空的結晶之物。如這首〈水成岩〉：

　　水邊人想在岩上刻幾行字跡：

　　大孩子見小孩子可愛，
　　問母親「我從前也是這樣嗎？」

　　母親想起了自己發黃的照片
　　堆在塵封的舊桌子抽屜裡，

　　想起了一架的瑰豔

40　卞之琳：〈《雕蟲紀曆》自序〉，《人與詩：憶舊說新（增訂本）》，頁281，合肥：安徽教育出版社，2007年。

藏在窗前乾癟的扁豆莢裡，

嘆一聲「悲哀的種子！」

「水哉，水哉！」沉思人嘆息
古代人的感情像流水，
積下了層疊的悲哀。

感嘆「水哉，水哉」的水邊人也是一個沉思者，這一卞
之琳酷愛的形象，匯入的正是臨水的納蕤思的母題。

母題：一種觀察形式

關於母題的經典研究有很多，譬如湯普森在《世界民間
故事分類學》中稱：「一個母題是一個故事中最小的，能夠
持續在傳統中的成分。要如此它就必須具有某種不尋常的和
動人的力量。」[41] 雖然湯普森的側重點在於民間故事的敘
事，但是他的定義中「持續在傳統中」以及「必須具有某種
不尋常的和動人的力量」的說法都比較吻合於本文對母題的
界定。藝術母題的價值也正體現在其所內涵的「某種不尋常
的和動人的力量」之中。

41　湯普森著，鄭海等譯：《世界民間故事分類學》，頁499，上海：
　　上海文藝出版社，1991年。

　　原型藝術母題在法國理論家巴什拉的一系列著作中具有
非常獨特的分析，在《火的精神分析》中，巴什拉提出了一
個「燭火浪漫主義」的概念。巴什拉描述了「火」使人們產
生的詩意的憧憬和遐想，為讀者展示了一幅畫圖，占據畫圖
中心的是一個「面對燭火孤獨遐想的遐想者」：「想像就是
一簇燭火，心理的燭火，人們可能面對它度過一生。在這純
粹是詩的觀察之中，精神在與宇宙的完全融合時外在於時間
而閃閃發光，這就是產生藝術創造力的精神活動的過程，即
知與詩結合的過程。」「燭火照亮孤獨的遐想者，而燭火就
成為詩人面前白紙上閃現的明亮的星星。火苗──燭火垂直
上升的蠟燭火苗成為遐想者上升超越的嚮導。而詩人通過火
苗的形象把樹、花等置於生命之中，即置於詩的生命之中。
在這裡，我們體味到科學、想像、遐想、詩意的融合與歸
一。」[42] 巴什拉處理的是宇宙間一個基本元素──火與詩意
想像的關係，火既是母題元素，與遐想與詩性與孤獨建立了
本質聯繫；但火又有很鮮明的形式感。巴什拉的「燭之火」
向我們昭示了一種對具有元素或者原型意味的物象的詩化觀
照是怎樣地激發了作者豐富的遐想，而這種遐想關涉的是人
類生命以及心靈的最原初的存在領域。

　　現代派詩人廢名在〈十二月十九夜〉中寫到「爐火」：

42　巴什拉著，杜小真、顧嘉琛譯：《火的精神分析》，頁6，北京：
　　三聯書店，1992年。

> 思想是一個美人，
> 是家，
> 是日，
> 是月，
> 是燈，
> 是爐火，
> 爐火是牆上的樹影，
> 是冬夜的聲音。

　　爐火與思想、影像以及聲音都建立了關聯性。按照巴什拉的分析，這就是原型意象和母題的意義，關涉的人類生命和心靈的最原初的存在和生命記憶。所以這種原型母題也可以作為一種觀察詩歌藝術的形式。巴赫金說：「不理解新的觀察形式，也就無法正確理解借助這一形式在生活中所初次看到和發現的東西。如果能正確地理解藝術形式，那它不該是為已經找到的現成內容作包裝，而是應能幫助人們首次發現和看到特定的內容。」[43] 本文所嘗試的描述方法，即是試圖把藝術母題作為一種「觀察形式」，藉以透視現代派詩人的創作實踐，從中揭示現代派詩歌所內涵的心靈與藝術的雙重母題，即把主體的真理的探尋與形式美的分析結合起來，

43　巴赫金著，白春仁、顧亞鈴譯：《陀思妥耶夫斯基詩學問題》，
　　頁 80，北京：三聯書店，1988 年。

企望尋找某種心理與藝術的對應模式,一種積澱了詩人審美意識以及心理內容的雙重體驗的原型化的母題。

在任何具有成熟的詩藝的文本類型中,相對恆定的符號秩序都意味著同樣相對恆定的心理內容在形式上的生成。詩人們普遍採用的公設意象、母題、象徵方式和結構模式都體現著這種相對恆定的符號和心理秩序。因此,我們有可能超越具體的單個文本而從集體性的意象、母題等模式中去洞見具有普泛性的恆定的符號和心理秩序。對於現代派詩歌的考察,也可以遵循著這一基本的擬設。我們側重捕捉的,正是能夠昭示現代派詩人群體性心態的集合性意象和原型化母題。正如巴赫金在《陀思妥耶夫斯基詩學問題》中指出的那樣:「我們關心的是語言裡的詞匯,而不是這些詞匯在確定的獨一無二的文句中那種個人獨特的用法。」[44] 所謂「語言裡的詞匯」,即是由群體的詩人貢獻的更大的文本系統中普遍得到運用的詞匯;具體到詩歌領域來說,則是公設的意象和母題。

在詩歌中,意象的功能不僅僅在於它們是結構文本形式的單位和元素,同時,「意象構成是對詩的主題和詩人對這些主題可能持的態度的總結」[45]。也可以說,詩人的情感傾

---

44 巴赫金著,白春仁、顧亞鈴譯:《陀思妥耶夫斯基詩學問題》,頁 223,北京:三聯書店,1988 年。

45 古米廖夫:〈詩的解剖〉,《現代世界詩壇》第二輯,頁 340,長沙:湖南人民出版社,1989 年。

向和主觀體驗正包含在意象的選擇之中。從這個角度說，意象構成的是呈示詩人主體和心靈的媒體和中介。詩歌乃至所有文學藝術的某種本質正在於這種中介性。長久困擾詩人的，往往不是他不知表達「什麼」，而在於他不知「如何」表達。這就是所謂的「納蕤思式的痛苦」，即找不到鑒照自己的面容的鏡子的水仙花之神所面臨的痛苦。張若名曾描述過紀德所經歷過的這種「痛苦」：「美占據了他的心靈，這美裡富有和諧的音樂和純潔的感情，已達到登峰造極的地步。但由於和外界沒有接觸，這樣的心靈美還不能通過一種客觀的媒體表達出來，這是納瑞思式的痛苦。」[46] 心靈之美迫切地要求一種「媒介物」來加以具象地傳達，只有找到了這種「客觀的媒體」，藝術家的心靈的原則才可能轉化為藝術的原則，形式與意義，思想與表達也才能達成渾融的統一體。這正是現代詩學所面對的問題，正像巴赫金所指出：

> 如果能在藝術作品中找到這樣一個成分，這成分既與詞語的實物的現存性有關，又與詞義的意義有關，它像媒介物一樣，把意義的深度和共同性與所發的音的個別性結合起來。這個媒介物將會創造一種可能性，使得能夠從作品的外圍不斷轉向它的內在意義，從外部形式轉向內在的思想意義。

46　張若名：《紀德的態度》，頁 18，北京：三聯書店，1994 年。

　　歷來正是這樣從尋找這種媒介物的意義上來理解詩學結構的問題的。[47]

　　對年輕的紀德來說，納蕤思正是這種「媒介物」，紀德發現了納蕤思的原型，也就為他的年輕的心靈的激情找到了理想的表達形式，正像納蕤思在平靜的水面找到了自己完美的影像一樣。

　　納蕤思的啟示性恰恰也在這裡，正是臨水的姿態，使得納蕤思得以把對自我的眷顧和對樂園的渴望，對觀念的執迷從一個抽象化的認知領域轉移到了形象化的自我鑒照以及具體的感性領域中去。鏡子般澄澈的水面構成了納蕤思沉思的中介，也從而構成了他心靈的對應形式。在紀德的象徵主義美學觀中，這種溪水所表徵的中介作用獲得了更為重要的詩學意義。

　　因而我們關注的是：現代派詩人的自戀情結、漂泊感、邊緣體驗、烏托邦圖景以及他們的審美心態究竟是如何轉化為對世界進行藝術觀察的具體詩學原則。儘管以「遼遠的國土」為代表的典型意象構成了現代派詩歌中的原型母題，儘管每個個體詩人的詩歌意緒都會受到這種具有普遍性的時代情緒的影響，但另一方面，作為個體的詩人又不是以藝術的說教

47　巴赫金著，李輝凡、張捷譯：《文藝學中的形式主義方法》，頁161，桂林：灕江出版社，1989年。

方式去呼應群體和時代，而是把體驗到的社會歷史內容化成自己獨特的審美視角和詩歌結構，在匯入現代派普遍詩學法則和原型藝術母題的同時，也創造了自己獨特的藝術形式。

於是，一系列具有母題特徵的意象從現代派詩人編織的龐大而繁複的意象網絡中凸顯了出來，成為我們透視現代派詩歌所呈現的心靈和藝術主題的中介環節。這一系列意象性母題之中，凝結著一代詩人感知世界的審美方式，隱含著詩人們相對定型化的營造詩歌文本的詩學原則。也正是在相對定型化的審美形式層面，呈現著現代派詩人之所以被看作是一個共同的藝術群體的更有說服力的共性特徵。

這種對共性的詩學原則的探討，看上去似乎是以犧牲現代派詩人的個體性和具體文本的獨特性為代價的，因為我們關注的是某一個意象所具有的母題性的概括力，而主要不是它在某一個詩人的創作中或者某一個單篇文本中的具體運用。毫無疑問，如果分別對現代派重要詩人進行詩人論意義上的研究，那麼每個詩人都具有自己的無法與他人混淆的獨特風格。以納蕤思的原型形象作為切入點，在偏重了共性特徵的同時必然會忽略其他個性特徵。這些代價是必須加以考慮的。但另一方面，此種代價自然會有其他研究圖景——譬如研究者們所做的詩人論——進行彌補。對筆者而言，藝術母題所蘊含的普泛性的詩學原則構成的是一個更大的誘惑，它或許能夠提供一種具體的詩人論無法貢獻的視角。而且，更重要的是，詩學分析本身即是一種微觀化的研究模式，它

並不是一種純理論的抽象概括與提煉；意象和母題本身即意味著對直觀和感性的兼容，而不是放逐感性直觀和具體性。

　　二十世紀三〇年代中國的「現代派」詩人正是創造了一個與心理內容高度吻合的意象世界，也同時創造了具有原型意味的藝術模式，其中蘊含著具有普泛意味的藝術母題。這些由於現代派詩人共同體普遍運用而反映群體心靈狀態的意象性母題，一端折射著詩人們的原型心態，一端聯結著詩歌內部的藝術形式，從而使一代年輕詩人內心的衝突、矛盾、渴望、激情呈現為一種在意象和結構上可以直觀把握的形式。這使我們可以選擇一系列典型意象作為切入現代派詩歌王國的微觀化藝術視角，把這些意象描述為具有形式感的審美中介物，是詩性想像的藝術化媒介，反映著詩人與審美物象之間物我相契的關係，從而成為一種經過詩人主體投射的對象物，是「思想與質料」的「融合」[48]。同時，這批唯美而自戀的詩人們在西方的水仙花之神納蕤思的身上找到了自己的原型形象，我們由此可以通過這一原型形象所輻射出的一系列詩歌中的藝術母題，探討現代派詩人的主體心靈世界。因此，從方法論的角度把原型意象母題理解為一種觀察詩歌藝術的形式，從中探究現代派詩人內在的生命體驗和心理形態，進而勾勒現代派詩人觀察與表現世界的藝術原則，

48　比尼恩著，孫乃修譯：《亞洲藝術中人的精神》，頁137，瀋陽：遼寧人民出版社，1988年。

以及現代派詩歌中所蘊含的關於「生命的藝術」的藝術史
觀，就成為一種研究的可能性。

尺八的故事

一

1909 年的櫻花時節，詩人蘇曼殊在日本的古都——京都浪遊，淅淅瀝瀝的春雨中，突然從什麼地方傳來了似洞簫又非洞簫的樂聲，詩人聽出那是日本獨有的樂器——尺八的吹奏。樂曲淒清蒼涼，詩人心有所感，於是寫下了那首足以傳世的詩作——〈本事詩之九〉：

春雨樓頭尺八簫，
何時歸看浙江潮。
芒鞋破缽無人識，
踏過櫻花第幾橋。

詩人在詩後自注云：「日本尺八與洞簫少異，其曲名有〈春雨〉者，殊淒惘。日僧有專吹尺八行乞者。」日本京都大學的平田先生告訴我，這種專吹尺八行乞的僧人在日本也

叫虛無僧。這個名字在中國人聽來總有那麼一點兒存在主義的形而上味道。

　　1904 年出家的蘇曼殊在寫這首「春雨樓頭尺八簫」的時候也已經是一個僧人。但他也是中國近代史上有名的「不中不西，亦中亦西」，「不僧不俗，亦僧亦俗」的和尚。蘇曼殊（1884-1918），字子穀，法號曼殊，廣東香山人，出生於日本。上世紀初留學日本期間，加入了革命團體青年會和拒俄義勇隊，回國後任上海《國民日報》的翻譯。蘇曼殊熱衷於革命，卻被香港興中會拒絕，一氣之下在廣東惠州出家，自稱「曼殊和尚」。但他在出家的當年就曾經計畫刺殺保皇黨康有為，幸為人所勸阻。從他的「本事詩」中還可以感覺到他剃度之後仍難免牽惹紅塵。如〈本事詩之六〉：

> 烏舍凌波肌似雪，
> 親持紅葉索題詩。
> 還卿一缽無情淚，
> 恨不相逢未剃時。

　　蘇曼殊精通日語、英語、梵語，既寫詩歌、小說，也擅長山水畫，還翻譯過《拜倫詩選》和雨果的《悲慘世界》，在當時譯壇上引起了轟動。辛亥革命後，主要從事文言小說寫作，著有《斷鴻零雁記》、《絳紗記》、《焚劍記》、《碎簪記》、《非夢記》等。蘇曼殊的詩文和小說都受好

評。陳獨秀即稱:「曼殊上人思想高潔,所為小說,描寫人生真處,足為新文學之始基乎?」把蘇曼殊的小說創作推溯為新文學的傳統。郁達夫則說蘇曼殊的詩有「一脈清新的近代味」。游國恩主編的《中國文學史》中稱他「別具一格,傾倒一時」。這種「傾倒一時」的文壇盛名從前引的那首〈本事詩之六〉就完全可以想見:蘇曼殊即使當了和尚,仍不乏傾慕於他的詩才的肌膚似雪的追星族。「還卿一缽無情淚,恨不相逢未剃時」則流露了詩人身不由己的無奈與悵惘,塵緣未了凡心不淨可見一斑。從〈寄調箏人〉中也可窺見詩人的「禪心」經常有美眉干擾:

> 禪心一任娥眉妒,
> 佛說原來怨是親。
> 雨笠煙蓑歸去也,
> 與人無愛亦無嗔。

詩人一心向禪,任憑娥眉嫉恨,但美眉的「怨懟」同時又被詩人視為一種親緣。儘管「雨笠煙蓑歸去也」一句使人想到蘇軾的詞「歸去,也無風雨也無晴」,同時蘇曼殊也許確然追求一種「與人無愛亦無嗔」的境界,但正面文章反面看,讀者讀出的反而恰恰是「娥眉」對詩人「禪心」的騷擾,蘇曼殊顯然很難達到「與人無愛亦無嗔」的境界。

〈過若松町有感示仲兄〉也是蘇曼殊的一首代表作:

> 契闊死生君莫問，
>
> 行雲流水一孤僧。
>
> 無端狂笑無端哭，
>
> 縱有歡腸已似冰。

「契闊死生」的典故來自《詩經》：「死生契闊，與子成說。執子之手，與子偕老。」聞一多解釋這四句詩時說：「猶言生則同居，死則同穴，永不分離也。」這四句詩也是《詩經》裡張愛玲最喜歡的詩句，稱「它是一首悲哀的詩，然而它的人生態度又是何等肯定」。蘇曼殊這首詩同樣表現出了一種既「悲哀」又「肯定」的人生態度，與佛家的淡泊出世超逸靜修大相逕庭。「無端狂笑無端哭」，更是表達了我行我素，全無顧忌的行為方式。從中我們感受到的是一個作為性情中人的情感豐沛的蘇曼殊，也正因如此，他的詩作無不具有一種撩人心魄的韻致。

「春雨樓頭尺八簫」一詩或許是蘇曼殊名氣最大的詩作。讀這首詩，我首先聯想到的是蘇軾的詞「竹杖芒鞋輕勝馬，誰怕，一蓑煙雨任平生」，蘇曼殊或許也有一蓑煙雨任平生的慷慨豪放，但是一句「芒鞋破缽無人識」，勾畫的卻是一個多少有些落魄的僧人形象。我的眼前彷彿出現了一個在濛濛春雨中踽踽獨行的僧人，在寂寥而空曠的心境中，突然聽到從遠處的樓頭隱隱約約傳來了酷似故國洞簫的樂聲，一下子就喚醒了詩人本來就「剪不斷，理還亂」的鄉愁。京

都多橋，此時一座座形狀各具的橋被絢爛的櫻花落滿，景象一定可觀。然而詩人的思緒卻沉浸在這種如煙如霧般瀰漫的鄉思之中，眼前的異國的秀麗景致漸漸模糊了，以致記不清走過了幾座橋。而且具體的數字對詩人來說是不重要的，重要的是一個「幾」字蘊涵的不確定感，映現的正是詩人內心的恍惚與沉湎。我尤其流連於「何時歸看浙江潮」的「何時」二字，它把詩人的回歸化成遙遙無期的期待與嚮往，傳達的是一種「君問歸期未有期」的延宕感，「歸看」變成了一種無法企及的虛擬化的想像。所以儘管詩人沒有直接書寫「思念故國」一類的字眼，但讀起來讓人更加感受到故園之思的瀰漫，更使人愁腸百結。而「浙江潮」三字所象徵的故國的山川風物，又使詩人的離情別緒攜上了一縷文化的鄉愁的韻味。

可以想見，「春雨樓頭尺八簫」這首詩蘊涵的諸種心緒和母題，必會在後來的詩人那裡激盪起悠長的回聲。

二

蘇曼殊吟誦「春雨樓頭尺八簫」的二十多年後，也是在京都，卞之琳寫下了他的詩作〈尺八〉。

尺八

像候鳥銜來了異方的種子，

三桅船載來了一枝尺八，

從夕陽裡，從海西頭。

長安丸載來的海西客

夜半聽樓下醉漢的尺八，

想一個孤館寄居的番客

聽了雁聲，動了鄉愁，

得了慰藉於鄰家的尺八，

次朝在長安市的繁華裡

獨訪取一枝淒涼的竹管……

（為什麼霓虹燈的萬花間

還飄著一縷淒涼的古香？）

歸去也，歸去也，歸去也——

像候鳥銜來了異方的種子，

三桅船載來一枝尺八，

尺八乃成了三島的花草。

（為什麼霓虹燈的萬花間，

還飄著一縷淒涼的古香？）

歸去也，歸去也，歸去也——

海西人想帶回失去的悲哀嗎？

——1935 年 6 月 19 日

1935 年春，卞之琳因為一次翻譯工作，乘一艘名字叫

「長安丸」的客船取道神戶，抵達京都，住在京都東北郊京
都大學附近的一個日本人家的兩開間小樓上，三面見山，風
景不錯。房東是京都大學的一位物理系助手，近五十歲，聽
說吹得一口好尺八，但是卞之琳卻一直無緣聆聽。他第一次
聽到尺八的吹奏，是去東京遊玩。三月底的一個晚上，詩人
正和朋友走在早稻田附近一條街上，在若有若無的細雨中，
「心中怏怏的時候，忽聽得遠遠的，也許從對街一所神社
吧，送來一種管樂聲，如此陌生，又如此親切，無限淒涼，
而彷彿又不能形容為『如怨如慕如泣如訴』。我不問（因為
有點像簫）就料定是所謂尺八了，一問他們，果然不錯。在
茫然不辨東西中，我油然想起了蘇曼殊的絕句：

　　春雨樓頭尺八簫

　　何時歸看浙江潮

　　芒鞋破缽無人識

　　踏過櫻花第幾橋

　　　這首詩雖然沒有什麼了不得，記得自己在初級中學的時
候卻讀過了不知多少遍，不知道小小年紀，有什麼不得了的
哀愁，想起來心裡真是『軟和得很』。」
　　　這段回憶引自卞之琳第二年（1936）寫的一篇散文〈尺
八夜〉，追溯自己在日本與尺八結緣的過程以及〈尺八〉一
詩的創作始末。當詩人從東京回到京都住處，在五月間的一

個夜裡，房東喝醉了酒，尺八終於在「夜深人靜」時分的樓
下吹起來了。音樂聲依然讓卞之琳感嘆「啊，如此陌生，又
如此親切」，喚起的是詩人類似於當年蘇曼殊的鄉愁，於是
就有了〈尺八〉，這首詩也被英美文學專家王佐良先生稱為
卞之琳詩歌成熟期的「最佳作」。

三

如果沒有了解到散文〈尺八夜〉中交代的卞之琳與尺八
之間的本事和因緣，乍讀〈尺八〉一詩，在語義層面是不太
容易梳理清晰的。這首詩曾經也迷惑過把卞之琳作為研究對
象的專業學者。

〈尺八〉的複雜，主要是因為這首詩交替出現了三種時
空和三重自我。

詩人一開始並沒有直接抒寫自己聆聽尺八的經過和感
受，而是先追溯歷史。前三句「像候鳥銜來了異方的種子，
／三桅船載來了一枝尺八，／從夕陽裡，從海西頭」，追溯
尺八從中國本土流傳到日本，並像種子一樣在日本扎根發芽
的歷史。「夕陽裡」和「海西頭」就是站在日本的角度指喻
中國。這三句是追溯中的歷史時空。

四、五句「長安丸載來的海西客／夜半聽樓下醉漢的尺
八」，才開始寫現實中的詩人自己在京都夜半聽房東吹奏尺
八的事實。但應該注意的是卞之琳並沒有使用第一人稱
「我」，而是引入了一個人物「海西客」。「海西客」其實

正是詩人自己的化身，詩中的「長安丸」也可以證明這一點，它是卞之琳來日本所乘的船的名字。這兩句交代海西客在京都聽尺八的事實，進入的是現實時空。

但卞之琳接下來仍沒有寫「海西客」聽尺八的具體感受，從第六句到第十句進入的是海西客的緬想：「想一個孤館寄居的番客／聽了雁聲，動了鄉愁，／得了慰藉於鄰家的尺八，／次朝在長安市的繁華裡／獨訪取一枝淒涼的竹管……」這五句進入的是人物海西客想像中的歷史情境。海西客擬想在中國的唐朝，一個日本人（「番客」）寄居在長安城的孤館裡，聽到了雁聲，觸動了鄉愁，並在鄰居的尺八聲中得到了安慰，於是這位遣唐使（或許還是一位取經的僧人）便在第二天去了長安繁華的集市中買到了一支尺八，並帶回了日本，尺八就這樣流傳到了三島。這五句寫尺八傳入日本的具體情形，進入的是歷史時空，但並不是嚴格的歷史事實的考證，而是海西客想像中的可能發生的情景，所以又是想像化的心理時空。從這十句詩看，前三句寫歷史，四五句寫現實，六到十句寫想像，進入的又是虛擬的歷史情境和氛圍，從而構成了三種時空的並置和交錯。這三種時空的交錯對讀者梳理詩歌的語義脈絡多少構成了一點障礙。有研究者就把海西客想像中的唐代的長安時空當成了海西客在日本的現實時空，把海西客和番客等同為一個人，稱海西客第二天到東京市上買支尺八留作紀念，他犯的錯誤就是沒有看出從六到十句進入的是「海西客」想像中的唐代的歷史情境。

〈尺八〉中三種時空的交錯使詩的前十句含量異常豐富，短短的十行詩中容納了繁複的聯想，並溝通了現實和歷史。詩人的藝術想像具有一種跳躍性，令人想到卞之琳所喜愛的李商隱。廢名在《談新詩》一書中就說卞之琳的詩「觀念」跳得厲害，他引用任繼愈先生的話，說卞之琳的詩作「像李義山的詩」。〈錦瑟〉中的「莊生曉夢迷蝴蝶，望帝春心託杜鵑。滄海月明珠有淚，藍田日暖玉生煙」，之所以眾說紛紜，從藝術想像上看，正在於聯想的跳躍性，造成了觀念的起伏跌宕。四句詩每一句自成境界，每一句自成語義和聯想空間，而並置在一起則喪失了總體把握的語義線索，表現為從一個典故跳到另一個典故，在時間、空間、事實和情感幾方面都呈現出一種無序的狀態。又如李商隱的〈重過聖女祠〉，「一春夢雨常飄瓦，盡日靈風不滿旗」，廢名稱這兩句詩「前不見古人，後不見來者，中國絕無僅有的一個詩品」，妙處在於「稍涉幻想，朦朧生動」。其美感正生成於現實與幻想的交融，很難辨別兩者的邊際。「常飄瓦」的「雨」到底是夢中的雨還是現實中的雨？「不滿旗」的「風」到底是靈異界的風還是自然界的風？都是很難釐清的，詩歌的語義空間由此也就結合了現實與想像兩個世界。〈尺八〉令人回味的地方也在於詩人設計了「海西客」對唐代可能發生的事情的想像，這樣就並置了兩種情境：一是現實中的羈旅三島的海西客在日本聽尺八的吹奏，二是擬想中的唐代的孤館寄居的日本人在中國聆聽尺八，兩種相似的情

境由此形成了對照，想像中的唐朝的歷史情境襯托出了海西客當下的處境，「鄉愁」的主題由此在時間與空間的縱深中獲得了歷史感。詩人的想像和鄉愁在遙遠的時空得到了異域羈旅者的共鳴和迴響。

〈尺八〉因此是一首融合了敘事因素的抒情詩，在形式上最明顯的特徵是回避了第一人稱「我」作為抒情主人公。一般來說，浪漫主義詩人喜歡以「我」來直抒胸臆，詩中的抒情主人公都可以看成是詩人自己。而卞之琳有相當一部分詩則回避「我」的出現。從詩人的性格來看，卞之琳是內斂型的，不像郭沫若、徐志摩是外向型的。卞之琳自己就說，「我總怕出頭露面，安於在人群裡默默無聞，更怕公開我的私人感情。這時期我更多借景抒情，借物抒情，借人抒情，借事抒情。」在詩的形式上，則表現為「我」的隱身。而從詩歌技藝上說，卞之琳稱他自己的詩「傾向於小說化，典型化，非個人化」，〈尺八〉就是一首典型的「非個人化」的作品，也是一種小說化的詩。這種「非個人化」和「小說化」除了表現為在詩中引入人物，擬設現實和歷史情境之外，還表現為詩人的主體在詩中分化為三重自我。

第一重自我是詩中的敘事者。詩人擬設了一個小說化的講故事人，從第一句開始，就是敘事者在說話，是一個第三人稱敘事者在追溯尺八從中國傳到日本的歷史，交代和講述海西客的故事。它造成的效果是使〈尺八〉有了故事性，讀者也覺得自己在聽一個講故事的人講一個關於尺八的故事以

及一個關於海西客的故事。這樣就要求讀者調整自己的閱讀心態，把這首詩首先當成一個故事來讀。

第二重自我是詩中的人物海西客。儘管從卞之琳的散文〈尺八夜〉中可以獲知海西客其實就是詩人自己的形象，但從閱讀心理上說，讀者只能把海西客看成詩中的一個人物。而從詩人的角度說，卞之琳把自己外化成一個他者的形象，詩人自己則得以分身成為一個觀察者，可以客觀地審視這個自我的另一個形象。這種自我的對象化既與詩人的總怕出頭露面，安於默默無聞的性格有關，更與追求詩意呈現的客觀化的詩學原則密切相關。

第三重自我則是詩人自己在詩中的顯露。我們讀下去會看到詩中突兀地插入了「歸去也，歸去也，歸去也——」的呼喚，並重複了兩次。我們本來已經習慣了閱讀伊始的詩的講故事般的敘述的調子，所以讀到這種飽蘸感情的呼喚會覺得在詩中顯得不和諧。但正是這種不和諧卻使詩歌有了新的詩學元素的介入，出現了新的張力和詩藝空間。重複的呼喚類似於歌劇中的宣敘調，使詩歌多出了一種帶有情感衝擊力的聲音。這是誰的聲音？是敘事者的嗎？詩中敘事者的聲音是平靜和客觀的，其作用是敘述故事，營構時空，而「歸去也」的喊聲緊張、強烈，甚至有些焦灼，是一種充滿感情的主觀化的呼喚，同時它打破了此前敘事者的連貫的敘述，使故事戛然中止，所以它顯然不是敘事者的聲音。儘管可能有讀者認為這兩句「歸去也」是人物海西客的呼喊，但是更合

理的解釋是，這是詩人自己直接介入的聲音，帶著詩人的強烈感情和意識，儘管它依舊表現為匿名的方式。那麼，再看括弧中也重複了兩次的設問「為什麼霓虹燈的萬花間／還飄著一縷淒涼的古香？」也可以看作是詩人自己的聲音在追問，是詩人自己直接出來說話。也許可以說，儘管詩人一開始想客觀地處理〈尺八〉這首詩，減少自己情感的流露，但是卞之琳寫著寫著仍然抑制不住自己的衝動，直接喊出了「歸去也」的心靈呼聲。

這就是詩中的三重自我。儘管這三個自我在詩中是統一的，是詩人自己的主體形象的分化和外化，但是其各自的調子卻不一樣。敘事者的功能在於敘述，調子相對冷靜和客觀。當然這種客觀也只能是相對而言，如第十句「獨訪取一枝淒涼的竹管」，就不單是敘述，還有判斷，「淒涼」的字眼就蘊涵有明顯的感情色彩。再看人物的調子又如何呢？因為詩中海西客的形象是借想像和心理活動傳達的，又是由敘事者間接描述出來的，所以人物的調子基本上受制於敘事者的調子。最後是詩人自己的調子，這是趨向於主觀化、情緒化的聲音，它流露了詩人的真情實感，又在重複與複沓中給讀者一唱三嘆的感受，直接衝擊著讀者的心理深處。

詩中的這三種自我和調子，借用音樂術語，產生的是一種類似於交響樂中的多聲部的效果，自然比單聲部的詩作要複雜一些。而從總體上看，儘管詩人在詩中外化為三重自我，但無論是從詩的語義表層，還是從詩的結構形式，都看不到

詩人自己直接拋頭露面，這就是〈尺八〉的精心之處，它努力達到的，正是卞之琳自己說的「非個人化」的詩藝追求。

四

卞之琳在日本最初聽到尺八的吹奏的時候，油然想起的正是蘇曼殊的絕句。那是卞之琳「讀過了不知多少遍」的詩作。或許可以說，如果沒有蘇曼殊這首絕句的存在，如果沒有卞之琳對它的「不知多少遍」的閱讀，卞之琳可能不會對尺八的樂聲如此敏感，也不會從尺八一下子聯想到鄉愁的主題。換句話說，是蘇曼殊的絕句在尺八與鄉愁之間建立了最初的關聯，這種關聯對卞之琳來說就具有了母題（motif）和原型的性質，卞之琳乃至其他任何熟悉蘇曼殊的後來者再聽到尺八，就會不期然地聯想到鄉愁。誇張點說，直接觸發卞之琳創作〈尺八〉一詩的動機固然是他在京都也聽到了尺八的吹奏，但更內在的原因，則是蘇曼殊的詩留給他的深刻的文學記憶。沒有蘇曼殊的尺八，也就沒有卞之琳的〈尺八〉，蘇曼殊的「春雨樓頭尺八簫」就構成了卞之琳領受尺八的內涵講述尺八的故事的至關重要的前理解。

因此，把卞之琳〈尺八〉與蘇曼殊的絕句對照起來看，會是有意思的。當然，這種對比不是從美學意義上比較哪首詩更好。因為就美感而言，也許很多有古典趣味的讀者更喜歡蘇曼殊的詩。我們是從現代詩和舊體詩兩種形式兩種載體的意義上來對比這兩首詩。

　　從審美意蘊的傳達上，我們可以說，蘇曼殊的詩雖短，卻更有多義性和不確定性的語義空間。「春雨」到底是下著濛濛的細雨，還是像蘇曼殊的小注中所說的尺八的樂曲的名字？「芒鞋破缽無人識」描繪的到底是詩人自己的形象，還是專吹尺八行乞的日僧的形象，而詩人只是這個虛無僧的觀察者？「踏過櫻花第幾橋」的是不是詩人本人？這都是非確定的。因此蘇曼殊詩也更值得反覆吟詠和回味，更蕩氣迴腸。而卞之琳的詩則更為繁複，包容著更複雜的時空框架和主體形態，蘊涵著更繁複的意緒，有著現代詩才能涵容的複雜性。卞之琳的詩更像是智慧的體操，更有一種智性，更引人思索。同時儘管卞之琳的詩包容著更複雜的時空和更繁複的意緒，但是其基本語義還是有確定性的。兩首詩的對讀，可以讓我們進一步思索舊體詩和現代詩各自的比較優勢和可能性。

　　從詩人主體呈現的角度看，蘇曼殊在詩中直接展示給我們一個浪遊者的形象，但在卞之琳的詩中，我們卻捕捉不到詩人的形象，儘管我們能感受到他的聲音。我們直接看到的形象是詩中的人物海西客。而從結構上說，卞之琳的〈尺八〉要複雜得多。前面分析了〈尺八〉中的三重時空和三個自我，而構成〈尺八〉結構藝術的核心的，則是一種卞之琳自己所謂的「非個人化」的「戲劇性處境」。

　　所謂戲劇性處境，指的是詩人在詩中擬設的一種帶有戲劇色彩的情境。它不完全是中國古典美學中崇尚的意境，而

是有一種情節性，但其情節性又不同於小說戲劇等敘事文學，更指詩人虛擬和假設的境況，情節性只表現為一種詩學因素的存在，而不是小說般的完足的故事情節本身。由此，卞之琳的詩有可能生成一種詩歌的「情境的美學」，而這種情境的美學的出現，堪稱是對傳統詩學中的意象審美中心主義的拓展。

意象性是詩歌藝術最本質的規定性之一。詩句的構成往往是意象的連綴和並置。這一特徵中國古典詩歌最為突出，詩句往往是由名詞性的意象構成，甚至省略了動詞和連詞。如溫庭筠的〈商山早行〉：「雞聲茅店月，人跡板橋霜。」又如馬致遠的〈天淨沙〉：「枯藤老樹昏鴉，小橋流水人家，古道西風瘦馬。」這種純粹的名詞性意象連綴，省略了動詞、連詞的詩句在西方詩中是很難想像的。不妨對照一下唐詩的漢英對譯，比如王維的詩「日落江湖白，潮來天地青」的前一句被譯成「As the sun sets, river and lake turn white」。「白」在原詩中可以是一種狀態，在漢語中有恆常的意思，「白」不一定與「日落」有因果關係，但是在英語翻譯中，必須添加上表示變化、過程和結果的動詞 turn，句子才能成立，而且這樣一來，「白」與「日落」就構成了確定性的因果關係，同時必須引入關聯詞 as。又如杜甫的詩：「國破山河在，城春草木深」，後一句的英譯是這樣的：「As spring comes to the city, grass and leaves grow thick。」原詩的「春」和「深」都主要表現為形容詞的形態，而在英譯

中，表示時間性的關聯詞as，表示來臨和生長的動詞come、grow以及表示確定性的冠詞the都得補足。對比中可以看出意象性的確是漢語詩歌藝術尤其是傳統詩學所強調的最本質的規定性。

但是到了以卞之琳為代表的現代詩中，僅有意象性美學，無論對於創作還是對於闡釋，都會時時遭遇捉襟見肘的困境，意象性原則因此表現出了局限性。從意象性入手，有時就解釋不了更複雜的詩作。譬如卞之琳的〈斷章〉（1935）：

> 你站在橋上看風景，
> 看風景人在樓上看你。
> 明月裝飾了你的窗子，
> 你裝飾了別人的夢。

這首詩也充滿了美好的意象，但是單純從意象性角度著眼卻無法更好地進入這首詩。雖然從橋、風景、樓、窗、明月、夢等意象中也能闡釋出古典美的風格與追求，卞之琳的詩也的確像廢名所說的那樣「格調最新」而「風趣最古」，或者像王佐良所說的那樣，是「傳統的絕句律詩薰陶的結果」，但詩人把這一系列意象都編織在一個情境中，表達的也是相對主義的觀念。「你」在看風景，但「你」本身也在別人的眼裡成為風景。如果「你」不滿足於被看，「你」也

可以回過頭去看「看風景人」，使他（她）也變成你眼中的風景。於是，單一的「你」和單一的「看風景人」都不是自足的，兩者只有在看與被看的關係和情境中才形成一個網絡和結構。這樣一來，意象性就被組織進一個更高層次的結構中，意象性層面從而成為一個亞結構，而對總體情境的把握則創造了更高層次的描述，只有在這一層次上才能更好地理解卞之琳的詩歌，這就是情境的美學。〈斷章〉一詩因此就凝聚了卞之琳「相對主義」的人生觀和「非個人化」的詩學觀念。詩中像〈尺八〉那樣回避了第一人稱「我」的運用，也回避了抒情主體的直接出現，而選擇了第二人稱「你」，使主觀抒情轉化為「非個人化」的對大千世界的感悟。卞之琳說他的詩作「喜愛提煉，期待結晶，期待昇華」，這種追求的結果是他的詩充滿了人生哲理。〈斷章〉就是經過詩人精心淘洗，向一種象徵性的哲理境界昇華的結晶。因此，在卞之琳這裡，中國現代詩歌的抒情性開始向哲理性轉化。

必須充分估價卞之琳的這種「非個人化」以及這種戲劇性處境的詩藝在中國現代詩歌史中的地位和歷史意義。如果說浪漫主義詩人注重情感，那麼現代主義詩人更注重智性。卞之琳詩歌創作前期（1930-1937）受到了法國象徵主義詩人波德萊爾以及後期象徵主義詩人葉芝、艾略特、里爾克、瓦雷里的影響，在這些詩人的創作中，哲理與智性構成了重要的詩學原則。卞之琳的詩歌藝術也自然偏向智性一極，如果試圖最籠統地概括卞之琳的核心詩藝，可以說他傾向於追求

在普通的人生世相中昇華出帶有普遍性的哲理情境，他營造的是一種情境詩。

卞之琳的〈尺八〉也正是情境詩的佳構。用〈尺八夜〉中的話，〈尺八〉這首詩在結構上最明顯的特徵，是「設想一個中土人在三島夜聽尺八，而想像多少年前一個三島客在長安市夜聞尺八而動鄉思，像自鑒於歷史的風塵滿面的鏡子」。這就是詩人擬想的一種戲劇性處境，一種歷史情境。它使詩歌帶有一種戲劇性和情節性，表現出卞之琳所說的「小說化，典型化，非個人化」的特徵。

五

卞之琳在詩集《雕蟲紀曆》的序言中說：「這種抒情詩創作上的小說化，『非個人化』，有利於我自己在傾向上比較能跳出小我。」這種對「小我」的超越追求與卞之琳的相對主義人生觀是互為表裡的。

從〈斷章〉和〈尺八〉可以看出，卞之琳傾向於把大千世界的一切存在都看成是相對的，任何個體化的現實情境都可以和他人的以及歷史的情境形成對應和參照，個人的「小我」由此匯入到由他人組成的群體性的「大我」之中。用西方人的理論來解釋，這種追求表現出一種「主體間性」（intersubjectivity，也翻譯成「交互主體性」），即主體是通過其他主體構成的，主體存在於彼此的關係之中。

在西方對主體性理解的歷史中，笛卡爾是重要的一環。

在笛卡爾式的「我思故我在」中，主體性是由我自己的思想確立的。而現象學和存在主義則主張一種交互主體性，即把主體性理解為一種人與人的關係和境遇。在以往的哲學譬如霍布斯的思想中，人類的狀態尚被描述為一種人與自然環境和社會環境之間的對抗狀態，一種易卜生式的個人獨自抵抗大眾的主體性。而到了胡塞爾和海德格爾這裡，人存在於與他人組成的關係和境遇中。存在主義的文學即把「境遇」處理為最重要的主題，而意義也產生於人的境遇，就像托多羅夫在《批評的批評》一書中說：「意義來源於兩個主體的接觸。」所以主體性存在於主體之間，即所謂的「主體間性」。

在〈尺八〉一詩中，「非個人化」的追求以及「主體間性」的特徵使詩人最終超越了一己的感傷，跳出了個人的小我，從而使詩中鄉愁的寂寞，代表著一種具有民族性的「大我」的寂寞；詩歌的主題，也從個體的現實性的鄉愁，上升到民族、歷史與文化層面。

卞之琳來日本小住的 1935 年，正是中華民族面臨生死存亡的歷史時刻，詩人剛剛在北平經歷了兵臨城下的危機，而兩年後就爆發了盧溝橋事變。這種歷史背景自然會在卞之琳的創作中留下痕跡。因此，卞之琳在日本體驗到的鄉愁，按他自己的話說，更是一種「對祖國式微的哀愁」。在〈尺八夜〉中卞之琳寫道：他在日本所看到的世界，「不管中如何乾，外總是強，雖然還沒有完全達到夜不閉戶、路不拾遺的一步，比較上總算是一個昇平的世界，至少是一個有精神的

世界」。而「回望故土，彷彿一般人都沒有樂了，而也沒有哀了，是哭笑不得，也是日漸麻木。想到這裡，雖然明知道自己正和朋友在一起，我感到『大我』的寂寞」。正是這種「大我的寂寞」，昇華了〈尺八〉的主題，而大我的主題，與詩歌的非個人化的技巧是一致的。反過來說，也正是對非個人化的追求，使〈尺八〉中生成的主體，最終匯入的是民族的群體性的「大我」。

這種大我的主題，使卞之琳鬱結的鄉愁之中，除了對祖國日漸式微的悲哀，還蘊涵著另一個重要的維度——文化的鄉愁。卞之琳在日本懷念的祖國，不僅僅是現實中的中國，更是一個遙遠的過去時代的中華帝國，確切地說，是盛唐時代的中國和文化。由此，他體驗到了另一重悲哀：這個盛極一時的中華文明，在現時代的中國已經成為一個日漸遠去的背影，而他在日本，卻彷彿看到了唐代的文化完好地保存在東瀛的現代生活中。

卞之琳引用周作人的話說：「我們在日本的感覺，一半是異域，一半卻是古昔，而這古昔乃是健全地活在異域的，所以不是夢幻似地虛假，而亦與高麗、安南的優孟衣冠不相同也。」卞之琳產生的是同樣的感覺。他在〈尺八夜〉中寫著這樣一段我喜歡一讀再讀的散文中的華彩文字：

說來也怪，我初到日本，常常感覺到像回到了故鄉，我所不知道的故鄉。其實也沒有什麼，在北地的風

沙中打發了五、六個春天，一旦又看見修竹幽篁、板橋
流水、楊梅枇杷、朝山敬香、迎神賽會、插秧採茶，能
不覺得新鮮而又熟稔！……固然關西這地方頗似江南，
可是江南的河山或仍依舊，人事的空氣當迥非昔比，甚
至於不能與二十年前相比吧。那麼這大概是我們夢裡的
風物，線裝書裡的風物，古昔的風物了。尺八彷彿可以
充這種風物的代表。的確，我們現在還有相仿的樂器，
簫。然而現在還流行的簫，常令我生「形存實亡」的懷
疑，和則和矣，沒有力量，不能比「二十四橋明月夜，
玉人何處教吹」的簫，不能比從秦樓把秦娥騙走的簫，
更不能與「吹散八千軍」的張良簫同日而語了。自然，
從前所謂簫也許就是現在所謂笛，而笛呢，深厚似不
如。果然，現在偶爾聽聽笛，聽聽崑曲，也未嘗不令我
興懷古之情，不過令我想起的時代者，所謂文酒風流的
時代也，高牆內，華廳上，盛筵前，一方紅氍當舞台的
時代也，楚楚可憐的梨園子弟，唱到傷心處，是戲是真
都不自知的時代也，金陵四公子的時代也，盤馬彎弓，
來自北漠，來自白山黑水的「蠻」族席捲中州的時代
也，總之是山河殘破、民生凋敝的又一番衰敗的、頹廢
的亂世和末世。而尺八的卷子上，如叫我學老學究下一
個批語，當為寫一句：猶有唐音。自然，我完全不懂音
樂，完全出於一時的、主觀的、直覺的判斷。我也並不
在樂器中如今特別愛好了尺八，更不致如此狂妄，以為

天下樂器，以斯為極。我只是覺得單純的尺八像一條鑰匙，能為我，自然是無意的，開啟一個忘卻的故鄉，悠長的聲音像在舊小說書裡畫夢者曲曲從窗外插到床上人頭邊的夢之根──誰把它像無線電耳機似的引到了我的枕上了？這條根就是所謂象徵吧？

卞之琳之所以聞尺八吹奏而呼「如此陌生，又如此親切」，則是因為雖然他以前並沒有親耳見識過尺八，但卻又彷彿已經與尺八神遊已久了。對卞之琳而言，尺八標誌了一個過去的時代，充當的是「夢裡的風物，線裝書裡的風物，古昔的風物」的代表，代表了中國歷史上鼎盛的唐朝，詩人從中感到的是「猶有唐音」。正是在這個意義上，卞之琳稱「尺八像一條鑰匙，能為我，自然是無意的，開啟一個忘卻的故鄉」。而讓詩人更加感嘆的，是這個故鄉在詩人自己的本土失卻了，反而像周作人所說「健全地活在異域」。所以再回過頭來看〈尺八〉詩中括弧裡的兩句「為什麼霓虹燈的萬花間／還飄著一縷淒涼的古香？」可以說霓虹燈所象徵的日本現代生活之中正包蘊著「古香」裡所氤氳的過去。日本是一個善於保存自己的過去的民族，許多異邦人在日本，都時時處處覺出現在與過去的一種親密的維繫。〈尺八〉中的「古香」正是象徵了歷史遺產的遺留，其中也包括中國唐宋時代的歷史遺產。〈尺八〉一詩中很重要的一層意蘊，就是對霓虹燈中飄著的「古香」的深切體味。

　　同時，卞之琳感受到的古香中又蘊涵著一種「淒涼」的
況味。這種淒涼，一方面透露著詩人感時憂國的心緒，透露
著對故園「頹廢的亂世和末世」的沉重預感。另一方面，即
使在日本，尺八所維繫的，似乎也是一個正面臨著現代性衝
擊的古舊的年代。谷崎潤一郎在寫於二十世紀三〇年代的文
化隨筆《陰翳禮贊》中就感嘆說東京和大阪的夜晚比歐洲的
城市如巴黎還要明亮得多。他喜歡京都一家著名的叫「童
子」的飯館，長期以來在客房裡不點電燈，只點蠟燭。但是
後來也改用電燈了，谷崎就很不喜歡，他是特意為享受過去
的感覺而進童子的。所以他一去就讓侍者換成蠟燭。也許在
他看來，蠟燭代表著一種傳統的鄉土式的生活，一種具有古
舊、溫馨而寧靜的美感的生活。而這種生活在現代文明中是
註定要失落的。因此，文化的鄉愁就會成為一種永恆的主
題。而卞之琳的「淒涼的古香」的感受中也正包含了對這種
古舊的事物終將被現代歷史淘汰出局的必然宿命的嘆惋。

　　最後看〈尺八〉中的最後一句「海西人想帶回失去的悲
哀嗎？」海西客失去的究竟是什麼呢？

　　從最具體的層面看，「失去的悲哀」指的是尺八這種樂
器，它在中國本土已經失傳了，卻成了在三島扎根的花草。
其次，失去的悲哀指尺八所代表的中國的過去，即所謂「夢
裡的風物，線裝書裡的風物，古昔的風物」。最後，失去的
悲哀喻指曾經盛極一時的古代中華帝國的文明。卞之琳從尺
八的吹奏中，聽到的是一個極盡輝煌過的帝國日漸式微的過

程。詩人可能切膚般地感到，失去的也許永遠失去了，自己所能帶回的卻只有悲哀而已。詩讀到最後，讀者分明感到力透紙背的正是詩人這種深沉的悲哀的意緒。

讀罷全詩，有讀者也許會問，尺八真是從中國的唐代傳到日本的嗎？在散文〈尺八夜〉中，卞之琳自己也產生過不自信的疑問：「尺八這種樂器想來是中國傳來的吧。」這畢竟有臆想性，他的考證的工作也止步於《辭源》上的一條：「呂才製尺八，凡十二枚，長短不同，與律諧契。見唐書。」卞之琳以自己仍未能證明日本的尺八是從中國傳去這個假設為憾。1936 年的春天，他寫信問周作人，很快就得到了一個使他相當高興的答覆：

> 尺八據田邊尚雄云起於印度，後傳入中國，唐時有呂才定為一尺八寸（唐尺），故有是名。惟日本所用者尺寸較長，在宋理宗時（西曆 1285）有法燈和尚由宋傳去云。

卞之琳說：「雖然傳往日本是在宋而不在唐，雖然法燈和尚或者不是日本人，已沒有多大關係了。」

畢竟〈尺八〉是一首擬設想像情境的詩歌。

六

1996 年櫻花盛開的時節，我正住在卞之琳當年在京都小

住的一帶。在京都大學所做的一次講座講的也正是蘇曼殊的
「春雨樓頭尺八簫」、卞之琳的〈尺八〉以及我更喜歡的他
的散文〈尺八夜〉。每次從住處去京大的路上都能看到小巷
中一所兩層小樓的住宅的門上掛著一個牌子，上寫：尺八教
室。這是教學生吹奏尺八的地方。有時會站在門邊諦聽一下
裡面傳出的尺八的聲音，便想起了卞之琳的形容：「如此陌
生，又如此親切，無限淒涼，而彷彿又不能形容為『如怨如
慕如泣如訴』。」同時又想，尺八雖也是古舊的樂器，但它
與平安王朝的都城——京都的古舊感還是水乳交融的，不像
中國很多地方拆了真正的舊建築後所新建的「仿古一條街」
那麼不倫不類。

　　1996 年的 3 月，我從京都去神戶看望當時正在神戶大學
任教的老師孫玉石先生。孫老師經歷了阪神大地震，我去的
時候，神戶震後剛剛一年，可是震後的重建很迅速，已經很
難看出地震的跡象。1995 年阪神地震之後，無論是國內的親
友，還是師長和學生，都十分關切孫老師夫婦的安全，其中
就有孫老師的老師，北京大學中文系的林庚先生。於是我在
孫老師那裡讀到了林庚先生給他的信：

　　玉石兄如晤：

　　　　獲手書，山川道遠，多蒙關注，神戶地震之初曾多
　　方打聽那邊消息，後知你們已移居東京，吉人天相，必
　　有後福，可恭可賀！惠贈尺八女孩賀卡，極有風味，日

本尚存唐代遺風，又畢竟是異鄉情調，因憶及蘇曼殊詩「春雨樓頭尺八簫，何時歸看浙江潮，芒鞋破鉢無人識，踏過櫻花第幾橋」。性靈之作乃能傳之久遠，今日之詩壇乃如過眼雲煙，殊可感嘆耳。相見匪遙，樂何如之。匆覆並頌

　　雙好。

林庚

1996 年 1 月 3 日

　　林庚先生三〇年代與卞之琳同為現代詩派的重要一員，他本人的詩恐怕在現代派詩人群中更能稱得上是「性靈之作」，在化古方面的追求尤其獨樹一幟。儘管我對林先生「今日之詩壇乃如過眼雲煙」的判斷不能完全認同，但是林先生所謂「性靈之作乃能傳之久遠」卻是千古不易的論詩佳句。而林先生言及的尺八，從尺八女孩的風味中觸發的類似於周作人和卞之琳的「日本尚存唐代遺風，又畢竟是異鄉情調」的感受，以及他對蘇曼殊的「春雨樓頭尺八簫」一詩的援引，則使我 1996 年的日本之行對尺八的記憶，又加上了難忘的一筆。

　　京都大學的平田先生知道我對尺八情有獨鍾，在我回國的時候送我兩盤尺八的CD。此後的幾年中就斷斷續續地聽熟了。也許時過境遷，脫離了獨居異國的心緒，CD中的尺八吹奏並沒有給我「淒惘」之感，更多的時候讓我聯想到的是

「空山」雨後，是王維詩意，是東方文化特有的融匯了禪宗的頓悟的對虛空的感悟和對空寂的感悟。

今年初春時節重遊京都故地，近八年過去了，京都大學附近的那所尺八教室依在，我站在路邊等待了一會兒，街巷靜悄悄的，沒有樂聲傳來，但是耳際卻彷彿因此瀰滿了尺八的吹奏，同時迴響的還有蘇曼殊的「春雨樓頭尺八簫」以及卞之琳的一唱三嘆般的呼喚：「歸去也——」

2004 年 3 月 5 日於神戶六甲山麓

附記：寫完這篇文章後的 2004 年秋天，去奈良參觀正倉院國寶展，赫然發現有尺八展出，與現今日本流行的較長的尺八不同，展出的尺八很短，不足一尺。奈良正倉院展出的國寶都是奈良時代皇室珍寶，而奈良時代大體上相當於中國的唐代，於是就有了一個疑問：尺八很可能早在唐代就已經傳到了日本，而不是周作人考證的宋朝。

這篇文章的內容，我在 2004 年 12 月 11 日京都佛教大學組織的現代中國研究會上做了一個講演，演講前又專門查了一些資料，發現尺八的確早在唐代就已經到了日本，只是限於宮廷演奏。尺寸也是較短的尺寸。而日本後來在民間流行的現存尺八則很可能是周作人所說在宋朝傳進日本的，與唐代傳去的宮廷尺八遵循的是兩個不同的路徑。

　　○五年春節回國休假，友人王風兄告訴我，其實尺八在中國本土並沒有失傳，在福建的地方戲（「南音」？）中，尺八仍是重要樂器。只是福建地方以外熟悉的人很少罷了。

2005 年 6 月 2 日補記

「遼遠的國土的懷念者」

　　在中國現代詩歌眾多的群落和流派中，我長久閱讀的，是二十世紀三〇年代以戴望舒、卞之琳、何其芳為代表的「現代派」詩人。儘管這一批詩人經常被視為最脫離現實的，最感傷頹廢的，最遠離大眾的，但在我看來，他們的詩藝也是最成熟精湛的。「現代派」的時代可以說是中國文學史上並不常有的專注於詩藝探索的時代，詩人們的創作中頗有一些值得反覆涵詠的佳作，其中的典型意象、思緒、心態已經具有了藝術母題的特質。這使戴望舒們的詩歌以其藝術形式內化了心靈體驗和文化內涵，從而把詩人所體驗到的社會歷史內容以及所構想的烏托邦遠景通過審美的視角和形式的中介投射到詩歌語境中，使現代派詩人的歷史主體性獲得了文本審美性的支撐。

　　這批年輕詩人群體堪稱一代「邊緣人」。在三〇年代階級對壘、陣營分化的社會背景下，詩人們大都選擇了游離於黨派之外的邊緣化的政治姿態；同時，他們有相當一部分來自鄉土，在都市中感受著傳統和現代雙重文明的擠壓，又成

為鄉土和都市夾縫中的邊緣人。他們深受法國象徵派詩人的影響，濡染了波德萊爾式的對現代都市的疏離陌生感以及魏爾倫式的世紀末頹廢情緒，五四的退潮和大革命的失敗更是摧毀了他們純真的信念，於是詩作中普遍流露出一種超越現實的意向，充斥於文本的，是對「遼遠」的憧憬與懷想：

> 我覺得我是在單戀著，
> 但是我不知道是戀著誰：
> 是一個在迷茫的煙水中的國土嗎，
> 是一支在靜默中零落的花嗎，
> 是一位我記不起的陌路麗人嗎？
>
> ——戴望舒〈單戀者〉

　　無論是「煙水中的國土」、「靜默中零落的花」，還是「記不起的陌路麗人」，都給人以一種遼遠而不可及之感，成為「單戀者」心目中美好事物的具象性表達。而「遼遠」更是成為現代派詩中複現率極高的意象：「我想呼喚／我想呼喚遙遠的國土」（辛笛〈RHAPSODY〉）；「迢遙的牧女的羊鈴，／搖落了輕的木葉」（戴望舒〈秋天的夢〉）；「想一些遼遠的日子，／遼遠的，／砂上的足音」（李廣田〈流星〉）；「說是寂寞的秋的悒鬱，／說是遼遠的海的懷念」（戴望舒〈煩憂〉）；「我倒是喜歡想像著一些遼遠的

東西，一些並不存在的人物，和一些在人類的地圖上找不出
名字的國土」（何其芳《畫夢錄》）……在這些詩句中，引
人注目的正是「遼遠」的意象，其「遼遠」本身就意味著一
種烏托邦情境所不可缺少的時空距離，這種遼遠的距離甚至
比遼遠的對象更能激發詩人們神往與懷想的激情，因為「遼
遠」意味著匱缺，意味著無法企及，而對於青春期的現代派
詩人們來說，越是可望而不可及的東西就越能吸引他們長久
的眷戀和執迷。正如何其芳在散文〈爐邊夜話〉中所說：「遼
遠使我更加渴切了。」這些「遼遠」的事物正像巴赫金所概
括的「遠景的形象」，共同塑造了現代派詩人的烏托邦視景，
只能訴諸詩人的懷念和嚮往。當現實生活難以構成靈魂的依
託，「生活在遠方」的追求便使詩人們把目光投向更遠的地
方，投向只能借助於想像力才能達到的「遼遠的國土」。

　　遼遠的國土的懷念者，
　　我，我是寂寞的生物。

　　——戴望舒〈我的素描〉

　　「遼遠的國土的懷念者」構成了一代年輕詩人的自畫
像，由此也便具有了型塑一代人群體心靈的母題意味，繼而
昇華為一個象徵性的意象。人們經常可以從一些並不缺少想
像力的詩人筆下捕捉到令人傾心的華彩詩句或段落，但通常

由於缺乏一個有力的象徵物的支撐而淪為細枝末節，無法建立起一個具有整體性的詩學王國。而「遼遠的國土」或許正是這樣一個象徵物，它使詩人們筆下龐雜的遠景形象獲得了一個總體指向而具有了歸屬感。作為一個象徵物，「遼遠的國土」使詩人們編織的想像文本很輕易地轉化為象徵文本，進而超越了每個個體詩人的「私立意象」，而成為一個「公設」的群體性意象，象徵著現代派詩人靈魂的歸宿地，一個虛擬的烏托邦，一個與現實構成參照的樂園，一個夢中的理想世界。也正是在這個意義上，作為現代派領袖人物的戴望舒把自己所隸屬的詩人群體命名為「尋夢者」。

一代「尋夢者」對「遼遠」的執著的眷戀也決定了現代派詩歌在總體詩學風格上的「緬想」特徵。「緬想」成為一種姿態，並從文字表層超昇出來，籠罩了整個詩歌語境，規定著文本的總體氛圍。在詩人筆下，這種「緬想」的姿態甚至比「遠方」本身所指涉的內涵還要豐富。英國詩人威廉·布萊克把藝術視為「與天堂交談的一種手段」，「尋夢者」們對「遼遠」的緬想也無異於與理想王國的晤談。但這並不是說詩人們藉此就能實現對不圓滿的現世的超逸，事實上，詩人們對遠方的緬想背後往往映襯著一個現實的背景，恰恰是這個現實的存在構成了詩歌意緒的真正底色。這使得詩人們的心靈常常要出入於現實與想像的雙重情境之間，在兩者的彼此參照之中獲得詩歌的內在張力。譬如李廣田的這首〈燈下〉：

望青山而垂淚，

可惜已是歲晚了，

大漠中有倦行的駱駝

哀咽，空想像潭影而昂首。

乃自慰於一壁燈光之溫柔，

要求卜於一冊古老的卷帙，

想有人在遠海的島上

佇立，正仰嘆一天星斗。

　　這首詩正交織了現實與想像兩種情境。歲晚的燈下向一冊古老的卷帙「求卜」構成了現實中的情境，同時詩人又展開對大漠中倦行的駱駝以及遠海島上佇立之人的冥想。詩人「望青山而垂淚」，進而試圖尋求自我慰藉，對古老卷帙的求卜以及對遠島的遙想都是找尋安慰的途徑。但詩人是否獲得了這種「自慰」呢？大漠中空想潭影的飢渴的駱駝以及遠方佇立者的慨嘆只能加深詩人在現實處境中的失落，構成的是詩人遙遠的鏡像。因此，僅從詩人的落寞的現實體驗出發，或者只看到詩人對遠方物象的懷想，都可能無法準確捕捉這首詩的總體意緒。文本的意蘊其實正生成於現實與遠景兩個世界的彼此參照之中。

　　這種現實與想像世界的彼此滲透和互為參照不僅會制約詩歌意蘊的生成，甚至也可能決定詩人聯想的具體脈絡以及

詩歌的結構形式。試讀林庚的〈細雨〉：

　　　　風是雨中的消息

　　　　夾在風中的細雨拍在窗板上嗎

　　　　夜深的窗前有著陌生的聲音

　　　　但今夜有著熟悉的夢寐

　　　　而夢是迢遙或許是冷清的

　　　　或許是獨立在大海邊呢

　　　　但風聲是徘徊在夜雨的窗前的

　　　　說著林中木莓的故事

　　　　憶戀遂成一條小河了

　　　　流過每個多草的地方

　　　　是誰知道這許多地方呢

　　　　且有著昔日的心欲留戀的

　　　　林中多了澤沼的濕地

　　　　有著敗葉的香與苔類的香

　　　　但細雨是只流下家家的屋簷

　　　　漸綠了階下的蔓生草

　　　這是現代派詩中難得的美妙之作，我們從中可以考察一種內在的烏托邦視景如何可能制約著詩歌中物景呈現的距離感。詩中交替呈現「遠景的形象」與切近的物象。關於窗前風聲雨聲的近距離的觀照總是與對遠方的聯想互為間隔，遠

與近的搭配與組接構成了詩歌的具體形式。詩人由窗前的
「陌生的聲音」聯想到夢的迢遙以至「大海邊」，但迅速又
把聯想拉回到「夜雨的窗前」；從風聲述說的「林中木莓的
故事」，聯想到「憶戀」的小河流過許多無人知道的地方，
再聯想到「昔日的心」的留戀，但馬上又轉移到對「流下家
家的屋簷」的細雨的近距離描述，整個結構彷彿是電影中現
實與回憶、彩色與黑白兩組鏡頭的切換，給讀者一種奇異的
視覺感受。詩人的思緒時時被雨中的風聲牽引到遠方的憶戀
的世界，又不時被拍打在窗板上的雨聲重新喚回到現實中
來。遠與近的切換其實體現的是詩人聯想的更迭，這正是聯
想與憶戀的心理邏輯，〈細雨〉的結構形式其實是聯想與追
憶的詩學形態在具體詩歌文本中的體現和落實。〈細雨〉由
此別出機杼地獲得了對烏托邦視景的另一種呈現方式。遙遠
與切近的兩組意象之間形成了一種內在的張力和秩序，構成
了想像和現實彼此交疊映照的兩個世界，從而使烏托邦遠景
真正化為現實生存的內在背景。

　　卡夫卡曾經有句名言：生活是由最近的以及最遠的兩種
形態的事物構成的。這兩個世界不是截然二分的，它們互為
交織與滲透，共同塑造著具體的生活型範。對林庚所屬的現
代派詩人來說，切近的現實與遼遠的世界之間的彼此參照塑
造了他們邊緣人的總體心態。遼遠的國土是難以企及的，
「夢寐」也因為迢遙而顯得冷清，「獨立在大海邊」凸顯的
更是煢煢孑立的形影。而身邊行進中的生活又是難以融入

的，他們以超逸的緬想姿態徘徊於現實與理想的邊緣地帶，文本的意象網絡中往往拖著這兩個世界疊印在一起的影子。由此似乎可以說，現代派詩中「遠景的形象」尚缺乏一種自足性，詩人們越是沉迷於對遠方的懷想，就越能透露他們在現實中所體驗到的缺失感。「遼遠的國土」的母題最終昭示的，正是詩人們普遍的失落情緒。因為對「遼遠的國土」的懷念，畢竟是一種對烏托邦的懷念。一代詩人不可避免地要經受樂園夢的破滅，這就是「遼遠的國土」之追尋的潛在危機。步入詩壇伊始的何其芳曾「溫柔而多感」地迷戀英國十九世紀女詩人克里斯蒂娜‧喬治娜‧羅塞諦的詩句：「呵，夢是多麼甜蜜，太甜蜜，太帶有苦味的甜蜜，／它的醒來應該是在樂園裡……」然而從夢中甦醒的詩人發覺自己並沒有在樂園中，而依舊身處「沙漠似的乾涸」的衰頹的北方舊都。「當我從一次出遊回到這北方大城，天空在我的眼裡變了顏色，它再不能引起我想像一些遼遠的溫柔的東西。我垂下了翅膀。」（何其芳〈夢中道路〉）浪漫的樂園夢幻並沒有長久持續，而是迅速「從蓬勃，快樂又帶著一點憂鬱的歌唱變成彷徨在『荒地』裡的『絕望的姿勢，絕望的叫喊』」，詩人「企圖遁入純粹的幻想國土裡而終於在那裡找到了一片空虛，一片沉默」（《刻意集》序）。何其芳經歷的這種心靈歷程在追尋「遼遠的國土」的一代詩人中頗具代表性。與其遙相呼應的是南國的戴望舒。他的〈樂園鳥〉更典型地體現了失樂園的心態：

是從樂園裡來的呢？
還是到樂園裡去的？
華羽的樂園鳥，
在茫茫的青空中
也覺得你的路途寂寞嗎？

假使你是從樂園裡來的
可以對我們說嗎，
華羽的樂園鳥，
自從亞當、夏娃被逐後，
那天上的花園已荒蕪到怎樣了？

　　自從亞當、夏娃被逐出樂園後，對樂園的嚮往與追求就成了人類永恆的熱望。這首〈樂園鳥〉創意的新奇處，就在於擬想了一個往返於伊甸樂園的使者——樂園鳥的形象，借此表達對失去的樂園的眷戀。「樂園鳥」正是這種追求的熱望的一個象徵，從而寄託了詩人對烏托邦的渴念和求索。這是現代派詩歌中最好的收穫之一。「華羽的樂園鳥」也構成了一代詩人的自我寫照，而對天上花園的荒蕪的追問則象徵了詩人們「樂園夢」的破滅，「荒蕪」中也拖著T. S.艾略特的長詩《荒原》的影子。

　　樂園夢的失落根源於樂園本身的虛擬性和幻象性。儘管「遼遠的國土」構成了詩人們的心理寄託和精神歸宿，具有

「準信仰」的意味，但一種真正的信仰不僅需要背後的目的論和價值論的支撐，同時還必須在信徒的日常行為中獲得具體化的落實，否則便如沙上之塔，終將傾覆。對「遼遠的國土」的憧憬很難在現實中找到具體對應，現實是詩人們企圖游離甚至逃逸的世界，這使他們無法把遠方的視景引入到日常生活秩序中，無法像基督徒那樣在日常的禱告、禮拜以及聖餐儀式中具體地感知天堂的存在。在詩人們筆下，天上的花園只是一個無定型的幻影，一個鏡花水月，無法直面嚴峻的現實。一塊細小的石子都會輕易地擊破這個純美卻脆弱的世界。

烏托邦主義和虛無主義是一把利劍的雙刃。在遼遠的國土失落的過程中，一代詩人所強化的，正是潛伏在心底的虛無主義情緒。杜衡曾這樣剖析戴望舒〈樂園鳥〉時期「虛無的色彩」的時代根源：「本來，像我們這年歲的稍稍敏感的人，差不多誰都感到時代底重壓在自己底肩仔上，因而吶喊，或是因而幻滅，分析到最後，也無非是同一個根源，我們誰都是一樣的，我們底心裡誰都有一些虛無主義的種子；而望舒，他底獨特的環境和遭遇，卻正給予了這種子以極適當的栽培。」這顆「虛無主義的種子」終不免在三〇年代的社會歷史情境中破土。孫作雲在 1935 年創作的〈論「現代派」詩〉一文中這樣描述現代派的群體特徵：「橫亙在每一個作家的詩裡的是深痛的失望，和絕望的悲嘆。他們懷疑了傳統的意識形態，但新的意識並未建樹起來。他們便進而懷

疑了人生，否定了自我，而深嘆於舊世界及人類之潰滅。這是一個無底的深洞，憂鬱地，悲慘地，在每一個作家的詩裡呈露著。」由此我們不難理解何其芳的「鬱結與頹喪」，也不難理解卞之琳的「喜悅裡還包含惆悵、無可奈何的命定感」，更不難理解李廣田的「我有深綠色的悲哀，是那麼廣漠而又那麼沉鬱」。現代派詩人們在擬構了遼遠的國土的同時，也埋下了失樂園的因子，這就是樂園夢的雙重屬性。

詩人們並非沒有對樂園夢的這種脆弱屬性的體認與覺察。在感受著「遼遠的國土」的虛無縹緲的同時，他們也在動盪的現實中尋求「樂園」的替代物，這就是現代派詩中的另一個原型意象——「異鄉」。

相較於並不真實存在的「遼遠的國土」，「異鄉」提供的是現實生活中所能企及的異己的生存際遇。詩人們的異鄉行跡中印證著海明威的名言：「一個人是需要移植自身的。」這種「移植自身」的過程，是個體生命不斷獲得再生的過程，而「異鄉」的體驗，則時時為他們的生命灌注新鮮的滋養。譬如徐遲的這首詩：「在異鄉，／在時代中，灌溉我的心的田園的，／是熱鬧的，高速度的，自由的肥料。／我的心原是一片田園，／但在異鄉中，才適合了我自己。」（〈故鄉〉）李廣田和林庚都曾寫過同題詩作〈異鄉〉，傳達了異鄉客所普遍具有的共通體驗，反映了詩人一種紙面上的漂泊感。這些羈旅異鄉的遊子，或者像徐遲，故鄉雖有「木舟在碧雲碧水裡棲止的林子」的綺麗風景，但卻「曾使

我的戀愛失落在舊道德的規律裡」,「又到處是流長飛短的
我的戀情的叱責」;或者像何其芳,山之國的故居「屋前屋
後都是山,裝飾得童年的天地非常狹小」,心靈的翅膀「永
遠飛不過那些嶺嶂」;又或者像戴望舒,魂牽夢繞於「一個
在迷茫的煙水中的國土」,而一任「家園寂寞的花自開自
落」。或許可以說,「異鄉」是由「遼遠的國土」所衍生的
一個次母題,是詩人們漂泊生涯的具體化,是詩人們在現實
生活中所能達到的一個「遠方」,也是「遼遠的國土」在現
實中一個並不圓滿的替代物。

　　「在異鄉」既是一種人生境遇,一種心理體驗,同時也
是詩歌文本中一種具體的觀照角度。林庚的〈異鄉〉體現出
的即是這樣一種特殊的視角。

　　　　異鄉的情調像靜夜
　　　　吹拂過窗前夜來的風
　　　　異鄉的女子我遇見了
　　　　在清晨的長籬笆旁
　　　　黃昏的小船在水面流去
　　　　趕過兩岸路上的人了
　　　　前面是櫻桃再前面是柳樹
　　　　再前面又是路上的人
　　　　在樹下彳亍的走著
　　　　異鄉的情調像靜夜

落散在窗前夜來的雨點
南方的芭蕉我遇見了
在清晨的長籬笆那邊
黃昏的小船在水面流去
趕過兩旁路上的人了
前面是櫻桃再前面是柳樹
再前面又是路上的人
在樹下彳亍的走著
異鄉的情調像靜夜
吹落在窗前夜來的風雨

　　這首詩描繪的當是詩人一次江南之行的所見，它的奇特處在於變化中的重複與重複中的變化，從而在整體上給人一種既回環往復又變幻常新之感。這種複沓與回環傳達了一種「行行復行行」的效果。從視點上說，這是由作為異鄉客的詩人的觀照角度決定的。詩人彷彿坐在一隻小船上順水漂流，一路上遇見了長籬笆旁的異鄉女子和芭蕉，趕過了兩岸彳亍行走的路人，又超過了岸邊的櫻桃和柳樹，如此的景象一再地重複下去，從清晨直至黃昏。詩作在形式上的複沓與詩人旅行中固有的視點的移動是吻合的，但這種複沓卻不讓人感到膩煩，重複中使人獲得的是新奇的體驗。這種體驗正來自詩人作為異鄉人的旅行視角。但最終決定著這種變幻感和新奇感的卻並不是移動著的視角，而是視角背後觀照者陌

生的異鄉之旅本身，以及詩人身處異鄉的漂泊經歷在讀者心頭喚起的一種普遍的羈旅體驗。因而，在詩的最後，詩人眼中的一切異鄉景象都隨著小船的漂流而消失在身後，「在異鄉」的「情調」本身逐漸擴展開來並瀰漫了整首詩的語境。

林庚的〈異鄉〉還表現了旅行者一種審美化的靜觀心態。這種審美心態對於體味著「人在旅途」的孤獨感，承受著「生之行役」（李廣田〈生風尼〉）的負荷感的現代派詩人來說是難得一見的。而當詩人們長久處於羈旅異鄉的現實處境之中的時候，這種羈旅生涯卻派生出了另一種慣常的情緒，這就是鬱結在遊子心頭的鄉愁。魯迅曾把二〇年代鄉土小說家群稱為「僑寓文學的作者」。從「在異鄉」的角度看，三〇年代的現代派詩人也堪稱是一批「僑寓詩人」，一批瞿秋白在《魯迅雜感選集》序言中所概括的「薄海民」（Bohemian，即波西米亞人）。在遠離家鄉的異鄉生涯中，故園之戀常常在他們心頭潛滋暗長，這使現代派詩歌總是籠罩著一種時代性的懷鄉病情緒。

鄉愁是記憶的一種特殊的形式，一種無定型的瀰漫的形式，它構成了異鄉客心頭慣常的底色。年輕的詩人們無須刻意地提醒自己思鄉，屢見不鮮的情形是，一件小小的物什，一片與內心相契的風景，一段當年聽習慣了的音樂，甚至一縷諳熟的氣味，都會驀然喚起故鄉之憶。值得從詩學意義上關注的，正是鄉愁的表現形式。如同一切普泛意義上的記憶形式的具體性，鄉愁在羈旅詩人筆下也有具體性的特徵。如

李廣田的這首〈鄉愁〉：

> 在這座古城的靜夜裡，
> 聽到了在故鄉聽過的明笛，
> 雖說是千山萬水的相隔罷，
> 卻也有同樣憂傷的歌吹。
>
> 偶然間憶到了心頭的，
> 卻並非久別的父和母，
> 只是故園旁邊的小池塘，
> 蕭風中，池塘兩岸的蘆與荻。

　　詩人在靜夜中捕捉到的是類似故鄉明笛的吹奏，「同樣憂傷的歌吹」構成了喚醒詩人鄉愁的具體契機。而更值得留意的，是這首詩的下半段：偶然間浮上詩人心頭的，只是故園的池塘、蕭風、蘆荻。記憶中複現的這些故園圖景似乎有一種偶發性與隨意性，詩人自己也沒有料到憶到心頭的只是那座小池塘。但這恰恰是鄉愁的法則，「小池塘」的出現，並非是詩人刻意選擇的結果，並不意味著蕭風中湧浪般的蘆荻給詩人留下了更刻骨銘心的記憶，也不意味著遠行人對小池塘的眷戀超過了故園的親人或其他的風土人物。不妨設想詩人以故鄉的任何其他事物來置換「小池塘」的意象，詩意效果仍是相同的。這裡更重要的是，詩人偶然間的所憶恰恰

暗示了故園記憶的瀰漫性，暗示了鄉愁無所不在的普覆性。理解了這一點再回頭品味整首詩，鄉愁的氛圍愈加瀰漫起來，把故鄉的明笛、家園旁的池塘、岸邊的蘆與荻都籠罩在其中。這說明具體回憶起什麼並不是詩人關注的重心，詩人所關注的是具體化的記憶所傳達的無所不在的鄉愁本身。由此，狀寫故園之戀詩篇中的一切具象之物，都最終指向鄉愁的總體性與瀰漫性。

　　瀰漫性的鄉愁在表現故鄉憶戀的同時，更提示著詩人們在異鄉的當下心境。鄉愁構成了異鄉生活的情緒底色，標誌著遊子在體驗異鄉的新鮮感的同時，也體驗著與異鄉無法徹底融洽的疏離感。詩人們時刻準備著從遙遠的異鄉啟程奔赴更其遙遠的異鄉。旅居北方的何其芳，便常常萌生「一種奇異的悒鬱的渴望，那每當我在一個環境裡住得稍稍熟習後便欲有新的遷徙的渴望」。詩人如此追問：「是什麼在驅策著我？是什麼使我在稍稍安定的生活裡便感到十分悒鬱？」或許可以說，驅策著詩人的，正是渴望從異鄉到異鄉不斷遷徙漂泊的生命形態本身。更多的詩人在對異鄉的追逐之中迷戀的只是飄泊的人生歷程，正如三〇年代的小說家艾蕪說的那樣：「我自己，由四川到緬甸，就全用赤腳，走那些難行的雲南的山道……但如今一提到飄泊，卻仍舊心神嚮往，覺得那是人生最銷魂的事呵。」（〈想到飄泊〉）從而對生命的移植過程的眷戀逐漸衍化為一種目的。現代派詩人的群體形象由此也堪稱是一代漂泊者，他們大都是詩人辛笛所謂「永

遠居無定所的人」。他們視野的遠方「有時時變更顏色的群山」，進入耳鼓的人語，常常是「充滿異地聲調的」（辛笛〈寄意〉），他們目睹過高原上的孤城落日，也領略過燕市人的慷慨悲歌（禾金〈一意象〉）；在「棧石星飯的歲月，驛山驛水的行程」（戴望舒〈旅思〉）之中，一代漂泊的異鄉客更深切地體驗到了青春內在的激情以及生命本能的衝動，正像何其芳在〈樹蔭下的默想〉一文中所寫那樣：「我將完全獨自地帶著熱情和勇敢到那陌生地方去，像一個被放逐的人。……仍然不關心我的歸宿將在何處，仍然不依戀我的鄉土。未必有什麼新大陸在遙遙地期待我，但我卻甘願冒著風濤，帶著渴望，獨自在無涯的海上航行。」這種獨自奔赴陌生地方，「像一個被放逐的人」的體驗無疑具有典型性。戴望舒即自稱是一個「寂寞的夜行人」，林庚也如穆木天評價的那樣，有一種「流浪人化」的特徵。「他們在異鄉所發現的新生命恰好是一面真實的明鏡，把他們的本來面目照得清清楚楚」，所謂的本來面目是身後的故園永無歸期的自我放逐，是時時處在人生的道程之中的無棲止感，是生命個體獨自面對陌生世界的蒼涼體驗。何其芳「獨自在無涯的海上航行」的渴望昭示了一代異鄉人孤立無援的心理處境，它強化了詩人們的孤獨感受，但更強化了詩人們對自我的確證，激發了孤獨體驗中的自我崇高感，這就是現代派詩人「在異鄉」的母題中更富心靈史價值的蘊含。

　　無論是「遼遠的國土」，還是「在異鄉」都構成了現代

派詩歌的原型母題，有助於考察詩人的主體性以及審美心理是如何在詩歌形式層面具體生成和凝聚的，也有助於考察意識形態以及社會歷史在詩歌文本語境中的內在折射，進而在積澱了審美和心理的雙重體驗的藝術母題中尋找一種心靈與藝術的對應模式。在任何具有成熟詩藝的文本類型中，相對恆定的符號秩序都意味著同樣恆定的心理內容在形式上的生成。我們試圖把握的，是現代派詩人的心靈狀態以及對世界的認知究竟如何借助於意象的中介轉化為對世界進行觀察的藝術方式，以及如何具體轉化為構築詩歌藝術母題的原則。正如巴赫金所說：當這些原則「作為具體地構築文學作品的原則，而不是作為抽象的世界觀中的宗教倫理原則，對文藝學家才有重要意義」。

扇：中國現代派詩歌的藝術母題

　　二十世紀三〇年代以戴望舒、何其芳、卞之琳為代表的「現代派」詩人群在中國現代詩歌史上堪稱是具有相對成熟的詩藝追求的派別，成熟的原因之一體現在詩歌意象世界與作家心理內容的高度吻合，以及幻想性的藝術形式與渴望烏托邦樂園的普遍觀念之間的深切契合，最終生成為一些具有原型意味的藝術模式和藝術母題。

　　現代派詩人筆下經常出現的「遼遠的國土」、「鏡花水月」、「異鄉」、「古城」、「荒園」、「夢」、「樓」、「窗」、「橋」等等，都可以看成是母題性的意象。這些由於現代派詩人共同體普遍運用而反映群體心靈狀態的母題性意象，一端折射著詩人們的原型心態，一端聯結著詩歌內部的藝術形式。現代派詩人們尋求的，是與心靈對應的詩藝形式，是心靈與詩歌形式之間的同構性。這在現代派詩歌中就表現為一系列具有相對普遍性和穩定性的意象模式，從而一代詩人內心深處的衝突、矛盾、渴望、激情就呈現為一種在意象和結構上可以直觀把握的形式。具有母題特質的意象，

是現代派詩人在詩中發現和尋找的特定內容，同時也是詩人的自我外化的形式，是一種心靈的符號，一種心理的載體或者情感的「客觀對應物」。譬如當戴望舒具有偶然性地運用了「遼遠的國土」的意象之後，諸多詩人穎悟到他們的心靈體驗、時代感受以及對烏托邦的憧憬都在這個意象中找到了歸宿，「遼遠的國土」由此表達的是一代年輕詩人共同的心聲，繼而紛紛在自己的詩中挪用，便使「遼遠的國土」上升為一個原型，成為現代派詩人群共同分享的公共意象。這種原型母題意象也是衡量一個詩人是不是從屬於這一群體的重要表徵。當詩人們分享的是一個意象體系，同時也分享著相似的藝術思維和詩歌語法，他們也就同時分享某種美學理想甚至分享共同的意識形態視野以及關於歷史的共同遠景。

這些藝術母題形式也許比內容本身表達著某些更恆久普遍的東西。臨水、對鏡、憑窗、登樓、獨語、叩問……這些使心靈主題與藝術主題合而為一的原型意象，無疑都是人類一些非常古老的行為和姿態。譬如臨水，可以想像當某個遠古的原始人第一次在水邊鑒照自己的影子並且認出是他自己時的情形。人類自我認知的歷史或許便由此開始了，而且是富有形式意味的審美認知。從現代派詩人頻繁對鏡的姿態中，我們感到的是一種既亙古又常新的體驗，體現的是人類一種具有本質性的精神行為。詩人們無意識的姿態，最終匯入了人類亙古積累下來的普遍經驗之中。

這也就給我們提供了一種視角，可以通過藝術母題的方

式考察一個派別或者群體的共同體特徵，考察他們之間具有共同性的藝術形態、文學思維乃至價值體系。本文即試圖重新回到現代派詩人群的藝術世界，捕捉詩人們的具有普遍意義的審美心理是怎樣具體轉化為詩歌形式的。

在現代派詩人群諸多的母題意象中，本文首先選擇了「扇」作為一個切入現代派詩歌意象體系的一個微觀化視角。

「扇」堪稱是中國古典詩歌中積澱甚久的一個意象，輕而易舉就可以聯想起來的，是杜牧的〈秋夕〉：

> 銀燭秋光冷畫屏，
> 輕羅小扇撲流螢。
> 天階夜色涼如水，
> 坐看牽牛織女星。

使整個詩境產生靈動感的正是這把撲流螢的「輕羅小扇」。如果杜牧把「撲流螢」寫成「撲蚊蟲」，就顯示出扇子的工具性和實用性了。而「撲流螢」則帶給小扇以一種超功利性的遊戲性甚至審美性。詩的第一句「銀燭秋光冷畫屏」更為輕羅小扇提供了一個極富美感的生活背景。從此這把「輕羅小扇」以及與之相類的「宮扇」、「團扇」便衍化為一個具有藝術裝飾性和審美性的傳統意象。

到了二十世紀三〇年代，現代派詩人何其芳寫出了完全可以同杜牧詩境媲美的有關「扇」的母題的詩句：

設若少女妝台間沒有鏡子，

成天凝望著懸在壁上的宮扇，

扇上的樓閣如水中倒影，

染著剩粉殘淚如煙雲，

嘆華年流過絹面，

迷途的仙源不可往尋，

如寒冷的月裡有了生物，

每夜凝望這蘋果形的地球，

猜在它的山谷的濃淡陰影下，

居住著的是多麼幸福……

——何其芳〈扇〉

何其芳筆下這把懸在壁上的宮扇，顯然更是一個裝飾品或者藝術品。在現代派詩歌浩繁的文本世界中，它或許是一個最具有形式感的母題意象。

一、中介的意義

何其芳為他的散文詩集《畫夢錄》所寫的代序題為〈扇上的煙雲〉。在文章的開頭，何其芳引用了自己的〈扇〉這首詩的前四句，見出何其芳本人對這首詩的珍愛。而「扇上的煙雲」對於理解《畫夢錄》無疑具有總體上的提示作用。在談及如何畫夢的時候，文中有這樣一段描述：

「於是我很珍惜著我的夢。並且想把它們細細的描畫出來。」

「是一些什麼夢？」

「首先我想描畫在一個圓窗上。每當清晨良夜，我常打那下面經過，雖沒有窺見人影卻聽見過白色的花一樣的嘆息從那裡面飄墜下來。但正在我躊躇之間那個窗子消隱了。我再尋不著了。後來大概是一枝夢中彩筆，寫出一行字給我看：分明一夜文君夢，只有青團扇子知。醒來不勝悲哀，彷彿真有過一段什麼故事似的，我從此喜歡在荒涼的地方徘徊了。一夏天，當柔和的夜在街上移動時我走入了一座墓園。猛抬頭，原來是一個明月夜，齊諧志怪之書裡最常出現的境界。我坐在白石上。我的影子像一個黑色的貓，我忍不住伸手去摸它一摸，唉，我還以為是一個苦吟的女鬼遺下的一圈腰帶呢，誰知拾起來乃是一把團扇。於是我帶回去；珍藏著，當我有工作的興致時就取出來描畫。我的夢在那上面。」

——《畫夢錄·扇上的煙雲》

對於「留連光景惜朱顏」的何其芳來說，如何為自己倍加珍惜的夢尋找一個合適的載體，是頗費一番周折的。詩人最終找到了「扇」來畫夢，看上去似乎是妙手偶得，實際上卻是近乎賈島苦吟的結果。很多藝術家漫長的時間和精力都

花費在對這種藝術中介物的尋找之上。而對何其芳來說，小小團扇上面凝聚著詩人對具有形式感的審美中介物的深深執著。他在團扇上畫夢的過程，也是為他的想像尋找形式的過程。他找到了團扇，也就為自己的想像找到了藝術化的媒介。

由此可以理解何其芳在〈扇〉中的奇妙的構思，詩人設想一個少女的妝台間沒有鏡子，無法鑒照自己的面容，只好整天凝望著宮扇出神。宮扇在這裡，是鏡子的一個替代物，它構成了少女幻想的寄託，同時也是何其芳自己夢的依託。

詩人找到了團扇，也就為他的想像找到了藝術化的媒介。

首先值得我們注意的，是「扇」本身具有的豐富形式感，由此可以理解為什麼何其芳要把自己的夢畫在扇上。「扇」酷似何其芳在《畫夢錄》代序〈扇上的煙雲〉中提及的「圓窗」，同樣具有一種畫框效應，詩人既獲得了在扇子上面任意塗抹想像的自由度，同時又把天馬行空的夢想框定在一種格局之中。何其芳在扇上畫夢的過程，從而也是為他的想像獲得形式的過程。

這對於我們總體上把握《畫夢錄》在藝術形式上的特徵，是具有導向作用的。作為代序，〈扇上的煙雲〉最終啟示給讀者的，是媒介的意義和重要性。也許何其芳並非真要在團扇上畫夢，我們對扇上究竟畫了什麼其實並不了然，長久吸引我們凝視的其實是作為形式和媒介的宮扇本身，宮扇是作為藝術化的審美中介物而存在的。正像我們讀了《畫夢錄》最終打動我們的也許更是作者在書中頻頻呈現的獨語和

對大千世界進行叩問的姿態本身一樣。

　　對大多數創作者來說，也許夢想並不難，孰人無夢？真正困難的在於畫夢，在於為遐想、空想、夢想賦形。「秋夢如獻託於扇上的夕顏花，夜夜在圓頂帳中吐雲髮之蕾」，這便是另一位現代派詩人之夢，它同樣印證著媒介的意義。詩人的「秋夢」寄託在「扇」上的花朵中，讀者則得以憑藉「扇上的夕顏花」間接地窺探詩人的「秋夢」。最終秋夢隱去了，只剩下扇上的花朵夜夜吐放「雲髮之蕾」。

　　由此讀者似乎恍然何以何其芳很少描繪具體的夢境，他熱心的本來就是為夢尋找形式，而不是「要在那空幻的光影裡尋一分意義」。不妨看一下他自己的創作談：

> 　　我從童時翻讀著那小樓上的木箱裡的書籍以來便墜入了文字魔障。我喜歡那種錘煉，那種色彩的配合，那種鏡花水月。我喜歡讀一些唐人的絕句。那譬如一微笑，一揮手，縱然表達著意思但我欣賞的卻是姿態。
>
> 　　我自己的寫作也帶有這種傾向。我不是從一個概念的閃動去尋找它的形體，浮現在我心靈裡的原來就是一些顏色，一些圖案。[1]

1　何其芳：〈夢中道路〉，《刻意集》，上海：文化生活出版社，1938 年。

〈扇上的煙雲〉中另一段文字同樣證明了何其芳審美意識的側重點:「我說不清有多少日夜,對著壁上的畫出神,遂走入畫裡去了。但我的牆壁是白色的。」所謂的「壁上的畫」,恰像少女所凝望的「壁上的宮扇」。如果說少女的扇上尚畫有如水中倒影的「樓閣」,那麼這裡的牆壁上卻一無所有,牆上的畫不過是純粹的想像,白色的牆壁或許更能引發詩人的遐想。這同樣是媒介對意義的超越。這一切都可以歸結為〈扇上的煙雲〉中的一句話:「對於人生我動心的不過是它的表現。」這是一種真正的藝術家的態度,一種審美態度,它關心人生的呈現方式勝過關心人生的意義本身,它熱衷於思想的載體超出了對思想的把握,它使一個藝術家不是在生活中而是在藝術形式裡獲得真正的滿足。由此形成了何其芳的所謂匠人意識:「像一個有自知之明的手工匠人坐下來安靜地,用心地,慢慢地雕琢出一些小器皿。」[2]而「安靜地,用心地,慢慢地」三個形容詞所彰顯的正是藝術的態度。藝術是「慢」的,而用這種慢騰騰的速度最後雕琢出來的也只是「小器皿」。何其芳筆下的「扇」也正可以看作是傾注了詩人藝術心血的「小器皿」,它以一種純美的形式浮動在它的創造者的心靈裡,並穿越了半個多世紀的時光啟迪給我們今天的讀者一個藝術家獨運的匠心。這種器皿的美感使

2　何其芳:〈《還鄉雜記》代序〉,《何其芳文集》第 2 卷,頁125,北京:人民文學出版社,1982 年。

人聯想到英國詩人奧登在〈悼念葉芝〉一詩中對葉芝的形容：

> 泥土呵，請接納一個貴賓，
>
> 威廉・葉芝已永遠安寢：
>
> 讓這愛爾蘭的器皿歇下，
>
> 既然它的詩已盡傾灑。

在這裡，「器皿」已成為一個詩人形象的最好的表達。

二、「只有青團扇子知」

「分明一夜文君夢，只有青團扇子知。」在何其芳的夢中，這把可以感知「文君夢」的青團扇子，似乎已具有了某種特別的靈性，就像《紅樓夢》裡的通靈寶玉，也使人聯想到法國象徵派詩人韓波的「通靈者」的概念。文君夢與扇子之間的這種關聯似乎具有某種必然性；另一方面，也多少說明了詩人與扇子間隱隱蘊含有一種物我間的契合關係。

這種契合與交感更充分地體現在與何其芳、卞之琳合稱為「漢園三詩人」的李廣田的散文〈扇的故事〉裡：

> 自己在寬大的屋子裡慢慢踱步。我還不知道我所要尋求的是什麼，直到我聽到一種低微的聲音，從我的塵封的書架上發出，彷彿告訴道「我在這兒」的時候，我才明白我正是需要一把扇子，因為那說「我在這兒」的

聲音就是從一把黑色的摺扇發出的。

不知道尋求什麼的「我」找到扇子的過程也同樣是為他的話語表達的衝動尋找媒介的過程。〈扇的故事〉引人入勝的地方是那把黑色的摺扇對於作者孤獨感的印證，以及扇子作為一個可託付心曲的知遇者的象徵。人們常常對自己慣用的或者旦夕伴隨身邊的物什有一種眷顧的感情，彷彿是一個知遇的故交一般。當一件物什相伴自己度過了一段無論輝煌或是寂寞的歲月，它自然無形中折射了自己的心理與情感，成為一種生命與歲月的見證。

李廣田筆下那把摺扇給他的正是一種「故舊之感」：「這種故舊之感使我嘆息，我彷彿看見一串無盡的夏天與秋天，像一站一站向遠方展去，我又預感到我的黑摺扇將永久伴我，沿著那一長串的夏與秋作一次遠足的旅行。」摺扇使詩人惦記起一長串已逝的夏天與秋天以及尚未來臨的夏與秋的長旅。詩人彷彿看見「自己的許多影子在那一串夏與秋的交替中取一把扇子，又放一把扇子」，自己的影子與扇子就這樣疊印在一處，彼此見證，彼此慰藉。扇子成了通靈的甚至有生命的東西，儘管實際上它不過是作者孤獨的身影的一種投射。

〈扇的故事〉中的「故舊之感」更表現在「扇以一種惟我所能了解的語言開始它的故事」。這是一座我們在現代派詩人筆下一點也不陌生的荒涼的古城故事，城中有高大的喬

木，有頹圮的古式建築，有歷史悠久的疏落的居民。但是這些疏落的居民彼此是不相通的，「很少人事的往來和感情的交通」，最後連同他們的後人一起相繼死去，直到桑田變為滄海，滄海又為桑田，「又一片新的陸地，又有了新的居民」：

> 以後呢？
> 以後又是海與陸的變化。
> 以後……
> 以後……
> 我的黑摺扇忽然又發出一陣近於撕裂的聲音，把黯然的面孔斂起來，並無可如何地在我的手中跳躍一下，沉默了。

「我」的黑摺扇其實講述的是一個平淡的故事，故事本身並沒有什麼特別的地方，特殊處在於它是由摺扇講出的。〈扇的故事〉給人最深刻的印象還在於扇子與「我」的交流以及在故事結束後一切又重歸於「沉默」。這種從沉默始到沉默終的循環也正是「我」取了一把扇子又放了一把扇子的循環。我們一時間無法了悟文本中的「我」經過這番交流到底紓解了寂寞感還是加深了寂寞感，我們只看到「我」和「我」的摺扇在無言中形影相弔。

同何其芳相比，李廣田對筆下「黑色的摺扇」有著更為詳盡的描繪：蒙滿灰塵，散發著一種近於燒烤的胡桃的氣

味，展開時伴隨一種撕裂的聲音，扇面上已經有些黯然。作者描寫的越具體，越反映著摺扇的「故舊之感」，因為人們對故舊的記憶往往是和細節聯繫在一起的。譬如這把摺扇，一種氣息，一處磨損，一點黯淡……都能使人對往昔的記憶複現，正像普魯斯特從一種名叫「瑪德萊娜」的小點心的味道喚起對過去時代的回憶一樣。同時，這種描寫的具體性也昭示了作者對所描寫對象的真正的專注。正像何其芳〈扇上的煙雲〉中的「我」日夜對著壁上的畫出神，遂能走入畫裡去一樣，在〈扇的故事〉中，惟其「我」長久地注視摺扇那黯然的面孔，才能從中「聽」到一個故事。李廣田這篇關於「扇」的寂寞文本最後留給讀者的，仍是一個藝術家執著的傾聽著的姿態。

三、扇上的「煙雲」

這仍是一個值得繼續探討的問題：為什麼何其芳對「扇」的意象如此執迷，以至最終選擇了把他的夢細細地描畫在「扇」的上面？

除了「扇」本身的古典美感的積澱以及豐富的形式感之外，「扇」令何其芳時時眷顧的，還有詩人賦予它的一種朦朧而飄渺的特徵。

扇上的樓閣如水中倒影，
染著剩粉殘淚如煙雲。

　　「煙雲」兩個字是這種朦朧而飄渺特徵的集中概括。由此何其芳賦予筆下的宮扇以一種模糊性。絹面上的樓閣是不甚清晰的，有如水中倒影一般，同時又染著女主人的剩粉殘淚，便顯得愈發朦朧而虛幻。從而這「扇上的煙雲」便納入了鏡花與水月、幻象與倒影這一系列現代派詩歌的藝術主題的行列之中。

　　何其芳在《畫夢錄》中寫過一系列深鎖閨中的少女的形象，如〈哀歌〉中那些「無望的度著寂寂的光陰，沉默的」，「在憔悴的朱唇邊浮著微笑，屬於過去時代」的少女們，〈秋海棠〉中「大顆的淚從眼裡滑到美麗的睫毛尖，凝成玲瓏的粒，圓的光亮，如青草上的白露」的思婦，〈樓〉中「過著一種靜寂的、傾向衰微的日子」的樓的建築者遺下的女兒，或許還有〈靜靜的日午〉中那個「高高的穿白衫的女孩子」……她們可以把〈扇〉中的少女引為同類，其共通的姿態是夢幻般的緬想。在〈扇〉中我們找到的同樣是緬想的主題，「扇」作為少女的思緒的對象物，它的朦朧顯然比清晰更能承載少女無窮無盡的想像，更能把少女的夢幻引向虛無縹緲的遼遠的地方。煙雲般的宮扇，映襯出的其實是少女生命的某種主導形態。而讀者的注意力雖然有可能不在少女身上，而是被壁上的宮扇吸引了去，但從那染著剩粉殘淚的絹面上，我們看到的，仍然是少女以淚洗面的人生；從那倒影般的閣樓中，我們感受到的仍然是一雙凝望的眼睛。從而，扇不再是純粹裝飾品，而是一個經過了主體投射的對象

物，隱含著一個青春的生命的面影。在這裡，生命的形式與
藝術的形式融合了，或者像英國詩人 L. 比尼恩所說的那樣：
「思想與質料在這裡融合。」而那「質料與人類的願望、情
感聯繫在一起，因此在這裡你可以說，質料被精神化了。」[3]
在扇中我們深切地感受到一種幻想的生命形式與對象性的媒
介的融合，從而媒介不再是單純的媒介，而同時與人的幻想
和憧憬合而為一；生命的內容也並非是具體化的，而顯現為
煙雲般朦朧的氛圍，一種幻想性的氛圍。

> 嘆年華流過絹面，
>
> 迷途的仙源不可往尋，
>
> 如寒冷的月裡有了生物，
>
> 每夜凝望這蘋果形的地球，
>
> 猜在它的山谷的濃淡陰影下，
>
> 居住著的是多麼幸福……

　　何其芳的〈扇〉中的這種飄渺感還體現在詩中的少女在
幻想中把自己置於一個遙遠的地方，換了一個月裡生物的眼
光來「每夜凝望這蘋果形的地球」，這月中生物是少女投射
的一個影子，它產生的效果是一種遙遠感，這超長的距離使

3　比尼恩著，孫乃修譯：《亞洲藝術中人的精神》，頁 137，瀋陽：
　　遼寧人民出版社，1988 年。

地球上的山谷只呈現出「濃淡的陰影」，愈發成為不可往尋的「迷途的仙源」。這天外的視角，寒冷的月宮，陶潛式的世外仙源，把讀者引入的是一個超時空的世界：無歷史感，無時間感，空間也是一種幻夢般的變形化的空間。這種奇妙的幻境你可以把它置於晚唐，或者六朝，都不會妨礙對它的領悟。這種遙遠感已經使宮扇帶有了原型的意味。

「看舊時的日月蒙上風塵，／消散去杳若煙雲。」如同現代派的另一個詩人禾金的這首〈煙雲〉中蒙上風塵的舊時的日月，何其芳的「扇」也給人一種蒙塵感。這或許並不是一把古舊的宮扇，但隨著華年流過絹面，絹面無可避免地隨之黯淡了。「煙雲」傳達出的一種模糊的美感隱含著的正是曾經滄桑的韻味。模糊的宮扇比嶄新的扇子記載著更多的內容：一顆充滿著幻想但又永遠匱乏的心靈，寂寂的日午與長夜，晶瑩的淚水浸泡過的已逝的歲月……正像李廣田筆下塵封在書架上黯然的摺扇更能引發主人的懷想一樣，宮扇上的「煙雲」也塵封著少女寂寥的青春。

這種模糊的美感是何其芳所刻意追求的，它能把人的思緒引入對「漫長」這一辭彙本身的領悟中。流過絹面的華年是漫漫的時間，迷途的不可往尋的仙源則是漫漫的空間。一種漫長而遙遠的感受透過朦朧而模糊的扇面一點點滲透到我們的心理表層來了。它並不是物理意義上的真實距離，而是從扇子上折射出來的心理距離。它直接作用於凝望的少女，並間接移情於讀者。在讀者出神的感受中，漸漸的時間和空

間本身也許會退隱而去，只剩下「漫長」的感受成為更真實
的存在。

在〈扇上的煙雲〉的結尾，何其芳追求的同樣是「朦
朧」中的遙遠感。

> 「現在那扇子呢？」
> 「當我厭倦了我的鄉土到這海上來遨遊時，哪還記
> 得把它帶在我的身邊呢？」
> 「那麼一定遺留在你所從來的那個國土裡了。」
> 「也不一定。」
> 「那麼我將盡我一生之力，飄流到許多大陸上去找
> 它。」
> 「只怕你找著那扇上的影子早已十分朦朧了。」

對於「乘桴浮於海，一片風濤把我送到這荒島上」的畫
夢者，那把遺失了的扇子已顯得很遙遠了，他已經忘記把它
遺留在哪一片國土上了。而是否能再找到那把扇子好像也是
畫夢者不甚掛懷的，他關注的更是歷盡滄桑後「扇上的影子
早已十分朦朧」的想像，在這想像中凸現出的仍是對漫長的
過程本身的執迷。「我倒是喜歡想像著一些遼遠的東西。」
朦朧的扇影暗示的正是這種「遼遠」，這是一個過程對目的
的超越的想像，遼遠本身是畫夢者所能真實而確切把握到的
東西。至於扇子遺落何方或者能否最終在盡一生之力，飄流

到許多大陸之後找到，都是不確定的。

四、齊諧志怪的境界

應該承認，前面我們所分析的何其芳對於「扇」的執
迷，一旦進入美感心理的層面便多少帶有一些推測性。

任何一個試圖準確揭示作家創作中的美感心理構成的研
究者都會遇到無法實證這樣一個棘手的難題，況且某些潛在
的審美意識甚至連作家自己也常常不能自覺。這使得研究美
感構成的人們更傾向於回避言之鑿鑿的結論而採取一些非確
定性的判斷。但另一方面，具有普遍性的形式又往往暗含著
某種普遍性的心態，研究者仍可以從相對穩定的藝術形式中
去捕捉與之相契合的美感心理內容。尤其當一個 T. S. 艾略特
所謂的客觀對應物（Objective Correlative）蘊含著集體無意
識的審美歷史積澱的時候，對這個「對應物」的把握常可以
在歷史的回溯中得到深化。

「扇」的意象正是這樣一個「客觀對應物」，在它的上
面積澱著一種具有古典意味的美學情趣。無論漢代班婕妤
〈紈扇歌〉中那「團團如明月」的「合歡扇」，還是杜牧筆
下的「輕羅小扇」，無論是唐代另一詩人張祜書寫過的「金
泥小扇」，還是孔尚任的「桃花扇」，都構成著這種深厚的
美學情趣的一部分。在何其芳創作〈扇〉這首詩的十多年
後，唐弢創作了一篇也題為〈扇〉的散文詩，其中的一段文
字充分揭示了這種古典情趣：

猶如天邊滿月，這用薄紗織成的紈扇，曾是幸福與團樂的象徵，多少詩人在這上面展示過他們的才華。而你，當你擊節微吟，你的嘴角低低地滑出：輕羅小扇撲流螢。於是你大為驚奇，你驚奇於這詩句的熟練，驚奇於詩中小兒女的嬌憨與痴情。或者你更想起輕羅小扇，白色的扇面隨著星星之火翻騰起落，在你的感覺上有一種翩躚之美。

「扇」的意象中蘊含著如此久遠而豐富的內容，因此我們可以理解何其芳選擇團扇作為他的夢的藝術載體的古典文化背景以及深層心理動因。這種動因既是作者有意識的自覺選擇，也是傳統文化中沉積的具有原型意味的美感體驗在何其芳這裡無意識的再生。

這種結論或許仍有失籠統。如果再仔細辨析何其芳筆下「扇」的美學情調，可以發現他對古典趣味是有選擇性的。

在杜牧的〈秋夕〉中，讀者從輕羅小扇撲流螢的姿態背後總能感受到一個無憂無慮的少女的存在，儘管首句「銀燭秋光冷畫屏」渲染了一種清冷的意境，但全詩總的氛圍是明快而清新的。而何其芳的〈扇〉除了清冷感之外更主導的調子是憂鬱和悵惘，閨中的少女給人一種囚禁感，在淚水生涯中悵嘆華年流逝，幸福的山谷與世外桃源也只限於空想。概括說來，這是一個想像性或幻象性的文本。

何其芳為他的「扇」自覺選擇的古典文學背景其實是齊

諧志怪般的境界。正如〈扇上的煙雲〉中所刻繪的那樣，這是一個具有奇詭和神異色彩的意境：消隱了的圓窗從窗子裡面飄墜下來的白色花一樣的嘆息，一枝夢中的彩筆寫出的一行字，明月夜下的墓園，黑色的貓一般的影子，女鬼遺下的腰帶……詩人筆下的那把團扇，正出現在這樣一種具有神祕和詭異色彩的背景中。這種「齊諧志怪之書裡最常出現的境界」無疑是作者刻意營造的，這種古典情境更能準確地涵蓋《畫夢錄》自覺的美感追求。

對何其芳來說，相對於杜牧的〈秋夕〉那種單純而明快的風格，齊諧志怪的神異更能刺激他的想像力，並直接滿足他對於幻象的沉迷；另一方面，這也使我們最終意識到詩人的幻想具有某種意向性。單單指出一代詩人對幻象的執迷是不夠的，在龐大的幻象王國中，每個風格化的詩人都各自營造出具有鮮明個體性的獨有幻境。如果說卞之琳的幻象傾向於探究具有思辨色彩的關於時空、大小、有無、言意等相對性主題，戴望舒的意境中則積沉著更濃郁的幽深而晦暗的情感和記憶，那麼何其芳則酷愛虛擬一種具有寂寥、荒涼尤其是神祕色彩的氛圍或情境。因此，齊諧志怪的境界深深地影響了何其芳的美感趣味就是不足為怪的。

這種美感傾向或許可以追溯到何其芳童年時代的心理環境。在〈夢中道路〉中，他曾回憶起童年的王國，一個柏樹林子：

在那枝葉覆蔭之下有著青草地，有著莊嚴的墳墓，白色的山羊，草蟲的鳴聲和翅膀，有著我孩提時的足跡、歡笑和恐懼——那時我獨自走進那林子的深處便感到恐懼，一種對於闊大的神祕感覺。

如果說大自然帶給童年的何其芳一種恐懼與神祕感，那麼他的家——一座百年以上，「在靜靜的傾向頹圮」的古宅，則在他最初記憶中留下「一種陰冷、落寞、衰微的空氣」：

那些臃腫的木樓梯可以通到那有蛛網的廢樓，我幼時是不敢獨自去攀登的，因為傳說在夜裡有人聽見過婦女的弓鞋在那樓梯上踏出孤寂的聲響。

——何其芳〈鄉下〉

可以想像何其芳是在怎樣一種陰冷而神祕的心理環境之中長大。無論是柏樹林還是家宅，都潛移默化地薰染著他童年的感性和心理，並在日後慢慢濃縮為一種美感情趣。在何其芳沉醉於「夢中道路」的創作階段，從情感、心態到審美、情調，都體現著童年生命體驗和記憶的籠罩。這種個體的宿命正像心理分析大師榮格回顧他在幾乎不能忍受的孤獨中度過的童年時所說的那樣：「我與世界的關係已經被預先

決定了，當時和今天我都是孤獨的。」[4]何其芳也有著與此相似的表述：「我時常用寂寞這個字眼，我太熟悉它所代表那種意味、那種境界和那些東西了，從我有記憶的時候到現在。」由此我們似乎可以說，何其芳在〈扇上的煙雲〉中所選擇的齊諧志怪的境界，既是作為一個詩人的審美化選擇，又是童年時代主導記憶累積的心理情結的一種無意識的遴選。

同何其芳相比，李廣田筆下的絕大部分意境是雖寂寞但不神祕的，有一種單純的氣息。可一旦他寫到扇，文本的意境則開始讓人感到陌生：

　　黑色的摺扇尚安靜地躺在書架中層，我看出它的寢台乃是一位現代學者所著的《古代旅行之研究》。自秋徂冬，以至於夏，這富有魔術意味的黑色摺扇，就睡在這本滿寫著精靈名字的著作上，我不知道它曾經作了什麼怪夢。

　　我屢次嗅著黑摺扇的燒胡桃的氣息，我又慢慢地把它展開，它發出一種被撕裂的聲音，這聲音使我感到一點痛苦。我試驗著輕輕地在我面前揮動，它乃撥出一陣怪異的涼風，我可以說這陣風是太冷了，而且是淒涼的，有則秋風的氣息。

4　引自霍爾等著，馮川譯：《榮格心理學入門》，頁 6，北京：三聯書店，1987 年。

——〈扇的故事〉

文本語境也同樣有一種魔術般的奇異的氣息。一旦作者
虛擬這把黑色的摺扇以一種惟它的主人所能了解的語言開始
講述故事，摺扇就在作者自覺或者非自覺之中匯入到古代志
怪故事的經典氛圍之中了。

五、藝術母題：心靈與形式的合一

本文選擇了一個具有母題特徵的意象「扇」，試圖討論
中國二十世紀三〇年代現代派詩歌的藝術母題。關於母題的
經典研究有很多，譬如湯普森在《世界民間故事分類學》中
稱：「一個母題是一個故事中最小的，能夠持續在傳統中的成
分。要如此它就必須具有某種不尋常的和動人的力量。」[5] 雖
然湯普森的側重點在於民間故事的敘事，但是他的定義中「持
續在傳統中」以及「必須具有某種不尋常的和動人的力量」
的說法都比較吻合於本文對母題的界定。藝術母題的價值也
正體現在其所內涵的「某種不尋常的和動人的力量」之中。

原型藝術母題在法國理論家巴什拉的一系列著作中具有
非常獨特的分析，在《火的精神分析》中巴什拉提出了一個

5　湯普森著，鄭海等譯：《世界民間故事分類學》，頁499，上海：
　　上海文藝出版社，1991年。

「燭火浪漫主義」的概念。巴什拉描述了「火」使人們產生的詩意的憧憬和遐想，為讀者展示了一幅畫圖，占據畫圖中心的是一個「面對燭火孤獨遐想的遐想者」：「想像就是一簇燭火，心理的燭火，人們可能面對它度過一生。在這純粹是詩的觀察之中，精神在與宇宙的完全融合時外在於時間而閃閃發光，這就是產生藝術創造力的精神活動的過程，即知與詩結合的過程。」「燭火照亮孤獨的遐想者，而燭火就成為詩人面前白紙上閃現的明亮的星星。火苗——燭火垂直上升的蠟燭火苗成為遐想者上升超越的嚮導。而詩人通過火苗的形象把樹、花等置於生命之中。在這裡，我們體味到科學、想像、遐想、詩意的融合與歸一。」[6] 巴什拉處理的是宇宙間一個基本元素——火與詩意想像的關係，火既是母題元素，與遐想與詩性與孤獨建立了本質聯繫；但火又有很鮮明的形式感。巴什拉的「燭之火」向我們昭示了一種對具有元素或者原型意味的物象的詩化觀照是怎樣地激發了作者豐富的遐想，而這種遐想關涉的是人類生命以及心靈的最原初的存在領域。

現代派詩人之一廢名在〈十二月十九夜〉中寫到爐火：

思想是一個美人，

6　巴什拉著，杜小真、顧嘉琛譯：《火的精神分析》，頁6，北京：三聯書店，1992 年。

是家，

是日，

是月，

是燈，

是爐火，

爐火是牆上的樹影，

是冬夜的聲音。

爐火與思想、影像以及聲音都建立了關聯性。按照巴什拉的分析，這就是原型意象和母題的意義，關涉的人類生命和心靈的最原初的存在和生命記憶。所以這種原型母題也可以作為一種觀察詩歌藝術的形式。巴赫金說：「不理解新的觀察形式，也就無法正確理解借助這一形式在生活中所初次看到和發現的東西。如果能正確地理解藝術形式，那它不該是為已經找到的現成內容作包裝，而是應能幫助人們首次發現和看到特定的內容。」[7]

本文所嘗試的描述方法，是力圖從現代派詩人的創作實踐中去揭示心靈與藝術的雙重母題，即把主體的真理的探尋與形式美的分析結合起來，企望尋找某種心理與藝術的對應模式，一種積澱了詩人審美以及心理的雙重體驗的原型化的

7　巴赫金著，白春仁、顧亞鈴譯：《陀思妥耶夫斯基詩學問題》，頁 80，北京：三聯書店，1988 年。

母題。

在任何具有成熟的詩藝的文本類型中，相對恆定的符號秩序都意味著同樣相對恆定的心理內容在形式上的生成。詩人們普遍採用的公設意象、母題、象徵方式和結構模式都體現著這種相對恆定的符號和心理秩序。因此，我們有可能超越具體的單個文本而從集體性的意象、母題等模式中去洞見具有普泛性的恆定的符號和心理秩序。本文對於現代派詩歌的考察，也遵循著這一基本的擬設。我們側重捕捉的，正是能夠昭示現代派詩人群體性心態的集合性意象和原型化母題。正如巴赫金在《陀思妥耶夫斯基詩學問題》中指出的那樣：「我們關心的是語言裡的辭彙，而不是這些辭彙在確定的獨一無二的文句中那種個人獨特的用法。」[8] 所謂「語言裡的辭彙」，即是由群體的詩人貢獻的更大的文本系統中普遍得到運用的辭彙；具體到詩歌領域來說，則是公設的意象和母題。

在詩歌中，意象的功能不僅僅在於它們是結構文本形式的單位和元素，同時，「意象構成是對詩的主題和詩人對這些主題可能持的態度的總結。」也可以說，詩人的情感傾向和主觀體驗正包含在意象的選擇之中。從這個角度說，意象構成的是呈示詩人主體和心靈的媒體和中介。詩歌乃至文學

8　巴赫金著，白春仁、顧亞鈴譯：《陀思妥耶夫斯基詩學問題》，頁 223，北京：三聯書店，1988 年。

藝術的某種本質正在於這種中介性。長久困擾詩人的，往往不是他不知表達「什麼」，而在於他不知「如何」表達。這就是所謂的「納蕤思式的痛苦」，即找不到鑒照自己的面容的鏡子的水仙花之神所面臨的痛苦。二十世紀三〇年代中國留法學者張若名在《紀德的態度》中曾描述過紀德所經歷過的這種「痛苦」：「美占據了他的心靈，這美裡富有和諧的音樂和純潔的感情，已達到登峰造極的地步。但由於和外界沒有接觸，這樣的心靈美還不能通過一種客觀的媒體表達出來，這是納瑞思式的痛苦。」[9] 心靈之美迫切地要求一種中介和媒介來加以具象地傳達，只有找到了這種「客觀的媒體」，藝術家的心靈的原則才可能轉化為藝術的原則。紀德發現了納蕤思的原型，也就為他的年輕的心靈的激情找到了理想的表達形式。

　　本文也正是從形式化的中介這一視角介入現代派詩歌創作的。我們試圖把握的，是現代派詩人的心靈的狀態以及對世界的認知究竟如何借助於意象和母題的中介具體地轉化為對世界進行藝術觀察的原則，以及如何具體地轉化為構築詩歌藝術母題的原則。對藝術中介的關注是本文重心之所在，即偏重於尋找現代派詩作中的核心意象和藝術母題。於是一系列具有母題特徵的意象從現代派詩人編織的龐大而繁複的意象網絡中突現了出來，成為我們透視現代派詩歌所呈現的

9　　張若名：《紀德的態度》，頁 18，北京：三聯書店，1994 年。

心靈和藝術主題的中介環節。這一系列意象性母題之中，凝結著一代詩人感知世界的審美方式，隱含著詩人們相對定型化的營造詩歌文本的詩學原則；也正是在定型化的審美形式層面，呈現著現代派詩人之所以被看作是一個共同的藝術群體的更有說服力的共性特徵。

這種對共性的詩學原則的探討，看上去似乎是以犧牲現代派詩人的個體性和具體文本的豐富性為代價的，因為我們關注的是某一個意象所具有的母題性的概括力，而主要不是它在某一個詩人的創作中或者某一個單篇文本中的具體運用。對本文而言，藝術母題所蘊含的普泛性的詩學原則構成的是一個更大的誘惑，它或許能夠提供一種具體的詩人論無法貢獻的視角。而且，更重要的是，詩學分析本身即是一種微觀化的研究模式，它並不是一種純理論的抽象概括與提煉；意象和母題本身即意味著對直觀和感性的相容，而不是放逐感性直觀和具體性。

現代派詩歌的藝術母題中還可能蘊含有某種藝術史觀以及某種藝術觀。現代派詩歌的藝術母題中，最終蘊含的是關於生命的藝術。曾任大英博物館東方繪畫館館長的英國詩人比尼恩在《亞洲藝術中人的精神》中說過一段話：「不存在人類的幸福史。而戰爭、瘟疫、災難；罪惡、征服、冒險；法規、航海、發明、發現；這些東西卻史不絕書。但是在這轟轟烈烈的成果與事件背後的那深廣、淵博、難以捕捉的生活，歷史家們告訴我們的是何其之少！」「我們所失去的似

乎就是生命的藝術。」[10] 這段話啟發著我們對藝術史以及藝術本質的某種領悟。在比尼恩看來，那種「轟轟烈烈的成果與事件背後的那深廣、淵博、難以捕捉的生活」就是人類的精神生活，而這種生活只能在人類的藝術中尋找。藝術在本質上是一種心靈與生命的形式。但是這深廣、淵博的生活又是難以捕捉的，它不是藝術品的內容直接告訴我們的東西，而是隱藏在藝術形式的背後，與形式水乳交融地結合在一起的東西，是積澱著的內容，是有意味的形式，用比尼恩的話說，是「思想與質料」的融合。

比尼恩啟示了藝術的某種真諦：它是生命與心靈，但又不是其本身，而是化為形式的部分；它是審美的藝術形式，但又不是純粹的形式，而是承載心靈與思想的形式。馬拉美說：「幻想證明著思想就在它的鱗片的閃光之中。」[11] 以馬拉美為代表的象徵派詩人追求的形式，往往就是夢幻的形式，它由閃動著天堂般光亮的思想的鱗片組成。但以往的文學史書寫一直有個誤解，認為象徵派詩人們追求的，似乎是純粹的形式的藝術。但實際上並非如此，從波德萊爾、馬拉美到葉芝、里爾克，真正吸引後人的，是他們在形式背後所灌注的思想、體驗、經驗和生命意識。這些大師級人物啟發我們的是一種沉思生命存在的生活，他們關注的不僅是藝術

10　比尼恩著，孫乃修譯：《亞洲藝術中人的精神》，頁 2，瀋陽：遼寧人民出版社，1988 年。
11　馬拉美：《白色的睡蓮》，頁 78，廣州：花城出版社，1991 年。

形式，更是形式中蘊含的生命，恰如比尼恩所說：「人類的經驗告訴我們，最寶貴、最持久的藝術品並不是某些人稱之為最純粹的東西，而是最充分地體現出人的精神中的種種願望、喜悅以及煩惱的藝術品。」[12]

本文試圖用這種藝術觀來解釋二十世紀三〇年代中國本土的一批年輕的詩人們的追求。他們替自己的創痛體驗，渴望和激情，包括青春期的莫名的躁動尋找到了相應的媒介和形式，同時這種媒介和形式又完美地傳達了他們內在的生命體驗和心理形態。現代派詩人們由此集體創造了一種新的價值─審美體系，貢獻了中國現代詩歌史中具有成熟詩藝的詩歌。

12　比尼恩著，孫乃修譯：《亞洲藝術中人的精神》，頁141，瀋陽：遼寧人民出版社，1988年。

戰爭年代的詩藝歷程

　　抗戰之前三〇年代中期的中國詩歌，被研究者們稱為是新詩史上一個詩藝探索的高峰期。在此前的近二十年的發展進程中，新詩經歷了一個從散文化到純詩化的歷史軌跡，三〇年代「現代派」詩人群所謂「純詩」的努力正標誌著對詩藝的探索已經走向了一個日漸成熟的歷史階段，這一執著於詩藝探索的歷史階段在中國幾千年的詩歌史上也是難以復現的[1]。如果沒有戰爭的爆發，中國新詩會繼續走什麼樣的路，

1　1935 年孫作雲發表〈論「現代派」詩〉一文，把三〇年代登上詩壇的一大批年輕的都市詩人具有相似傾向的詩歌創作概括為「現代派詩」。其重要的標誌是 1932 年 5 月在上海創刊，由施蟄存、杜衡主編的《現代》雜誌。此後幾年，卞之琳編輯《水星》（1934），戴望舒主編《現代詩風》（1935），到了 1936 年，由戴望舒、卞之琳、梁宗岱、馮至主編的《新詩》雜誌，把這股「現代派」的詩潮推向高峰。伴隨著這一高峰的，是 1936 至 1937年大量新詩雜誌的問世。「如上海的《新詩》和《詩屋》，廣東的《詩葉》和《詩之頁》，蘇州的《詩志》，北平的《小雅》，南京的《詩帆》等等，相繼刊行，……那真如雨後春筍一樣地蓬勃，一樣地有生氣。」（孫望：〈《戰前中國新詩選》初版後

自然是今天無法判斷的。但戰爭的爆發首先中斷的正是這一詩藝探索的進程。「七七事變」之後，中國詩歌開始呈現出別樣的風貌，也是特殊年代歷史發展的某種必然。

戰爭伊始，中國詩壇自然無法延續精緻的純詩寫作，出現了街頭詩、朗誦詩等直接配合戰爭鼓動需要的新詩體。而隨著時間的推移以及戰事的深入，詩壇漸趨沉潛，詩藝也逐漸走向闊大與凝重。四〇年代的詩人也正由於未曾經歷的戰爭語境而獲得了前此無法產生的滄桑的際遇和深厚的體驗，詩歌中也歷史性地獲得了憂患感、凝重感和闊大感。除了詩人們親歷的現時空間得以空前拓展之外，相當一部分詩人還在詩作中充分展示了戰爭年代族群的生存體驗和生存遠景、思考了複雜深邃的人性內涵和存在意識、探究了人類和生命個體的心理和潛意識等內宇宙空間。艾青、馮至、穆旦等詩人正代表了上述詩學取向。而其中更年輕的詩人穆旦的創作中還表現了杜甫般的憂患情懷，涵容了闊大的史詩意識，在某種意義上顯示了新的詩歌歷史階段所應該具有集大成的潛質。而以穆旦、杜運燮、吳興華為代表的校園詩人，則在詩藝的深化以及向西方的借鏡方面比三〇年代走得更遠。

概而言之，四〇年代的詩歌圖景深深地植入了戰爭背景

記〉，江西人民出版社，1983年）以至於作為「現代派」詩人的一員的路易士認為「一九三六至三七年這一時期為中國新詩自五四以來一個不再的黃金時代」（路易士：〈三十自述〉，《三十前集》，上海：詩領土社，1945年）。

之中。抗戰結束後，由於內戰旋即爆發，使得戰爭的歷史語境橫亙了整個四〇年代。這一時段中國詩壇出現的新的歷史流向都和戰爭結下了不解之緣。而在長達八年的抗戰歷史階段，中國版圖三個地區的劃分，也為四〇年代的詩歌圖景帶來了多樣性和複雜性。三個地區雖然也分享了某種相似的歷史氛圍、詩歌元素和詩藝特質，但差異性也表現為主導的傾向。這種差異並沒有隨著抗日戰爭的勝利而淡出，在某種程度上貫穿了整個四〇年代的詩歌歷史。

大眾化、寫實化的理論與實踐

還是在抗戰前夕，中國詩歌會的代表人物蒲風就曾經作出過這樣的論斷：「很顯明的，『九一八』以後，一切都趨於尖銳化，再不容你傷春悲秋或作童年的回憶了。要香豔，要格律，……顯然是自尋死路。現今唯一的道路是『寫實』，把大時代及他的動向活生生地反映出來。」[2] 如果說，蒲風所倡導的寫實的道路在戰前尚有幾分預言的性質，那麼隨後爆發的全民族的抗戰則使這一預言成為整個詩壇共同遵循的創作原則。由臧克家、蒲風、王亞平、艾青等詩人所代表的「大眾詩歌」道路，終於得到了普遍的認同。

抗戰初期的詩壇，無論是詩歌觀念的倡導，還是具體的

2　蒲風：〈五四到現在的中國詩壇鳥瞰〉，《詩歌季刊》第 1 卷第 1-2 期，1934-1935 年。

創作實踐，都呈現出空前一體化的特徵。這種共同的歸趨是諸種詩歌觀念錯綜雜陳的三〇年代不曾有的。戰爭背景下統一的時代主題以及民族面臨生死存亡的共同生存境遇直接制約了詩歌的理論與實踐。最有說服力的證明尚不是抗戰前就以寫實主義詩歌影響著詩壇的中國詩歌會同仁的創作，而是一批戰前曾因所謂脫離大眾而屢受非議的「現代派」詩人的詩風轉向。作為「現代派」詩人領袖的「雨巷」詩人戴望舒，抗戰初期創作了祝福「英勇的人民」的〈元日祝福〉，曾經夢寐地「期待著愛情」的何其芳則寫出了〈成都，讓我把你搖醒〉；客居延安的卞之琳「在邦家大事的熱潮裡面對廣大人民而寫」[3]〈慰勞信〉，一度「折心於驚人的紙煙的藝術」的徐遲則喊出了時代的「最強音」。一代曾傾心於象徵主義的朦朧和暗示技巧以及晚唐溫李一派的孤絕與幻美情調的「現代派」詩人從此詩風不復找到以往純粹而精緻的完美，獨特的個人性也被一種群體性所取代，最終匯入時代所要求的大眾化、寫實化的統一風格之中。

抗戰初期最有影響的詩作出自被聞一多譽為「時代的鼓手」的田間。正是他的詩，以充沛的激情和熾熱的感召力在民族生死存亡的關頭最早抒寫了中華民族反抗侵略、抵抗外侮的堅定信念，有著極大的鼓舞人民奮起抗戰的動員力量。

3　卞之琳：《雕蟲紀曆・自序》，北京：人民文學出版社，1984 年第 2 版。

1937年底，田間創作了長詩〈給戰鬥者〉，詩中表現了「戰士底墳場／會比奴隸底國家／要溫暖，／要明亮」的戰鬥意志，以及對於祖國的神聖的摯愛：

在中國
我們懷愛著——
五月的
麥酒，
九月的
米粉，
十月的
燃料，
十二月的
煙草，
從村落底家裡
從四萬萬五千萬靈魂底幻想的領域裡，
飄散著
祖國的
熱情，
祖國的
芬芳。

這些廣為傳誦的詩行體現了田間自由體詩藝的特徵：簡

短的句式，急促的節奏，像一聲聲「鼓點」，給人以「閃電似的感情的突擊」。正像胡風所論述的那樣，田間的詩作「是從生活激動發出的火熱的聲音」，其煥發的情緒和急促的「鼓點」般的節奏代表了一個「詩底疾風迅雷的時期，和戰爭初期的人民底精神狀態是完全相應的」。[4] 田間詩歌的意義正在於藝術形式與時代性、戰鬥性內容之間的吻合。這種對詩歌的現實性傾向的自覺更反映在田間 1938 年到了延安和晉察冀邊區之後所發起、推動的「街頭詩」的創作中。這是抗戰時期所獨有的詩體形式，簡短的篇幅，鮮明的主題以及警闢的句式，使「街頭詩」成為激發人民抗戰鬥志的最富鼓動作用的詩體。如田間的〈假如我們不去打仗〉：

　　假如我們不去打仗，

　　敵人用刺刀

　　殺死了我們，

　　還要用手指著我們骨頭說：

　　「看，

　　這是奴隸！」

由於田間的推動，「街頭詩」形成了風靡一時的詩歌運

4　胡風：〈關於創作發展的二三感想〉，《創作月刊》第 2 卷第 1 期，1942 年 12 月。

動，與傳單詩、朗誦詩等成為抗戰初期解放區乃至國統區最
具有現實性和時代特色的詩歌形式。

　　同樣值得注意的是淪陷區詩壇也經歷了這種寫實化的大
眾詩風的轉向。在內容上，詩人們強調詩歌應該「由狹小的
進為廣大的，由個人的抒情和感觸，進為廣大的描寫與同
情」；在形式上，臧克家那種「用的是大眾口裡的話，裡面
沒有一點修飾，不用典故和譬喻，有時也注重在節奏，朗讀
很有力量」的詩歌，也成為更「容易流傳」的體式。[5] 這使
人聯想到朱自清四〇年代初在大後方對抗戰初期詩歌發展的
趨向所作的概括：「抗戰以來的詩，注重明白曉暢，暫時偏
向自由的形式，這是為了訴諸大眾，為了詩的普及。」[6] 提
倡通俗曉暢的大眾化語言，注重節奏和朗讀的自由體形式，
構成了淪陷區和大後方共通的詩歌藝術標準。儘管淪陷區的
這種詩歌主張在抗戰初期很難落在實處，同時在解放區與國

5　楚天闊：〈新詩的道路〉，《中國公論》第 3 卷第 6 期。

6　朱自清：《新詩雜話·抗戰與詩》。朱自清所謂「自由的形式」
　　也同樣占據了淪陷區詩歌的主導形式。1943 年，廢名在北平的刊
　　物《文學集刊》第 1 期和第 2 期上重新刊出他寫於抗戰前的講稿
　　〈新詩應該是自由詩〉以及〈以往的詩文學與新詩〉，主張自由
　　體詩歌是新詩的發展方向，可以看作是淪陷區具有代表性的詩歌
　　觀念。儘管有吳興華等詩人嘗試模擬舊體絕句詩的形式以及從事
　　十四行詩體的創作，但從淪陷區詩歌大致的幾種類型即寫實派、
　　現代派以及「史詩」的創作現狀來看，自由體是絕大部分詩人採
　　用的形式。

統區應運而生的朗誦詩、街頭詩、傳單詩等戰時大眾詩歌的諸種類型，在淪陷區由於嚴酷的現實環境的限制，一時間尚無法形成群體性的實踐，但詩歌觀念本身的倡導依然昭示了淪陷區詩壇與其他兩個地域之間的內在聯繫，透露出抗戰詩歌具有某種規律性的統一格局。

這種統一性關涉著對於現代詩潮史的總體估價。雖然對寫實主義風格的倡導從五四新詩的發生期就一直伴隨著現代三十年的詩歌歷程，但在抗戰之前的兩個十年中，寫實主義的詩歌並沒有從根本上改變現代詩壇諸種風格多元並存的格局，寫實主義詩作一直在與其他各種詩歌派別彼此滲透消長的過程中艱難摸索自身的足跡。只有到了戰爭年代，貫穿抗戰詩歌發展始終的大眾化、寫實化的傾向才真正奠定了主流詩潮的歷史地位。詩歌觀念的主體性追求與客觀的時代環境共同塑造了這一詩歌主潮的形成，並最終在全民族抗戰的外部條件之中尋找到它全部的社會現實性與歷史合理性。

這其中蘊涵著可以多重闡發的課題，譬如寫實主義詩歌的表現形式與時代主旋律之間的應和關係，大眾化追求過程中的得與失，對民族形式的探討，自由詩體的再度興起，散文化的創作流向……等等，都是值得深入探究的課題。同樣吸引文學史研究者注意力的則是寫實主義詩潮自身所暴露出的政治與藝術之間的內在矛盾。毋庸諱言的是，抗戰時期寫實主義的詩歌有相當一部分是以犧牲詩美為代價的。抗戰詩歌一方面在相當長的一段時期內排斥了由象徵派、新月派、

現代派所貢獻的詩學因素[7]，另一方面則把詩歌的時代性、戰鬥性與藝術性對立起來，宣揚詩歌「需要政治內容，不是技巧」[8]。抗戰詩壇又一次面臨著一個古老而尖銳的文學矛盾，即詩歌的自律與它律的矛盾。對藝術性的忽略使寫實主義詩歌走向了物極必反的境地，下面的批評在抗戰詩壇具有代表性：「大批浮泛的概念叫喊，是抗戰詩麼？可惜我們底美學裡還沒有篡入這種『抗戰美』。」[9]字裡行間隱藏著對一種抗戰詩歌的新美學的呼喚。

「土地的詩學」與自由體的新型範

正是在寫實主義詩歌匱乏自身成熟的美學規範的背景下，出現了艾青以及深受艾青影響的「七月派」詩人群，在戰爭年代貢獻了特殊的美學：一種植根於大地與泥土的雄渾而凝重的詩美風格。

抗戰初期的艾青輾轉於西北黃土高原，目睹和體驗了這片廣袤而貧瘠的土地上北方農民的苦難生活，深刻領略了「世界上最艱苦與最古老的種族」在戰亂年代的沉重與滄

7　譬如任鈞就稱：「象徵派的晦澀、未來派的複雜、達達主義的混亂⋯⋯等等，都是應該從現階段的詩歌當中排除去的。」（任鈞：〈談談詩歌寫作〉，《新詩話》，頁 143，上海國際文化服務社，1948 年）

8　阿壠：〈今天，我們需要政治內容，不是技巧〉，《詩墾地》第 5 輯。

9　胡危舟：〈詩論實錄〉，《文學創作》第 1 卷第 2 期。

桑，從而創作了他一生中最優秀的作品：〈雪落在中國的土地上〉、〈手推車〉、〈北方〉、〈向太陽〉、〈我愛這土地〉、〈吹號者〉、〈他死在第二次〉、〈曠野〉、〈土地〉……「雪落在中國的土地上，寒冷在封鎖著中國呀……」這首〈雪落在中國的土地上〉寫在抗戰爆發那一年的十二月。詩人感受著冬天的寒冷，更感受到侵略者鐵蹄之下祖國的多災多難和人民的貧困痛苦：

> 由於你們的
> 刻滿了痛苦的皺紋的臉
> 我能如此深深地
> 知道了
> 生活在草原上的人們的
> 歲月的艱辛
>
> ——〈雪落在中國的土地上〉

詩人自述「這些詩多數寫的是中國農村的亙古的陰鬱與農民的沒有終止的勞頓，連我自己也不願意竟會如此深深地浸染上了土地的憂鬱」[10]，正是對「中國農村的亙古的陰鬱

10　艾青：〈為了勝利——三年來創作的一個報告〉，《抗戰文藝》第 7 卷第 1 期。

與農民的沒有終止的勞頓」的體驗最終奠定了艾青的憂鬱的詩緒。這憂鬱伴隨了詩人的一生：從小就「感染了農民的憂鬱」[11]，留學生涯中又在西方大都市中體驗著波德萊爾式的「巴黎的憂鬱」，在抗戰時期則從土地的憂鬱昇華為面對民族生存苦難的憂鬱……這種憂鬱的情懷在中國詩歌中可謂鳳毛麟角，當大部分抒情詩或流於個人的自戀的感傷，或表現為廉價的樂觀主義的時候，艾青以他對土地和農民的深沉而憂鬱的愛，貢獻了一種凝重的詩，並「把憂鬱與悲哀，看成一種力」，憂鬱的詩緒的背後正蘊含了一種深沉的力量，反映著民族堅忍不拔、自強不息的精神。

艾青說過：「這個無限廣闊的國家的無限豐富的農村生活——無論舊的還是新的——都要求在新詩上有它的重要篇幅。」[12] 這重要的篇幅隨著艾青的吟頌土地的詩作的問世而誕生了。艾青的形象，也最終定格為行吟在大地上，沉溺於田野的氣息的「土地的歌者」，印證了當年馮雪峰的斷言：「艾青的根是深深地植在土地上。」[13]「田野」、「曠野」、「土地」因此構成了艾青詩中高密度複現的意象：

---

11 《艾青選集·自序》，《艾青選集》，頁 7，北京：開明書店，1951 年。

12 艾青：〈《獻給鄉村的詩》序〉，昆明：北門出版社，1945 年。

13 孟辛（馮雪峰）：〈論兩個詩人及詩的精神和形式〉，《文藝陣地》第 4 卷第 10 期，1940 年。

黃昏的林子是黑色而柔和的

林子裡的池沼是閃著白光的

而使我沉溺地承受它的撫慰的風啊

一陣陣地帶給我以田野的氣息……

我永遠是田野氣息的愛好者啊……

無論我漂泊在哪裡

當黃昏時走在田野上

那如此不可排遣地困惑著我的心的

是對於故鄉路上的畜糞的氣息

和村邊的畜棚裡的乾草的氣息的記憶啊……

——〈黃昏〉

　　詩中的土地、田野是光、影、風、氣息、記憶的混合體。土地之歌由此放逐了抽象性的說理，詩人對土地的感情獲得的是具象的呈現，表現為具體的意象的生成。「意象是詩人從感覺向他所採取的材料的擁抱，是詩人使人喚醒感官向題材的迫近。」[14] 沒有什麼比「土地」的意象更能承載艾青的詩學中對感覺與具象性的強調了。「土地」儘管在象徵

14　艾青：〈詩論〉，收楊匡漢、劉福春編：《中國現代詩論》（上編），頁 355，廣州：花城出版社，1985 年。

層面指喻著家園、棲息的居所，然而在詩中它首先是感性與
具體的存在。而找到了感性與具體「土地」，艾青就找到了
屬於自己的審美關注點。正是借助於對土地的歌吟，艾青在
抗戰初期充斥詩壇的「幼稚的叫喊」與「浮泛的概念」之外
貢獻了凝重而雄渾的詩作，其強烈的美感力量來自於詩人對
泥土的貼近，來自於詩人對苦難民族的深沉愛戀以及個體與
土地的血緣關係的生命體認。艾青在把「土地」的意象散布
在詩篇中的時候，也就生成了一種「土地的詩學」。作為這
種「詩學」的表現形式的是艾青詩中「農民」、「土地」、
「民族」相互疊加的意象網絡，而其內在的美感支撐則是流
淌於詩行中的深厚、凝重而又樸素、博大的總體風格。正是
這種美感風格，標誌著四〇年代寫實主義詩歌獲得了漸趨成
熟的詩學規範，並收穫了無愧於一個大時代的詩美實績。[15]
三〇年代末，艾青即曾指出：「一首詩的勝利，不僅是那詩
所表現的思想的勝利，同時也是那詩的美學的勝利。」[16] 這
種美學的勝利，正表現為「土地的詩學」所獲得的塑形。

　　艾青詩中的主要色調，除了「土地」所代表的凝重與灰

15　體現這種「土地的詩學」的還有臧克家出版於 1943 年的詩集《泥
　　土的歌》。在自序中，詩人寫道：「《泥土的歌》是從我深心裡
　　發出來的一種最真摯的聲音，我昵愛、偏愛著中國的鄉村，愛得
　　心痴、心痛，愛得要死，就像拜倫愛他的祖國大地一樣，我知
　　道，我最合適於唱這樣一支歌，竟或許也只能唱這樣一支歌。」
16　艾青：〈詩論〉，收楊匡漢、劉福春編：《中國現代詩論》（上
　　編），頁 338，廣州：花城出版社，1985 年。

暗，還有「太陽」代表的鮮亮與明朗。在謳歌土地的同時，
詩人更讚美太陽，反映了對光明、理想和未來的追求。作於
1942 年的〈黎明的通知〉正是這樣一首黎明的頌歌，宣告了
一個新時代即將來臨：

> 請歌唱者唱著歌來歡迎
> 用草與露水所滲合的聲音
>
> 請舞蹈者跳著舞來歡迎
> 披上她們白霧的晨衣
>
> 請叫那些健康而美麗的醒來
> 說我馬上要來叩打她們的窗門
>
> 請你忠實於時間的詩人
> 帶給人類以慰安的消息
>
> 請他們準備歡迎，請所有的人準備歡迎
> 當雄雞最後一次鳴叫的時候我就到來
>
> 請他們用虔誠的眼睛凝視天邊
> 我將給所有期待我的以最慈惠的光輝

　　趁這夜已快完了，請告訴他們

　　說他們所等待的就要來了

　　這首預言黎明的詩本身的風格也如黎明般清新，疏朗，使人彷彿呼吸到了清晨林間的空氣。詩人不厭其煩地運用排比句式，造成黎明即將君臨一切，喚醒一切的表達效果。兩行一節的結構也體現出簡潔明快的格調。四〇年代艾青的自由體詩作加強了在旋律上的複沓，以及句式的排比與重複，〈黎明的通知〉即是艾青的自由體詩作重要收穫之一，也標誌著中國自由體新詩的成熟。艾青認為，自由體「受格律的制約少，表達思想感情比較方便，容量比較大——更能適應激烈動盪、瞬息萬變的時代」。其大的容量不僅表現在詩的長度，更表現在每句詩都有較長的字數，這一特徵與田間所擅長的短句式的詩作相比較就更加明顯。但艾青的長句卻並不繁複，而是力求句式簡單明快，每一節中的句式又大體相同，尤其是排比的運用更加強了整首詩的齊整與和諧，因此在自由中又有限制，以其內在統一的節奏實現了嚴格整飭的格律詩所無法達到的詩歌理想，從而為自由體奠立了新的型範，也在一定意義上預示了自由體可能代表著中國新詩更主導的歷史流向。[17]

17　單純就詩體而言，格律體與自由體從理論上自然是無法分出高下的，衡量的重要的標準則是各個體式有沒有成熟的大詩人的出現，從這個意義上說，艾青四〇年代的詩作標誌著自由體詩的實踐所取得的歷史性的成就。

艾青的貢獻還在於開啟了一代詩風。如穆旦〈在寒冷的
臘月的夜裡〉：

> 在寒冷的臘月的夜裡，風掃著北方的平原，
> 北方的田野是枯乾的，大麥和穀子已經推進了村莊，
> 歲月盡竭了，牲口憩息了，村外的小河凍結了，
> 在古老的路上，在田野的縱橫裡閃著一盞燈光，
> 一副厚重的、多紋的臉，
> 他想什麼？他做什麼？
> 在這親切的，為吱啞的輪子壓死的路上。

從詩中「北方的平原」、「枯乾的田野」、「多紋的
臉」、「吱啞的輪子」等意象中，可以感受到穆旦所受的艾
青詩緒的影響，同樣呈現出了「土地的詩學」的元素。而受
艾青影響的七月派詩人既承襲了艾青式的凝重與闊大的詩
風，同時又貢獻了一種粗獷而豪邁的力的壯美。這種多少有
些粗礪的壯美風格在中國新詩史中是獨樹一幟的。豪放粗獷
的力度體現了七月派詩人努力「突入」生活的強悍的主體意
志，阿壠的〈縴夫〉正是把這種意志灌注於縴夫艱難行進的
姿態之中：「傴僂著腰／匍匐著屁股／堅持而又強進！／四
十五度傾斜的／銅赤的身體和鵝卵石灘所成的角度／動力和
阻力之間的角度，／互相平行地向前的／天空和地面，和天
空和地面之間的人底昂奮的脊椎骨／昂奮的方向／向歷史走

的深遠的方向，／動力一定要勝利／而阻力一定要消滅！／
這動力是／創造的勞動力／和那一團風暴的大意志力。」詩
人的主體精神，民族的「一團風暴的大意志力」以及歷史的
方向，都凝聚在縴夫體現出的「創造的勞動力」之中。詩中
的縴夫的形象，儘管有觀念化的影子，但他「既具有普通縴
夫的歷史具體性，卻又包含著更加深廣的歷史內容：它表現
出了一種深藏在普通人民身上的堅韌強進的民族精神，和古
老民族的頑強生命力」。[18] 這首〈縴夫〉堪稱是七月派詩歌
觀念的一個形象的說明，強調主觀與客觀、歷史與個人的統
一，在客觀對象之中注入「主觀戰鬥力」，並最終使詩歌成
為時代與歷史的忠實見證。這就是七月派詩人所共同追求的
詩風，它一掃新月派的精緻與刻意以及現代派的朦朧與晦
澀，肌理粗疏，不事雕琢，甚至不避俚俗。這也是抗戰詩歌
所特有的一種美，這種粗獷與豪放的充滿力度的美與艾青的
憂鬱與凝重一起豐富了四○年代詩壇，共同完成了一種新的
自由體詩歌美學型範的塑造。

與艾青和七月派代表的大後方寫實主義詩風互為印證
的，還有淪陷區詩壇。四○年代初，隨著徐放、山丁、藍
苓、呂奇、丁景唐、夏穆天等詩人的相繼出現，寫實主義的
詩歌也逐漸有了起色，以其所散發的「大地的氣息」，呼應

18　錢理群等著：《中國現代文學三十年》，頁 520，上海：上海文
　　藝出版社，1987 年。

著淪陷區風靡一時的關於「鄉土文學」與「大眾化」的倡
導，詩歌內容也由抗戰初期對日常生活的浮面的感喟而伸向
現實與歷史的縱深。這同樣是一批貼近泥土的詩人。如果說
對鄉土的謳歌構成了任何一個文學時代的永恆母題，那麼在
一個家園淪喪，背井離鄉的戰爭年代，這種對鄉土和大地的
戀情就顯得更為深沉和厚重。夏穆天的長詩〈在北方〉，有
艾青般的質樸和硬朗，呈現出一種北方曠野的宏闊氣象：

　　　北方就這樣
　　　將一個個人撫養
　　　白天
　　　田野像一個巨人
　　　剛從剃頭店
　　　刮光的嘴邊
　　　一個個彩花的頭巾
　　　掩一個個
　　　拾穗少女的
　　　烏亮的辮髮
　　　秋風飄起了
　　　沿著林檎的香氣
　　　我隨他們笑唱著
　　　走一個園林
　　　又一個園林

淪陷時期的「現代派」與校園詩人

抗戰爆發以後，由於淪陷區特殊的政治條件的限制，當大後方的詩歌走向了大眾化和寫實主義的實踐的時候，占據淪陷區詩壇的主導地位的，卻是以戰前即已成名的詩人南星、路易士、朱英誕以及抗戰爆發後崛起的年輕詩人黃雨、聞青、顧視、沈寶基、劉榮恩、成弦、金音等為代表的「現代派」詩歌群體。

儘管這一名稱容易與戰前以戴望舒為領袖的「現代派」相混淆，但它仍舊是在淪陷區獲得普遍承認的一個命名。一方面，其中的代表詩人南星、路易士、朱英誕等本來就是戰前現代派詩人群中的一員；另一方面，後起的更年輕的詩人們的創作風格，基本上是對戰前「現代派」詩風的繼承和延續。如果說戰前中國詩壇大體上存在著以中國詩歌會和現代派為代表的兩條路向，那麼，淪陷區詩歌界儘管也不乏提倡大眾化和寫實主義的道路者，但更多的詩作者選擇的，是戴望舒一類的「重意境的詩，而不是大眾化的詩」，尤其是其中「一般的青年詩人，都走向這朦朧的路」。[19] 儘管淪陷區詩壇沒有明確倡導現代派詩風，但這一類詩歌仍舊釀成了一種具有準流派性質的詩潮。

自始至終，淪陷區的「現代派」詩作，一直被「朦朧」

19　穆穆：〈讀詩偶評〉，《中國公論》第 7 卷第 1 期。

和「看不懂」的批評所籠罩。[20] 這一點也使人聯想到三〇年代的「現代派」所遭到的非議和攻擊。這反過來也證明了兩者間所存在的詩藝和技巧上的傳承性。如淪陷區一論者所描述的那樣：這一派詩有一種「含蓄的美，讀之味深意長，意境多以靈魂為出發點，比興做方法，時常和描寫的對象離得很遠，而濃寫著身邊的問題，來烘托主見。故往往使人捉摸不住頭腦，甚或一詩出手，除了作者之外，再無人會能完全領略」。[21] 雖然從中可以看出論者的傾向性，但對淪陷區現代派技巧特徵的論述，大體上是客觀而公允的。其中重含蓄，重意境，重烘托，輕描寫等諸種風格，與三〇年代戴望舒一派詩人是一脈相承的。其中最具有標誌性特徵的，仍是總體上的意象抒情的詩學。

淪陷區嚴酷的生存境遇對詩人們創作的強大制約作用，自然是不可忽視的。從政治氣氛上說，侵略者的高壓統治和嚴密的文網制度使得大多數淪陷區詩人無法直面現實，所缺

20　淪陷區詩歌界對所謂「現代派」詩歌流向一直持批評態度，認為有一種「陰晦性，很難理解」（參見楚天闊：〈一年來的北方文藝界〉，《中國公論》第 6 卷第 4 期），為一般人「看不懂」（參見楚天闊：〈新詩的道路〉，《中國公論》第 3 卷第 6 期）。一個典型事例見於 1941 年，這一年菲力、顧視、穆穆、畢基初四位詩人合出了一本詩集《摘果錄》，在詩集出版紀念會上，與會者對作品中朦朧晦澀以及唯美主義諸種傾向極力抨擊（參見〈《摘果錄》出版紀念會記錄〉，《藝術與生活》第 20 期）。

21　穆穆：〈讀詩偶評〉，《中國公論》第 7 卷第 1 期。

乏的是培植大眾化通俗化詩作的土壤；從生活環境上說，求生存已經成為幾乎每個詩人都面臨的最迫切的問題。這使朝不保夕的詩人們空前強烈地體驗到生命的個體性。現代派詩風之所以在淪陷區餘緒不絕，是與詩人們所遭遇的時代大氣候和個體小環境緊密相連的。現代派風格的創作，一方面在題材上使詩人們避開了敏感的現實政治，「以個人生活為主，不至於牽涉到另外的事情。寫的是自己生活中的瑣事，用不著擔心意外的麻煩」[22]，另一方面，在技巧上對具有暗示性的意象的捕捉，對深邃縹緲的意境的營造，對錯綜迷離的情緒的烘托，都使詩人們「以靈魂為出發點」，追索到了生命的更幽深的情趣，並在一個非常的年代更切實地把握了本能性的生命存在。

　　概括起來說，淪陷區的現代派詩作，是與「大地的氣息」相異的溫室裡「詩人的吟哦」與「沉重的獨語」。

　　「沉重的獨語」出自淪陷區小說家和詩人畢基初對劉榮恩創作的評價：「這裡的每一首詩都是沉重的獨語，而且都是警闢的，帶著中年人的辛酸，苦戀了心靈的山界，發出一點對於人生的微嘆」，「詩人劉榮恩的心上已是蕭索的秋風。」[23]所謂「蕭索的秋風」構成的是一代現代派詩人對整

22　楚天闊：〈一九四〇年的北方文藝界〉。儘管這段話論者是用來描述淪陷區散文創作的，但移用來評價現代派新詩創作也是準確的。

23　畢基初：〈《五十五首詩》──劉榮恩先生〉，《中國文學》第3號，1944年。

個淪陷時代的總體感受。因此他們的詩中,「對於現實的情
感總不免含著傷感的渲染」。故國的緬懷,飄零的感喟,遠
人的思念,寂寞的愁緒,諸般心境之中總流露出一種「壓得
人喘不出氣」的沉重感。譬如劉榮恩的這首〈十四行〉:

> 經過死亡的幽谷,寂寞得要哭,
> 鄉間風光,渡過江海,小池塘,
> 一滴一滴的戀意珠散在去程上,
> 要帶回去的惦念給我心痛的。
> 竹香中江南的雨點掉在臉上;
> 灰色天,黃的揚子江壓在心頭;
> 向友人說什麼,看看船後的水沫,
> 下站是九江了,著了岸是半夜;
> 我所站的地會應著遠地人的心。

　　這種「沉重的獨語」頗可以代表淪陷區大多數現代派詩
人的「心靈的詠嘆」。同時,「獨語」本身又是一種有意味
的形式,它表徵著詩人向心靈深處追索,向幻想與回憶的世
界中沉溺的情感方式和思維方式,並借此營建一個堪與外部
世界進行對抗的一個相對封閉的內心城池。誠如詩人查顯琳
(公孫嬺)在自己的詩集《上元月》題記裡所說:「我把生
命完全建在感情的洄溯裡,我驚眩於自然變幻,我沉炙於年

輕人的想像裡，而多麼可憐。」[24] 儘管詩人已經意識到這種
「可憐」的生存方式，但試圖打破這一封閉的城池，卻不是
單憑一時的主觀願望所能達到的。

這種現代派詩作的潮流，主要反映在淪陷區的大學校園
中，校園詩人創作的興起，構成了四〇年代詩壇的一個重要
現象。

與戰時的西南聯大詩人群的崛起相暗合，淪陷區詩壇也
集中了一批校園詩人，並創辦了大量的校園詩歌雜誌。三〇
年代末到四〇年代初，北京的輔仁大學、燕京大學以及北京
大學先後出現了一系列文學雜誌，其中輔仁大學的《輔仁文
苑》，燕京大學的《籬樹》、《燕園集》、《燕京文學》，
北大文學院的《文藝雜誌》、《北大文學》、《文學集
刊》，都為淪陷區的校園詩歌創作提供了陣地，湧現了一批
以吳興華、黃雨、沈寶基、姚伊等為代表的年輕校園詩人。
此外，南星、朱英誕、沈啟無（開元）等淪陷之前即已成名
的詩人也在這些校園雜誌上發表了大量詩作。這些創作使得
校園詩歌構成了淪陷區具有群體性特徵的一種創作潮流。

如果說西南聯大詩人創作中既有對現實社會的關注、對
衰敗政局的嘲諷、也有對戰亂年代人們苦難的深切關懷，對
國家民族生死存亡的憂患感，還有對生命境界的形而上沉
思，那麼，淪陷區的學院化詩歌創作，正如有評論者所說的

24　〈本刊基本作家・公孫嫄〉，《中國文藝》第 5 卷第 5 期。

那樣，首先是「象牙之塔」的產物。[25] 在遍地硝煙家園淪陷的歷史時代，相對說來，大學校園尚不失為一片略顯安寧的淨土，它使校園詩人得以在詩歌世界中營建自己的相對自足的精神生活，並在詩性想像中逃逸嚴峻的現實世界。雖然這種態度談不上積極進取，但對大多數不可能在戰場上浴血卻仍保持一種不甘淪落的良知的青年人來說，構築一種想像的精神空間仍不失為與悲觀、瑣碎的生活狀態進行對抗。朱英誕就說：「詩是精神生活，把真實生活變化為更真實的生活，如果現代都市文明裡不復有淳樸的善良存在，那麼，至少我願意詩是我的鄉下。」[26] 所謂「更真實的生活」即經過精神作用昇華過的理想化生活，而「詩的鄉下」則構成了營造這種理想生活的一種可行性途徑。淪陷區的校園詩歌因此形成了對「田園風味」的普遍追求。

　　南星稱得上是追懷田園的代表詩人。「他原是鄉村的，對於泥土禾稼，有除去詩人以外的原始之執著與留戀。」[27] 如這首〈不見〉：「聽我告訴你／籬上的豆蔓已互相纏結了／花的深紫中透出離別的顏色／小池讓浮萍代替他的水面／樹影不下，風有倦意」，使人聯想到葉芝追慕田園的著名詩作〈茵納斯弗利島〉：「我就要動身走了，去茵納斯弗利

25　林慧文：〈舊京校園文學〉，《燕都》第 6 期，1988 年。

26　朱英誕：〈一場小喜劇〉，《中國文藝》第 5 卷第 5 期。

27　紀果庵：〈詩人之貧困〉，《筐軒雜記：紀果庵散文選》，台北：秀威資訊，2009 年。

島，／搭起一個小屋子，築起泥笆房；／支起九行雲豆架，
一排蜜蜂巢，／獨個兒住著，蔭陰下聽蜂群歌唱。」南星筆
下的「小橋流水」般的情致，對自然風光的吟誦，對田野的
嚮往，以及渴望在「播種和收穫」中獲得「工作歡樂」
（〈招遠〉），都使他的詩作帶有田園牧歌的情調。

> 我的田野在遠處：
> 高大的白楊閃著八月的光輝，
> 紫色的禾稼遮滿了全地，
> 從叢草間陰濕的路上，
> 來了騾車的遲緩的輪聲。
>
> ——〈呼喚〉

　　朱英誕則是陶潛風範的仰慕者，他在想像中過著一種山
水行吟詩人的生活，在「人淡如菊」的散淡清寂的日常生活
背後體味自然人性的真意（〈讀陶集後作〉）。作為林庚的
弟子，朱英誕的田園化傾向比起導師來既是一種對詩歌風格
化的追求，更是一種生活態度，而這種生活態度在戰亂年代
裡具有一種代表性。

　　從詩學資源的層面上看，除了對中國傳統詩學的回溯之
外，值得一提的是校園詩人對西方詩學的介紹和接納。影響
了二○年代初期象徵派以及三○年代現代派詩人的法國「象

徵派」和英美意象派的詩人仍舊獲得了校園詩人的青睞，波德萊爾、紀德、艾略特、龐德等名字在校園文學雜誌上頻頻出現。同時，一部分校園詩人已開始把目光投向歐美詩壇的後起的詩人及流派，並在自己的詩作中注入了里爾克、奧登等後期象徵派和現代主義詩歌的影響。

　　沈寶基和黃雨是淪陷時期較為成熟的校園詩人，詩中表現著學院資源的滋養。沈寶基的詩「深受法國近代詩的影響」[28]，既思索著雨果式的關於「良知」、「罪與罰」、「地獄」、「靈魂」的母題（《雨果的哀史》），又透露著「通靈者」韓波式的對宇宙萬物神祕的感悟。另一方面，他的詩中又化入了典型的東方式的「天人合一」的思維：

　　　　圖畫裡留影

　　　　木石上留形

　　　　與人相行無礙

　　　　與物通達無阻

　　　　天下到處有我

　　　　「吾身非吾有」

　　　　我乃知有身

　　　　　──〈所以貴我身〉

28　楚天闊：〈三十二年的北方文藝界〉，《中國公論》第 10 卷第 4 期。

　　這裡表達的是「詩心」無所不在的詩學意識，正如沈寶基自己所說：「以天為天，只見空碧；以心為天，無所不見。」[29]「真正的詩人，總是與最內在的自己或最複雜的萬象相對照，而在這由衝突化為和諧的對照中，漸漸散發出純粹的心韻。」[30] 有研究者因此用「宇宙意識」來概況沈寶基的詩歌美學。[31] 沈寶基的詩標誌著淪陷區詩歌相對於三〇年代詩人而言在詩藝上更趨複雜。而「以哲理勝」[32] 的黃雨則顯示出校園詩人對詩歌抒情性和浪漫主義的進一步放逐。但黃雨的詩並不是哲理詩，他的哲理隱含在豐富的具有暗示性的意象以及多少攜有一點情節性的敘事結構背後，從而使他的詩「很有深濃的意味」。[33] 這種「深濃的意味」中既可以看出法國象徵詩的影子，也滲透著中國傳統詩學中的含蓄與蘊藉。

　　吳興華是四〇年代最具有個性色彩的校園詩人，也是「淪陷時期最令人感興趣的詩人」。[34] 然而正當他的詩歌獲得詩

29　沈寶基：〈游絲〉，《藝文雜誌》第 3 卷第 1、2 期合刊，1944 年。
30　沈寶基：〈談詩〉，《文藝世紀》第 1 卷第 2 期，1945 年。
31　張松建：〈宇宙意識與故國想像：沈寶基、羅大岡對中國古典詩學的協商〉，《現代中國》第 10 輯，北京：北京大學出版社，2008 年。
32　楚天闊：〈三十二年的北方文藝界〉，《中國公論》第 10 卷第 4 期。
33　楚天闊：〈一年來的北方文藝界〉，《中國公論》第 8 卷第 4 期。
34　愛·岡恩：〈吳興華——抗戰時期的北京詩人〉，《中國現代文學研究叢刊》第 2 期，1986 年。

壇普遍讚譽的時候，他卻在抗戰結束之後基本上停止了詩歌創作。這便使吳興華的詩歌道路差不多與整個淪陷時期相始終，對吳興華的詩歌評價也由此成為考察淪陷區詩歌總體上的藝術成就及其在中國新詩史中所占據的地位的一個環節。

吳興華的詩歌成績，主要體現在從古典文學中擷取題材的「古題新詠」一類的長詩。其中主要的詩作有〈柳毅和洞庭龍女〉、〈褒姒的一笑〉、〈吳王夫差女小玉〉、〈解佩令〉、〈盜兵符之前〉、〈大梁辭〉、〈吳起〉等。吳興華所擇取的題材是相當駁雜的，從古典題材本身來概括出其中的共性是較為困難的，更有意味的問題是吳興華處理這些古典題材的方式，從中我們可以看出已經沉埋在古代浩瀚的文本中的傳說與故事如何經過吳興華獨特的觀照角度而迸發出與它們本來的闡釋大相異趣的生命力。在這些「古題新詠」中，詩人的個性得到了淋漓盡致的揮灑。詩人從一個現代人的生命體驗出發，以奇詭的想像和逸出常規的視角來賦予古典素材以新的意義。古典世界被重新觀照與選擇之後便不可避免地具有一種現代色彩；詩人的個體性的情感體驗一旦滲透到他的對象之中，古典題材就以一種新的面貌出現了。這顯示了吳興華「古題新詠」的新古典主義特徵。吳興華詩中對生命本能，對心理衝突，對死亡，對時間這些範疇的關注都呈現出濃重的現代主義色彩。遙遠的古代人物和故事經過吳興華的轉化與移植而生成為現代文本，成為個性化的吳興華的古典世界。也正是在這個意義上，文學史家稱吳興華

「這些詠『古』使『典』的詩為『新古典詩』」。[35]而另一方面，吳興華對感性與心理的發掘又迥異於浪漫主義詩人的處理方式，他不是讓情感毫無限制地盡情宣洩，而是在強調人的感性生命的同時又講求理性的統攝，講求節制，講求感性與理性的平衡與和諧。這種平衡感性與理性的兩極並力求提升到一種相對統一與和諧的境界的意向，反映了吳興華作為一個新古典主義者的更為重要的方面。

長詩的勃興與「史詩」的意識

四〇年代初的現代詩壇興起了一種新的流向，這就是長詩及「史詩」的寫作。

長詩在五四以來的新詩創作中顯然不乏其例，從馮至的〈帷幔〉、〈蠶馬〉到孫大雨的〈自己的寫照〉，都是長詩寫作的重要收穫。但在四〇年代如此集中出現的大規模的長詩現象，卻可以稱得上是中國新詩史上的一個奇跡。朱自清所謂「近年來頗有試驗長篇敘事詩的」[36]，概括的正是長詩寫作的歷史潮流。

抗戰初期，艾青的〈向太陽〉、〈吹號者〉，以及解放區柯仲平的〈邊區自衛軍〉、〈平漢路工人破壞大隊的產

---

35 解志熙：《摩登與現代——中國現代文學的實存分析》，頁 55，北京：清華大學出版社，2006 年。

36 朱自清：〈譯詩〉，《新詩雜話》，頁 75，北京：三聯書店，1984 年。

生〉面世，是長詩創作的最初實績。艾青的〈向太陽〉歌頌
艱苦卓絕的抗日戰爭為中華民族帶來的歷史性的新生感。
「太陽」的意象也成為抗戰時期的詩歌最富於樂觀向上精神
的意象。全詩共有九節，容量巨大，情緒熱烈，是一個時代
民族樂觀主義精神的寫照。柯仲平的〈邊區自衛軍〉和〈平
漢路工人破壞大隊的產生〉則是兩首敘事詩，均取材於邊區
抗戰生活中的真人實事。前一首描寫邊區人民抗敵除奸的事
蹟，後一首敘述平漢路上工人群體與日軍周旋鬥爭的故事，
代表了抗戰時期長詩寫作最初的實績。

　　進入 1940 年之後，無論是淪陷區、國統區還是解放區，
都出現了具有群體性的長詩及史詩的熱潮。1941 年前後，幾
乎華北詩壇上的每家重要文學雜誌或綜合雜誌都開始刊載長
詩的創作。《輔仁文苑》、《藝術與生活》、《中國文
藝》、《中國公論》、《東亞聯盟》、《燕京文學》、《文
學集刊》是其中最力的幾家雜誌，刊出了諸如高深的〈奴隸
的愛〉，岳侖的〈春風〉，林叢的〈古城頌〉，李韻如的
〈林中〉，田蕪的〈馬嵬的哀歌〉，黃雨的〈孤竹君之二
子〉，張秀亞的〈水上琴聲〉、〈斷弦琴〉，畢基初的〈幸
福的燈〉，鄭琦的〈答問〉，劉明的〈長恨篇〉，李健的
〈長門怨〉，林歷的〈你我〉，何一鴻的〈出塞行〉、〈念
家山〉、〈天山曲〉等一系列長詩創作。此外，東北淪陷區
詩人山丁的〈拓荒者〉，小松的〈旅途四重奏〉，金音的
〈塞外夢〉，藍苓的〈科爾沁草原的牧者〉，華東淪陷區夏

穆天的〈在北方〉等長詩的問世，使這一現象衍變為淪陷區
的一個具有普遍性的詩潮。燕京校園詩人吳興華則是更為持
久地探索這一詩體的代表人物。從四〇年代初到抗戰結束之
後，他大約創作了約二十首長詩，成為淪陷區史詩創作的一
個標誌。1941 年到 1942 年，身陷囹圄的馮雪峰在上饒集中
營創作了長篇詩作〈靈山歌〉和〈雪的歌〉，前者「讚美靈
魂的不屈」，後者「歌頌精神的大愛」，「兩首同樣寫得非
常美的比較長的詩篇，構成了《真實之歌》中的兩座聳然挺
立的精神高峰」。[37] 在大後方的西南聯大成長起來的一代青
年詩人，在抗戰中期以及四〇年代中後期也形成了史詩創作
的熱潮。杜運燮的〈滇緬公路〉被朱自清譽為抗戰時期「現
代史詩」的最初「努力」。[38] 穆旦這一時期的〈神魔之
爭〉、〈森林之魅〉、〈隱現〉則代表著「史詩」創作所能
達到的歷史高度。此外，唐祈的〈時間與旗〉，杭約赫的
〈復活的土地〉，田疇的〈洪流〉，莫洛的〈渡運河〉，力
揚的〈射虎者及其家族〉，都試圖在詩作中涵容一種強烈的
歷史意識，從而把抗戰時期的史詩努力在四〇年代中期拓展
成為群體性追求。在解放區，這一階段儘管沒有明確倡導
「長詩」的創作，但仍有艾青的〈雪裡鑽〉，魏巍的〈黎明

37　孫玉石：〈論《真實之歌》的精神與審美之魅力〉，《魯迅研究
　　月刊》第 10 期，2003 年。
38　朱自清：〈詩與建國〉，《新詩雜話》，頁 45，北京：三聯書
　　店，1984 年。

風景〉，以及方冰的〈柴堡〉等長篇詩作應和著抗戰時期的
這一流向，並預示著四〇年代中後期阮章競的〈漳河水〉以
及李季〈王貴與李香香〉等「新民歌體」敘事詩的問世。田
間對敘事詩的嘗試也取得了〈戎冠秀〉、〈趕車傳〉這樣的
成績，「終於開闢了紀念碑式的大敘事詩的方向」。[39]

長詩寫作之所以在四〇年代成為一股詩潮，其成因大約
有幾點。

其一，「史詩」意識的自覺以及對歷史題材和古典文學
傳統的歸趨。

如果說「長詩」是一個有些寬泛和籠統的概念，只是側
重於詩的長度而言，那麼，長詩寫作者的更真實的意圖是追
求鴻篇巨制的形式背後「史詩」的效果。一方面，詩人們大
都到歷史事件中取材，另一方面，即使詩人們試圖處理的是
現代題材，也同樣在詩中追求宏大的概括力和包容度，體現
出一種創造現代史詩的意向。

古典文學的浩瀚文本長河為史詩作者們提供了取之不盡
的創作題材。吳興華的諸如〈柳毅和洞庭湖女〉、〈吳王夫
差女小玉〉、〈盜兵符之前〉等絕大部分長詩都是以古代的
歷史傳說和故事作為原型的敘事史詩。淪陷區其他史詩創作
如田蕪的〈馬嵬的哀歌〉，黃雨的〈孤竹君之二子〉，李健

39　胡風：〈給戰鬥者・後記〉，《胡風評論集》（中），頁 455，
　　北京：人民文學出版社，1984 年。

的〈長門怨〉,顧視的〈文姬怨〉,汪玉岑的〈夸父〉也都
到古代歷史事件和經典文本中去獲取題材和靈感。如果說吸
收異域詩學營養並同時繼承中國古典詩歌傳統由此達到一種
綜合的境地,是中國現代詩歌發展三十年歷史中一條內在的
軌跡,那麼,在抗戰的背景下重新觀照傳統顯然成為詩人們
更趨自覺的創作意圖。古典文學世界不唯給他們提供了用之
不竭的詩歌素材,更帶給他們一個遙遠的時空和氛圍,一個
具有古典主義色彩的天地。另一方面,對於以吳興華為代表
的一批「中外書本鑽研的深廣而公私生活圈子的狹隘」[40]的
淪陷區詩人來說,古典題材的史詩創作無疑是一條相對易走
的寫詩途徑。這使他們駕輕就熟地在古典文學中找到了共同
的興趣視野,生逢亂世的青年學子借此也找到了心靈歸宿與
慰藉。如果說,古典文學傳統在三〇年代現代派詩人那裡意
味著文學典故的徵引與古典意境的移植,那麼在四〇年代以
穆旦為代表的中國新詩派這裡則意味著一個儲藏著民族集體
無意識的「大記憶」。與此同時,「典故的價值不僅在以懷
古幽情,諷喻當前濁世,而尤在通過古今並列,歷史與現實
的交互滲透,使二者更獲豐富的意義」[41],從而古典文學傳
統構成史詩作者們觀照和反思現實的歷史背景。

---

40 卞之琳:〈吳興華的詩與譯詩〉,《中國現代文學研究叢刊》第
 2 期,1986 年。
41 袁可嘉:〈詩與晦澀〉,天津《益世報·文學週刊》,1946 年 11
 月 30 日。

其二，在形式上，四〇年代詩壇對敘事性和自由體的偏重，拓展了詩歌文本的容量。

如果說三〇年代的現代派更關注詩歌的意象性抒情，那麼四〇年代的詩歌觀念已開始強調詩歌的敘事性：「現代詩除了中心思想以外有時一個動人的故事也是必要的。詩歌已經是和小說戲劇一樣的有情節的變化。」[42] 這種對故事性的興趣，其實抗戰前卞之琳在嘗試詩歌的「戲劇性處境」時已顯露了萌芽，但卞之琳創作中抒情短詩的結構和以及刻意於「意境」的傾向限制了敘事因素的進一步發展。到了抗戰以後，詩劇以及敘事詩已經構成了史詩創作中的核心形式。畢基初的〈幸福的燈〉，山丁的〈拓荒者〉，吳興華的〈北轅適楚，或給一個青年詩人的勸告〉等篇，都在敘事的框架內引入了長篇累牘的獨白或對話體台詞。至於穆旦的〈森林之魅〉和〈神魔之爭〉，則直接採用了詩劇的形式。

在體式上，詩人們相信「用現代語言和自然音節可以寫長的敘事詩」[43]，由此帶來了自由詩體繼〈女神〉之後的再度勃興。由聞一多主倡的格律的桎梏經由三〇年代現代派，在四〇年代被更進一步地打破了。自由體詩型以及自然音節成為詩人們更習於採用的形式，從而擴大了詩歌在形式上的容量。如艾青所說：「自由體的詩為什麼最受歡迎呢？因為

42　楚天闊：〈新詩的道路〉，《中國公論》第 3 卷第 6 期。

43　楚天闊：〈新詩的道路〉，《中國公論》第 3 卷第 6 期。

自由體受格律的制約少，表達思想感情比較方便，容量比較大——更能適應激烈動盪、瞬息萬變的時代。」[44] 四〇年代動輒出現的數百行甚至上千行的長詩基本上採用的都是這種容量較大的自由詩體。

其三，二十世紀具有世界性的史詩創作為四〇年代詩壇提供了更廣闊的文學背景。

「史詩」創作在二十世紀二〇年代現代主義興起之後是一種具有國際性的詩歌流向。正如理查德・泰勒總結的那樣：「當二十世紀的作家們在一個分崩離析的社會中尋求連貫而統一的世界觀時，史詩的觀念又作為文化的中心點和試金石隨著長詩的流行而風行起來。」[45] 埃茲拉・龐德的《詩章》，T. S. 艾略特的《荒原》，威廉姆・卡洛斯・威廉斯的《佩特森》，都是「現代史詩」的經典著作。尤其是艾略特的《荒原》以其對處於「潰崩的道上」的現代文明的驚人的概括，對中國詩壇產生了巨大的衝擊力，直接或間接地薰陶了中國詩人的史詩意識。中國四〇年代詩人們一個自覺的詩藝目標是對歷史和現實的全景式和整體性的把握，以求在文本中實現艾略特的《荒原》所達到的藝術成就，即創造一種「在人類想像中綜合全部現代經驗的詩的形式」[46]。詩人們

44　艾青：《詩論》，頁 24，北京：人民文學出版社，1983 年。

45　理查德・泰勒：《理解文學要素》，頁 194，四川：四川大學出版社，1987 年。

46　史班特（Spender）著，袁可嘉譯：〈釋現代詩中底現代性〉，《文學雜誌》第 3 卷第 6 期。

在全球性的戰爭背景下已開始思索諸如人性、歷史、文明等等重大命題，抗戰前現代詩壇占主體位置的抒情短詩的形式已無法包容這些思考，長詩及史詩的出現正順應了這個「沉思的時代」的來臨，成為「全部現代經驗」的結晶。

　　儘管長詩與詩史寫作的意圖也許是宏大的，但正如朱自清所說，「『現代史詩』還只是『一個懸想』」[47]，意向性更大於已經取得的實績。其中，穆旦的嘗試多少標誌著史詩在四〇年代所能企及的廣度與深度。穆旦的〈森林之魅〉、〈神魔之爭〉、〈隱現〉都是史詩性的作品。詩人在這些詩篇中運用了擬詩劇的形式，〈森林之魅〉祭奠的是慘烈的野人山之戰中死難的兵士，詩人設計了「森林」與埋藏在森林中的兵士──「人」的對話，最後以「葬歌」作為尾聲：

> 靜靜的，在那被遺忘的山坡上，
> 還下著密雨，還吹著細風，
> 沒有人知道歷史曾在此走過，
> 留下了英靈化入樹幹而滋生。

　　「森林」是自然的象徵，是死者的最後的歸宿，但這裡表達的不是陶潛式的「托體同山阿」的超脫，而是試圖「用

47　朱自清：〈詩與建國〉，《新詩雜話》，頁 43，北京：三聯書店，1984 年。

自然的精神來統一歷史」。[48]〈隱現〉則是穆旦的詩作的高峰，是「出埃及記」式的作品，大的包容量，恢弘的構思，處理的主題的複雜性以及思索的深度，都使它有點近乎差不多同期出現的 T. S. 艾略特的〈四個四重奏〉：

> 我們能給出什麼呢？我們能得到什麼呢？
> 在一條永遠漠然的河流中，生從我們流過去，死從我們
> 流過去，血汗和眼淚從我們流過去，真理和謊言從我們
> 流過去，
> 有一個生命這樣地誘惑我們，又把我們這樣地遺棄，
> 如果我們搖起一隻手來：它是靜止的，
> 如果因此我們變動了光和影，如果因此花朵兒開放，或者
> 我們震動了另外一個星球，
> 主呵，這只是你的意圖朝著它自己的方向完成。

詩中出現了「主」的意象，這使穆旦的思想顯得複雜而相對更難以辨識。與其說這是穆旦對上帝的皈依，不如說是詩人以「祈神」的方式來表達他在一個中心缺失的複雜的時

---

48 唐湜：〈穆旦論〉，《中國新詩》第 4 集，1948 年。

代對終極問題的思考，是詩人終極關懷的體現。從這個意義上說，這個「主」或許也可以置換成其他終極性的意象，所以王佐良稱：「他最後所達到的上帝也可能不是上帝，而是魔鬼本身。」[49] 因此在穆旦的〈神魔之爭〉中，站在「一切合諧的頂點」的「神」成為一個既成秩序的象徵，而「永遠的破壞者」的「魔」則更帶有一種反叛精神，穆旦還原的是秩序與破壞永遠並存的歷史法則。

穆旦的史詩追求中滲透了鮮明的歷史意識。也許沒有哪個時代的詩人像四〇年代以穆旦為代表的中國新詩派這樣致力於追求對現實和歷史的整體性把握。他們有宏闊的現實視野，深刻的歷史感以及綜合性的詩學素養，借助史詩這一結構性極強的詩歌體式，他們試圖傳達的是對現代文明的一種全景式和整體性的思考。從詩學效果來看，史詩的追求的確帶來了某種文本形式統一性，但這種黑格爾式的必然秩序在人類歷史進程中顯然是闕如的，在詩歌的文本世界中更難以企及，植根於現實和歷史中的更內在的統一性圖景最終依然止於一種「懸想」。

詩的哲理化

穆旦在 1940 年評論卞之琳的《慰勞信集》一文中說：「假如『抒情』就等於『牧歌情緒』加『自然風景』，那末

49　王佐良：〈一個中國新詩人〉，《文學雜誌》第 2 卷第 2 期，1947 年。

詩人卞之琳是早在徐遲先生提出口號（指『抒情的放逐』
──引按）以前就把抒情放逐了。」[50] 伴隨著這種「抒情的
放逐」，是四〇年代詩作的哲理化。

　　如果說三〇年代的卞之琳對抒情的放逐更多是基於詩藝
技巧方面的考慮，那麼戰爭貫穿始終的四〇年代首先就並非
一個抒情的年代。四〇年代的詩壇必然尋找新的詩學關注
點。詩的哲理化即是新詩在新的歷史階段尋求新的技藝的標
誌之一，同時也切合了一個沉思時代的來臨。這種哲理化的
趨向首先表現在淪陷區的現代派詩歌中。南星這樣評價年輕
詩人聞青：「在聞青的詩中便處處有一個沉思的哲學家，自
己做了演員又做觀客，認為人世間的變異是當然的，痛苦地
接受倒不如安泰地接受。」[51] 這種對「人世間的變異」的泰
然態度使得聞青的詩作在現代派詩人「感傷的渲染」之外提
供了另一種平靜超脫的宣敘語調。劉榮恩在「沉重的獨語」
中也不時流露一種畢基初所謂的「中年的曠達」，這也同樣
可以歸因於他所稟賦的沉思者的氣質：「他犀利的眼睛透視
了浮像的眩輝和囂雜，擺脫了縱橫的光影的交叉錯綜而潛入
到單純的哲學體系的觀念裡。他不僅僅是一個忠誠的藝術之
作者，攝取了美麗的風，美麗的情感，織成了他的詩。他更

50　穆旦：〈《慰勞信集》──從《魚目集》說起〉，載《穆旦詩文
　　集》第 2 卷，頁 54，北京：人民文學出版社，2006 年。
51　林栖（南星）：〈讀聞青詩〉，《中國文藝》第 9 卷第 2 期。

是一個哲學家，他所啟示的是永恆的真諦。」[52] 南星和畢基初都在他們所評論的詩人身上發現了哲人的氣質。這種哲人氣質使詩人的思考力圖穿透囂雜的浮像而臻於啟示的境地。普遍的哲理化傾向一方面取決於徹底放逐了抒情的淪陷背景，另一方面則標誌了詩人們在戰亂年代對個體生命境遇的逼視和潛思，呈現出一種哲理和深思的氛圍。或許正是借助這種沉思的氛圍，淪陷區的現代派詩人試圖突破由於經歷的有限所帶來的題材和視野的狹隘，並試圖超越溫室中的獨語者而代之以沉潛於人性、生命以及歷史、現實的哲人的形象。

其中的路易士或許並不想成為一個哲人化的詩人，但他的詩作中卻具有突出的主智傾向。抗戰前路易士就以鮮明的智性色彩的詩作在現代派詩人群中獨樹一幟，這種特徵在四〇年代更顯突出。他的詩作，偏於以理智節制情緒，注重經驗的傳達，注重思想的成分，在一定程度上可以看作是現代詩歌對五四浪漫主義與濫情傾向的反撥在淪陷區歷史階段的繼續。路易士創作於 1944 年的詩作〈太陽與詩人〉堪稱是詩人自己的創作談：

> 太陽普施光熱，
> 惠及眾生大地，

52　畢基初：〈《五十五首詩》──劉榮恩先生〉，《中國文學》第
　　3 號，1944 年。

　　是以距離九千三百萬哩
　　為免得燒焦了其愛子之保證的。

　　故此詩人亦須學習
　　置其情操之融金屬於一冷藏庫中，
　　俟其冷凝。
　　然後歌唱。

　　熾烈的情緒必須經過冷凝的處理之後才能成詩。與青春期的激情寫作不同，在一定意義上，這可以看作是中年的寫作方式，人生的沉潛階段的來臨也為詩歌帶來了冥想性的韻味。這種徵象在抗戰前就已顯露頭角並在四〇年代更臻佳境的其他幾個詩人如朱英誕、南星、吳興華等身上都得到了印證。

　　吳興華四〇年代詩作中的哲理色彩不僅體現為詩人冥想性的藝術思維，同時也制約了他對於詩歌形式的選擇。十四行詩在吳興華的創作中占據了重要的比重，尤其是他的以《西珈》為題的十六首十四行組詩標誌著這一古老的西方詩體在四〇年代中國詩壇重新獲得了藝術生命力。他的相當一部分哲理短詩如〈Elegy（哀歌）〉、〈對話〉、〈暫短〉等都可以看作是吳興華十四行詩體實驗的一種變體。十四行詩既是格律最嚴謹的古典詩體，「每首十四行，有固定的詩節形式、韻律形式和韻腳安排」，又是「一種異常靈活的詩歌

形式。它變化無窮，為詩人提供了在一定限度內進行獨創和發明的巨大可能性。」這種商籟體（Sonnet）所固有的經典性題材是「理想化的愛情或對人性的闡釋」。[53] 吳興華的十四行詩正吻合於這所謂的「特殊題材」，同時又賦予了詩作以一種智性化的特徵，這一點深受曾以《致奧爾弗斯的十四行》聞名世界詩壇的里爾克（Rilke）的影響。[54]《西珈》便是一組愛情詩，詩人試圖在冥想的風格中賦予情愛以一種穿越時空的永恆品質，具有一種幻美的色彩：

> 不能是真實，如此的幻象不能是真實！
> 永恆的品質怎能寓於這纖弱的身體，
> 顫抖於每一陣輕風像是向晚的楊枝？
> 或許在瞬息即逝裡存在她深的意義，
> 如火鏈想從石頭內擊出飛迸的歌詩，
> 與往古遙遙地應答，穿過沉默的世紀⋯⋯

　　馮至也是從浪漫的抒情到哲理的沉思的詩藝轉變途中選

53　理查德・泰勒：《理解文學要素》，頁 207，四川：四川大學出版社，1987 年。

54　吳興華在抗戰時期曾翻譯過里爾克詩鈔，交中德學會出版。並寫有〈黎爾克的詩〉一文，刊北平《中德學誌》1943 年第 5 卷第 1、2 期合刊。張松建曾對吳興華接受里爾克的具體影響問題有細緻的研究，見〈「新傳統的奠基石」——吳興華、新詩、另類現代性〉，《新詩評論》第 1 輯，北京：北京大學出版社，2007 年。

中了十四行這種詩體的。[55] 他初版於 1942 年的《十四行集》
與淪陷區的吳興華遙相呼應，並試圖在詩中達到里爾克所追
求的境界：「使音樂的變為雕刻的，流動的變為結晶的，從
浩無涯涘的海洋轉向凝重的山嶽。」[56] 馮至從里爾克這裡接
受的影響對他創作《十四行集》有更決定性的意義。這種決
定性是多方面的，其中一個根本的因素是里爾克所稟賦的透
過表象世界洞見事物的核心和本質的超凡的領悟力。在寫作
於三〇年代的〈里爾克〉一文中，馮至曾談及里爾克在《布
里格隨筆》裡評論過波德萊爾的詩作〈腐屍〉（Une Charog-
ne）：「你記得波德萊爾的那首不可思議的詩〈腐屍〉嗎？
那是可能的，我現在了解它了。……那是他的使命，在這種
恐怖的，表面上只是引人反感的事物裡看出存在者，它生存
在一切存在者的中間。」里爾克把波德萊爾從恐怖和醜惡的
事物中看出存在者視為詩人的使命，馮至也恰恰從這個意義
上理解里爾克。他認為里爾克在「物體的姿態」背後，「小
心翼翼地發現許多物體的靈魂」。這種進入事物靈魂的過
程，就是進入本質去洞見存在的過程。馮至的十四行詩也正
是從普通意象中生發深刻的哲理，如里爾克那樣去「傾聽事

55　朱自清曾懷疑作為舶來品的十四行，「詩體太嚴密，恐怕不適於
　　中國語言。但近年讀了些十四行，覺得似乎已經漸漸圓熟；這詩
　　體還是值得嘗試的。馮先生的集子裡，生硬的詩行便很少。」見
　　朱自清：《新詩雜話》，頁 25。

56　馮至：〈里爾克〉，《新詩》第 1 卷第 3 期，1936 年。

物內部的生命」，「從充實的人性裡面提煉出了最高的神
性」。[57] 這種神性蘊涵在馮至筆下的一切看似凡俗的事物
中：原野的小路、初生的小狗，一隊隊的駄馬，白茸茸的鼠
曲草……這些事物籠罩在詩人一種沉思的觀照中而帶有了哲
理和啟示意味，化為詩人潛思生命萬物的結晶：

> 我們的生命在這一瞬間，
> 彷彿在第一次的擁抱裡
> 過去的悲歡忽然在眼前
> 凝結成屹然不動的形體。

> ——《十四行集之一》

> 歌聲從音樂的身上脫落，
> 終歸剩下了音樂的身軀
> 化作一脈的青山默默。

> ——《十四行集之二》

這使馮至成為李廣田所說的「沉思的詩人」：「他默察，
他體認，他把他在宇宙人生中所體驗出來的印證於日常印象，

57　陳敬容：〈《里爾克詩七章》譯者前記〉，《中國新詩》第2集，
　　1948年。

他看出那真實的詩或哲學於我們所看不到的地方。」[58]三〇年代現代派詩人筆下的意象抒情和少年情懷轉化為內斂沉潛的詩思以及凝重深沉的意態。這或許正是馮至評價里爾克時所說的「在從青春進入中年的道程中」所產生的「新的意志」。朱自清在〈詩與哲理〉一文中說:「聞一多先生說我們的新詩好像儘是些青年,也得有一些中年才好,」並認為馮至的《十四行集》「大概可以算是中年了」,「得從沉思裡去領略」。[59]詩不再只是情緒或情感的載體,而是像里爾克所強調的那樣:「詩是經驗。」[60]馮至的十四行詩,正是把詩人的人生經驗內化為生命的血肉的結晶,是詩人的個體生命的「小我」通過沉思與體認的方式與宇宙萬物的「大我」內在契合的產物。

從西方詩藝的影響背景這一層面考察,三〇年代中期,卞之琳就已開始側重於借鑒 T. S. 艾略特、瓦雷里、里爾克乃至奧登的詩歌成就,到了抗戰時期,這批以尋找「客觀對應物」(Objective Correlative)和「思想知覺化」的技巧著稱的西方現代主義詩人構成了對淪陷區現代派以及大後方西南聯大詩人群以及隨後的中國新詩派的更大影響。哲理化的傾

---

58 李廣田:〈沉思的詩——論馮至的《十四行集》〉,《明日文藝》第 1 期,1943 年。

59 朱自清:〈詩與哲理〉,《新詩雜話》,北京:三聯書店,1984 年。

60 里爾克著,馮至譯:〈馬爾特·勞利茲·布里格隨筆〉(摘譯),《沉鐘》第 18 期,1932 年。

向，智性詩的寫作，都標誌著西方現代詩藝在抗戰背景下的
中國詩壇艱難而未中斷的延續。其中西南聯大的學院派詩人
在借鑒西方詩學方面尤為著力，哲理化與沉思的特徵也在馮
至、卞之琳這些弟子們的詩作中得以集中體現。穆旦的詩歌
在總體上呈現出一種強烈的思辨色彩，詩歌的玄學意味背後
是一種個體生命的體驗哲學。深受里爾克和馮至影響，創作
了大量詠物詩的鄭敏尤其以哲理勝，其詩中「思想的脈絡與
感情的肌肉常能很自然和諧地相互應和」。[61] 杜運燮在〈登
龍門〉中描繪了一個「造物主」的形象：

> 造物主在沉思：豐厚的靜穆！
> 他正凝神在修改他的創作。
> 至高的耐性與信心使他永遠微笑，
> 為作品的完成，他要不倦地思索。

這一「不倦地思索」的造物主，也正構成了沉思的詩人
的忠實寫照。[62]

61　唐湜：〈鄭敏靜夜裡的祈禱〉，《新意度集》，頁 143，北京：三
　　聯書店，1990 年。
62　西南聯大詩人哲理化的追求也帶來一個通病，即是議論入詩，詩
　　中的議論易流於直白的闡釋甚至是邏輯推理，同時給詩歌帶來相
　　當一部分「闡釋直陳的句子」。

新詩現代化的歷史性綜合

以穆旦、杜運燮、鄭敏等為代表的西南聯大詩人在四〇年代後期匯入了「中國新詩派」的詩人群[63]，把四〇年代的詩壇推向了一個新詩現代化的歷史性綜合的新階段。

我們面對著的是一個嚴肅的時辰。

我們原先生活著的充滿了腐朽氣息的房屋在動搖，我們原先生活著的陰暗沉滯的時間在崩潰，刷得白白的牆壁在轟轟地坍倒，披著雕花與塑像的圖案的棟梁在大聲地傾折；幾千萬年來在地下鬱鬱地生長的火焰沖出傳統的泥層了，它在大笑著，咀嚼著一個世界，也為這一個世界吐出聖潔的光焰。[64]

這就是中國新詩派的詩人們面臨的歷史與現實情境，一個舊的即將崩潰，新的尚未開始的時代，一個變幻莫測，紛紜複雜的時代，一個對詩歌事業構成了前所未有的挑戰的時代，也是一個許諾了新詩發展的多重可能性的時代。在這樣

---

63 除了「中國新詩派」，關於這一詩人群也有「九葉派」的命名。解志熙認為：「這些命名都不夠周全，」「從其『新綜合』詩學思維著眼，稱他們為現代主義詩潮的『新生代』，這或許更名副其實。」（《摩登與現代──中國現代文學的實存分析》，頁63，北京：清華大學出版社，2006 年）

64 〈我們呼喚（代序）〉，《中國新詩》第 1 輯，1948 年。

一個大時代，詩人們自覺地擔負起了新的歷史使命，致力於尋求新詩現代化的歷史性綜合。

作為這一詩人群理論代言人的袁可嘉把「新詩現代化」稱為一個「新傳統的尋求」，同時也是一個「感性革命」。在這一「新生代」看來，戴望舒、馮至、卞之琳、艾青等前輩構成了這一「感性革命」的先例。在這個意義上，詩人們所追溯的「新傳統」，正是中國新詩的現代傳統。新詩現代化正是在繼承這一傳統的基礎上的綜合傾向：「這個新傾向純粹出自內發的心理需求，最後必是現實、象徵、玄學的綜合傳統；現實表現於對當前世界人生的緊密把握，象徵表現於暗示含蓄，玄學則表現於敏感多思、感情、意志的強烈結合及機智的不時流露。」[65] 袁可嘉強調新詩現代化是現實、象徵、玄學的綜合傳統，其中對現實性的注重反映了四〇年代後期經歷了戰爭洗禮的年輕詩人積極介入社會人生的時代精神特徵。創刊於 1948 年的《中國新詩》即主張「在內容上更強烈地擁抱住今天中國最有鬥爭意義的現實」，「在最複雜的現實生活裡，我們從各方面來參與這艱苦而光輝的鬥爭，接受歷史階段的真理的號召，來試驗我們對新詩的寫作」。[66] 袁可嘉對「現實性」的概括，正吻合了這種介入現實生活和社會鬥爭的詩歌精神，體現了詩人們強烈的社會責任感以及

65　袁可嘉：〈新詩現代化──新傳統的尋求〉，天津《大公報・星期文藝》，1947 年 3 月 30 日。
66　《中國新詩》1948 年第 2 輯「編輯室」。

歷史憂患意識。而這一綜合傳統中的「象徵」，也超越了作為世紀末頹廢主義的象徵派的內涵，包含了袁可嘉對於西方諸種新的詩學傾向的理解：「現代詩裡的象徵性，不用說是承繼著法國象徵派而得著新的起點的。在題材的選用上現代人的象徵規模已經大有擴展，如艾略特《荒原》那樣象徵二十世紀文明的巨制在前人恐怕是很難思議的。象徵手法的要點，在通過詩的媒劑的各種彈性（文字的音樂性、意象的擴展性，想像的聯想性等）造成一種可望而不可即不定狀態（Indefiniteness），從不定產生飽滿、瀰漫、無窮與豐富；它從間接的啟發著手，終止於詩境的無限伸展。」[67] 象徵的運用，已經不同於二〇年代李金髮的頹廢與晦澀，也不同於三〇年代戴望舒的朦朧與含蓄，而是服從於「無限伸展」的詩境的需求，通過與其他詩學元素的綜合而發揮其結構性的作用。

「現實、象徵、玄學的綜合傳統」的第三個要素是「玄學性」，這一範疇承襲了十七世紀英國玄學詩人的傳統，又由於 T. S. 艾略特、奧登等現代西方詩人的詩歌實踐而賦予其以現代性的新質地。玄學性作為中國新詩中相對異質的因素，為新的綜合傳統注入了一種新的詩學活力，一方面表現為形而上沉思的「智性」特徵，另一方面「更普遍地反映於

67　袁可嘉：〈現代英詩的特質〉，《文學雜誌》第 2 卷第 12 期，1948 年。

詩人感性中『理』與『情』的混凝，抽象思想與美麗肉體的結合。」[68] 身體與思想的結合，由此構成了中國新詩派區別於前輩詩人的重要詩學取向。唐湜稱現代人的精神深處存有「那麼沉重的肉感（Sensuality），那麼渾然的一份生命的重量，那麼深沉的激動，一種強烈得灼人的浪漫的氣質。他們似乎要把全身心一起投擲出去，投擲到生活裡去，也投擲到藝術裡去。而在這吉訶德式的投擲過程裡，全身筋肉震顫著，自覺的精神使他們習慣地把靈魂與肉體劃分開來，而他們自覺的意圖卻又是重合二者，像約翰・鄧（John Donne）那樣用『身體的感官去思想』」。[69] 穆旦正是用「身體的感官去思想」的代表性詩人。王佐良稱穆旦「總給人那麼一點肉體的感覺，這感覺之所以存在是因為他不僅用頭腦思想，他還『用身體思想』」，繼而認為穆旦的〈詩八首〉這一「將肉體與形而上的玄思混合的作品是現代中國最好的情詩之一」。[70]

　　我歌頌肉體：因為它是岩石
　　在我們的不肯定中肯定的島嶼。

68　袁可嘉：〈現代英詩的特質〉，《文學雜誌》第 2 卷第 12 期，1948 年。

69　唐湜：〈搏求者穆旦〉，《新意度集》，頁 89，北京：三聯書店，1990 年。

70　王佐良：〈一個中國新詩人〉，《文學雜誌》第 2 卷第 2 期，1947 年。

　　我歌頌肉體：因為它是大樹的根。

　　搖吧，繽紛的枝葉，這裡是你穩固的根基。

　　──穆旦〈我歌頌肉體〉

　　當穆旦發現了作為「岩石」與「大樹的根」的肉體的時候，他就最大限度地突破了傳統，而尋找到了「穩固的根基」。這也是對「現代」的一種驚人的體悟。對身體性的發現，也是詩人在動盪不安的年代，在缺失穩定感的年代，在「一切的事物使我困擾」的無可把握年代中對於自我確證性以及穩定感的尋求。對身體性的存在的發現，在很大程度上意味著生命的個體性──一種唐湜所謂的「我自體」的真正覺醒。「以肉體去思想」不僅是思想知覺化的過程的體現，更意味著詩人們對自我存在的發現，是對存在的本我，對生命的根基的發現，身體成為詩人體驗、感受和反思世界的出發點。從此，身體性介入了「生命」意識，也介入了「歷史」，歷史的範疇由此獲得了拓展，它不再只是理性正史，也不再只是群體史，個體的意識與感性的維度為我們理解「歷史」的內涵注入了新的內容。因此，唐湜稱：「穆旦也許是中國能給萬物以生命的同化作用（Identification）的抒情詩人之一，而且似乎也是中國有肉感與思想的感性（Sensibility）的抒情詩人之一。」[71]

這種融匯了肉感與思想的感性的抒情在辛笛等人的詩中也獲得了體現：

> 形體豐厚如原野
> 紋路曲折如河流
> 風致如一方石膏模型的地圖
> 你就是第一個
> 告訴我什麼是沉思的肉
> 富於情欲而蘊藏有智慧
>
> ——辛笛〈手掌〉

唐湜稱「這手是一個『現代人』的理想，靈肉完全一致，情理完全合拍，體質豐厚，思路曲折」。[72] 如果說，穆旦詩中的「沉重的肉感」表現出的是「生命的重量」以及「強烈得灼人的浪漫的氣質」，那麼，辛笛詩中的靈與肉則達到了一種以理節情的相對和諧境地。

新的綜合在中國新詩派這裡還表現在對現代性的新體驗以及對這些新體驗的吸納與融匯。陳敬容認為：「所謂詩的

---

[71] 唐湜：〈穆旦論〉，《中國新詩》第 4 輯，1948 年。
[72] 唐湜：〈辛笛的《手掌集》〉，《新意度集》，頁 64，北京：三聯書店，1990 年。

現代性（Modernity），據我個人的理解，是強調對於現代諸
般現象的深刻而實在的感受：無論是訴諸聽覺的，視覺的，
內在和外在生活的。」[73]

　　　多少年的往事，當我靜坐，

　　　一齊浮上我的心來，

　　　一如這四月的黃昏，在窗外，

　　　揉合著香味與煩擾，使我忽而凝住——

　　　一朵白色的花，張開，在黑夜的

　　　和生命一樣剛強的侵襲裡，

　　　主呵，這一剎那間，吸取我的傷感和讚美。

　　　——穆旦〈憶〉

　　這首〈憶〉正印證了陳敬容所強調的諸般現代體驗和感
受：感官的，情緒的，心理的，思想的，生命的，形而上
的。李瑛當年曾這樣評價穆旦：「經驗、思想和情感三者賦
予他的產品以一種驚人的溶解綜合力。」[74] 這是另一種意義
上的綜合，即把經驗、思想、情感融為一體的能力，四○年

73　默弓（陳敬容）：〈真誠的聲音——略論鄭敏、穆旦、杜運
　　燮〉，《詩創造》第 12 輯，1948 年。
74　李瑛：〈讀《穆旦詩集》〉，天津《益世報·文學週刊》，1947
　　年 9 月 27 日。

代末的中國新詩派正是借助這種「溶解綜合力」來捕捉紛至
沓來的現代性經驗及其中所蘊涵的社會歷史內容。社會歷史
的錯綜複雜，促使中國新詩派把詩歌理解為諸種張力、諸種
因素、諸般現象的矛盾統一，這正是中國新詩的歷史性綜合
的真正含義。

　　四〇年代的社會現實充滿了種種矛盾和混亂，詩中自不
免也充斥著種種內在衝突的張力。這種種張力是以往任何一
個時代的詩中都不曾處理過的。穆旦、陳敬容、鄭敏、杜運
燮等人的詩中，因此經常呈現辯證的甚至悖反性的思維形
態。這種悖反性的思維恰好吻合了一個矛盾、混亂的時代：

　　　　我們站在這個荒涼的世界上，
　　　　我們是廿世紀的眾生騷動在它的黑暗裡，
　　　　我們有機器和制度卻沒有文明
　　　　我們有複雜的感情卻無處歸依
　　　　我們有很多的聲音而沒有真理
　　　　我們來自一個良心卻各自藏起

　　　　——穆旦〈隱現〉

　　這首〈隱現〉沿承了 T. S. 艾略特的荒原意識，表現了穆
旦對二十世紀現代文明的思考，有著一種反思「現代性」的
深度，它的悖論性表達凸顯了現代性本身的矛盾性。在缺少

複雜意蘊和繁複美感的新文學歷史中，穆旦的「豐富的痛苦」由此顯得可貴。對歷史與現實的悖論性的把握使他的思考以及他的詩作都處於一種未完成的進行狀態，穆旦的特異也正在於此。王佐良稱穆旦不懂「至善之樂」，正是因為穆旦的詩更多地表現的是矛盾、困惑、悖論和衝突，從而遠離一種合諧的平衡狀態。鄭敏也說：「穆旦的詩，或不如說穆旦的精神世界是建立在矛盾的張力上，沒有得到解決的和諧的情況上。穆旦不喜歡平衡。平衡只能是暫時的，否則就意味著靜止，停頓。穆旦像不少現代作家，認識到突破平衡的困難和痛苦，但也像現代英雄主義者一樣他並不夢想古典式的勝利的光榮，他準備忍受希望和幻滅的循環。」[75]一個矛盾、痛苦、苦惱的世紀糾纏在穆旦的思想中，他比任何人都更深切地體驗到時代的病症，這一切甚至影響到了他的語言。正如鄭敏所說：「穆旦的語言只能是詩人界臨瘋狂邊緣的強烈的痛苦、熱情的化身。它扭曲，多節，內涵幾乎要突破文字，滿載到幾乎超載，然而這正是藝術的協調。」[76]所謂的「超載」形象地描繪了穆旦語言的特質。

　　四〇年代詩人繁複的現代體驗已經無法訴諸單一的詩學因素。「綜合」也正體現了他們以不同的美學範疇和詩學技

75　鄭敏：〈詩人與矛盾〉，《一個民族已經起來》，頁 32，南京：江蘇人民出版社，1987 年。
76　鄭敏：〈詩人與矛盾〉，《一個民族已經起來》，頁 33，南京：江蘇人民出版社，1987 年。

巧應對不同的需求。然而，綜合並不是調和。那種認為詩可以綜合全部現代經驗的想法只能是想像。綜合也意味著有許多異質因素是無法調和的，也無法納入詩的統一體中去的。再大的綜合能力也無法把現代生活與現代性的方方面面全部容納進來，否則詩就成為了神話。也正是在這個意義上，穆旦是真正的現代詩人，他的詩沒有調和，只有永恆的衝突和辯難，其主體形象，則是永遠的殘缺的主體，只有缺憾和不完滿。恰如穆旦詩作〈被圍者〉寫的那樣：「讓我們自己，就是它的殘缺。」有研究者指出：穆旦「詩中的自我，從來不是完整的、穩定的、主動的，而是分裂的、未成形的、被動的。在他看來，作為個體的自我不過是『無數的可能裡一個變形的生命。』」[77] 穆旦的〈我〉和〈詩八首〉等詩作都表現出「我」的主體的殘缺性和分裂性，是難以把握的存在。這種對「自我」和主體性的懷疑，是中國新詩史上前所未有的。尤其與郭沫若的擴張的主體和何其芳的自戀的主體對比，就更能說明問題。

　　二十世紀的進程證明，穆旦們對歷史主體性的探索，以及對新詩的綜合的尋求註定是一次頗為短暫的航行，歷史沒有給他們以進一步發展的契機。但正像有西方論者對三〇年代英國一代年輕詩人所評價的那樣：

77　曹元勇：〈《蛇的誘惑》編後記〉，《蛇的誘惑》，頁 275，廣東：珠海出版社，1997 年。

　　詩人們在出發航海的時候所希望的，是找到一個新的人類。他們並沒有找到這樣一個有血肉的人卻在一個晚上，發現他們的船擱淺在必然的岩礁上，一個他們從未夢見過的偉大的人的形象，顯示在他們眼前。他們的失敗就是他們的成功。[78]

2008 年 9 月 23 日於京北育新花園

78　Demetrios Capetankis：〈論當代英國詩人〉，《詩文學》第 1 輯，1945 年。

李金髮的詩學意義

一

從世紀末的今天回顧起來，「東方的波德萊爾」——李
金髮的詩集《微雨》1925 年在中國現代詩壇的問世，是有著
「大事件」的意義的。它不僅從此催生了中國象徵詩派，也
預示著向中國文壇開啟一種別開生面的現代性的視野。因
此，描述李金髮所可能展示的新的現代性的景觀，進而重新
估價他的創作，是本文試圖嘗試的一個思路。

同是作為中國近現代史上的留學生作家，但每個人在各
自的國度感受到的「現代」卻是不同的，因此每個作家眼裡
的現代性景觀和現代性型範也迥然有異。

李金髮的現代意識是巴黎代表的現代資本主義世界催生
的。這種意識從審美的意義上說儘管帶有浪漫派的痕跡（李
金髮曾說「自己的詩集中，我還是喜歡《為幸福而歌》，那
裡少野馬似的幻想，多纏綿悱惻的情話，較近浪漫派的作

風，令人神往」[1]），但主體的色調應是濫觴於波德萊爾的現代主義因素。

李金髮於 1919 年赴法國學習美術，耳濡目染的是世紀初葉的西方現代主義文學藝術思潮，尤其受到法國象徵派詩人波德萊爾、魏爾倫的影響，自稱「特別喜歡頹廢派 Charles Baudelaire 的《惡之花》及 Paul Verlaine 的象徵派詩，將他的全集買來，愈看愈入神，他的書簡全集，我亦從頭細看，無形中羨慕他的性格，及生活」[2]，李金髮開始於 1920 年的詩歌寫作，直接效法象徵派的詩藝和技巧，是很自然的事情，同時也不可避免地濡染了世紀末的頹廢情緒。他的詩中既有波德萊爾的惡魔主義精神與「審醜」的美學，又有魏爾倫的感傷與頹廢的氣質。羈旅生涯中的李金髮大半的時間是在歐洲大陸，在波德萊爾和魏爾倫的世紀末體驗以及後期印象派所氤氳著的藝術氛圍中浪遊，這使他對波希米亞藝術家形象有切身的體驗，對波德萊爾的思慕在很大程度上也是對他的「薄海民」氣質的投契。李金髮為自己擬設的「長髮臨風之詩人」的形象也正是一種都市流浪藝術家的形象，他自己的詩中也難免潛藏著「漂泊之年歲」（〈故鄉〉）中的一顆「孤客之心」（〈寒夜之幻覺〉）。即使在具有家國意識的〈故鄉〉一詩中，他也表達了對自己留學前在故鄉二十年的那種「牛羊下來」之生涯，「既非所好」的意念。這一切使

1　陳厚誠：《李金髮回憶錄》，頁 68，上海：東方出版中心，1998 年。

2　陳厚誠：《李金髮回憶錄》，頁 53，上海：東方出版中心，1998 年。

得年輕的詩人無論在心理上還是在閱歷上都與祖國本土的情境拉開了一大段距離。

1923 年春，李金髮到了柏林，此後一年，「多讀歌德名著不幸深受叔本華暗示，種下悲觀的人生觀」[3]。然而這種「悲觀的人生觀」的形成對李金髮的創作卻具有決定性的意義，它構成了詩人的生存底色和背景，反映在詩中，則是對深蘊心理的體驗以及生命意識的發掘。

　　　我們之四體在斜陽流血，

　　　晚風更給人蕭索之情緒，

　　　天兒低小，霞兒無力發亮，

　　　像輕車女神末次離開世界，

　　　我們之希望，羨慕，懊怨，追求，

　　　在老舊而馴伏之心底衝突。

　　　──〈愛之神〉

如果說李金髮的詩在內容層面大體可以概括為個體意識、漂泊感受、戀愛渴望、詩人情懷、靈魂探險等幾個向度，那麼構成其深層底蘊的則是一種生命意識的覺醒，詩人以纖細而敏銳的藝術感覺突入到人的深層體驗和潛在意識領

3　陳厚誠：《李金髮回憶錄》，頁150，上海：東方出版中心，1998 年。

域，用朱自清引劉夢葦的話來概括，即「要表現的是『對於生命欲揶揄的神祕及悲哀的美麗』」[4]。置身於異國的詩人關懷的是「靈魂的崩敗」、心底的波瀾，是死亡、拯救的母題，其中諸如希望，羨慕，懊怨，追求⋯⋯各種情緒和體驗在他內心中的膠結與衝突，間接地折射出時代的焦慮和困擾，尤其具有一種現代意義。這種「現代」是波德萊爾的「現代」，從而也是李金髮的「現代」，這個「現代」的景觀正是借助李金髮的詩歌呈現在中國人的眼前，它與魯迅的現代，與胡適的現代或者吳宓的現代都多少有些不同，它似乎是更陌生的，也更令國人一時難以接受。但它複雜化了中國對「現代」的理解和體認，從而有助於把一個非同質化的「現代」範疇引入到中國現代歷史的進程中來，使「現代」自身成為一個蘊涵著多維的甚至悖反的內容的存在。而一個充滿焦慮與頹廢的現代視野，差不多是第一次在李金髮的詩中以直觀的感性形式呈現在中國文壇。李金髮的創作所展示的現代性因素正體現在他對西方資本主義危機感的一種直覺性領悟，以及從波德萊爾那裡秉承的非理性精神與生命意識。

二

同樣值得關注的是李金髮對波德萊爾的「審醜」的詩學

---

4   朱自清：《中國新文學大系・詩集・導言》，陳紹偉編：《中國新詩集序跋選（1918-1949）》，長沙：湖南文藝出版社，1986年。

的領悟以及在自己詩作中的表現。「審醜主義」是波德萊爾的現代性的重要組成部分，他的《惡之花》既是對醜惡而腐敗的事物與存在的直面，也是對人類文明可能走向墮落與罪惡的反思。人類文明的「現代」進程的另一種面孔正凸現在審醜之維之中。凡是讀過《惡之花》的人很難不震驚於波德萊爾直面醜惡的惡魔主義精神。而作為詩人的李金髮則同時為我們引進了與這種惡魔主義精神相伴生的「審醜」的詩學。

審醜的詩學取向突出地體現在李金髮詩歌的意象選擇上。有研究者曾對比過李金髮和郭沫若慣常運用的意象[5]，如果說，經常出現在郭沫若詩中的是太陽、日出、大海、明月、白雲，那麼李金髮則慣用汙血、枯骨、殘月、死屍、荒野。他把靈魂理解為「荒野的鐘聲」，生命則是「死神唇邊的笑」，連記憶也如「道旁朽獸，發出奇臭」，作為現代大都會代表的巴黎則充斥了「地窖裡之霉腐氣，／爛醉了一切遊客」。對於習慣了五四詩壇的狂飆突進清新昂揚的讀者來說，李金髮的審醜化的異質聲音自然令人驚竦，甚至陌生。然而，「審醜」主義卻是伴隨著現代性必然產生的人類感性維度。當波德萊爾以其惡魔主義的批判精神面對世俗資本主義的時候，他已經意識到資本主義世界自身的分裂，這也正是現代性的裂變，而他的「審醜」主義則構成了人類反思現

5　宋永毅：〈李金髮：歷史毀譽中的存在〉，曾小逸編：《走向世界文學》，頁392，長沙：湖南人民出版社，1985年。

代性的最早的詩學實踐。李金髮的惡魔主義或許沒有波德萊
爾那麼自覺，但他在第一次世界大戰之後踏上歐洲的土地，
或多或少總會感受到一點施賓格勒所謂的「西方的沒落」，
他的「審醜主義」由此也超越了單純的皮相的模仿而體現出
一種精神特徵。如這首〈寒夜之幻覺〉：

> 耳後萬眾雜沓之聲，
> 似商人曳貨物而走，
> 又如貓犬爭執在短牆下，
> 巴黎亦枯瘦了，可望見之寺塔
> 悉高插空際。
> 如死神之手，
> Seine 河之水，奔騰在門下，
> 泛著無數人屍與牲畜。

　　這首詩雖然是寫詩人的幻覺，但也可以說是對巴黎所代
表的現代大都市的寓言化呈示，是一種夢魘體驗。另一首
〈悲〉則表達了對都市生活的一種厭倦感：

> 我煩厭了大街的行人，
> 與園裡的棕櫚之葉，
> 深望有一次倒懸
> 在枝頭，看一切生動。

在倒懸者的眼中，一切自然是顛倒與乖謬的。而這一切，使得詩人在艾略特所概括的荒原般的文明現狀中難以尋找到精神的支撐，他的詩中常常出現的「靈魂」的主題與其說表達的是對上帝和信仰的追求，不如說更是在流露心靈失路的悲哀：

> 如其究心的近況，
> 我將答之以空谷；
> 如其問地何以荒涼，
> 我將示之以
> 頹敗的花，
> 大開之門。

> ——〈如其究心的近況……〉

但正是這種「心靈失路之叫喊」（〈給 X〉）與對現代都市文明的批判意識使他的詩匯入了以波德萊爾為代表的反思現代人的生存以及反思現代性的總主題中，傳達著潛伏在人類生命存在和文明進程中的另一種聲音。

三

相形見絀的是李金髮的語言工夫，這似乎在文學史上已經成為一種定論。不少評論者認為李金髮的母語工夫欠缺，

譬如朱自清稱他「母舌太生疏」[6]，卞之琳也說他「對本國的語言（無論是白話還是文言），沒有感覺力」，孫席珍作為知情者則說李金髮「法文不大行」，「中國話不大會說，不大會表達，文言書也讀了一點，雜七雜八，語言的純潔性沒有了。引進象徵派，他有功，敗壞語言，他是罪魁禍首。」[7]

　　身在異域所濡染的歐化語言的影響以及對母語的生疏使李金髮的詩歌表達的確顯得生澀和拗口。同時他引大量文言句法和語彙入詩，但由於遠未臻於化境，更容易受到詬病。但令人奇怪的是調和中西兩家卻構成了他的自覺追求。他在《食客與凶年·自跋》中曾這樣表述：「余每怪異何以數年來關於中國古代詩人之作品，既無人過問，一意向外採輯，一唱百和，以為文學革命後，他們是荒唐極了的，但從無人著實批評過，其實東西作家隨處有同一之思想，氣息，眼光和取材，稍為留意，便不敢否認，余於他們的根本處，都不敢有所輕重，惟每欲把兩家所有，試為溝通，或即調和之意。」

　　在當時的中國詩壇李金髮的詩藝無疑是最具先鋒性的，然而他的努力卻是調和傳統與西方，試圖把傳統維度內化到現代詩學之中。這裡面的思路多少令人感到困惑。也許可以

6　朱自清：《中國新文學大系·詩集·導言》，陳紹偉編：《中國新詩集序跋選（1918-1949）》，頁 300，長沙：湖南文藝出版社，1986 年。

7　周良沛：〈「詩怪」李金髮〉，《李金髮詩集》，頁 10，成都：四川文藝出版社，1987 年。

說，在實踐象徵派的詩學原則的同時，對中國傳統的嚮往更
是他的自覺意識，這在五四文壇極端的反傳統的聲浪中自然
是一種邊緣化的聲音。身在異域，多少淡化了政治和意識形
態色彩，強化的卻是對本土悠久文化傳統的嚮往，其間的內
在邏輯與國內的反傳統思潮同樣是可以理喻的。只是歷史的
玩笑在於選擇了一個似乎最難以勝任的人來倡言中西的調
和，儘管這種倡言構成了現代詩歌歷史的一個內在理路，或
隱或顯地綿亙於後來詩人的藝術軌跡之中。

　　李金髮掀起的真正巨大的衝擊力是他的有缺憾的詩美和
語言藝術。可以說，李金髮正因為對母語以及法語都不甚純
熟，他的詩歌語言才更有一種陌生化的效果，使自己的母語
本身產生了一種陌生的機制，並在這種陌生中使人看到了漢
語的別種可能性，看到了語言的超越常規的神奇的運用，並
意識到詩歌語言與日常語言的區別的地方，進而引發人們對
於文學性本身的思索。同時這也是審美習慣思維的陌生化，
是對人們所習慣的審美的固定模式和機制的顛覆。這一切都
是五四時期的其他詩人無法替代的，也是李金髮的真正的詩
學貢獻所在。

四

　　象徵主義提供了理解李金髮的思潮背景，但理解他的具
體詩作，還要進入他的微觀詩學層面。從詩藝的角度上說，
李金髮開啟的是中國現代的「晦澀的詩學」。他取法法國象

徵派詩歌技巧，摒棄了現實主義和浪漫主義詩學準則，大量
運用象徵、暗示、通感、隱喻、聯想等手法，營造具有朦朧
和神祕色彩的氛圍和情境，結果他的詩在當時不啻晦澀難懂
的代名詞。蘇雪林發表在《現代》雜誌三卷三期上的〈論李
金髮的詩〉一文曾把他的詩藝概括為以下幾點：一是觀念聯
絡的奇特，譬如「棄婦之隱憂堆積在動作上」中的「堆
積」，「衰老之裙裾發出哀吟」中的「衰老」，都是把從來
不相聯絡之觀念連結一處，造成比喻的怪異；二是擬人法，
如「晴春露出伊的小眼正睨視著我的背脊和面孔」，「睡蓮
向人謟笑」，都有一種想入非非之概；三是省略法，「行文
時或於一章中省去數行，或於數行中省去數語，或於數語中
省去數字，他們詩之曖昧難解，無非為此。」蘇雪林認為這
第三點尤其是「做象徵派詩的祕密」。相比之下，朱自清的
論斷更為經典化：「象徵詩派要表現的是些微妙的情境，比
喻是他們的生命；但是『遠取譬』而不是『近取譬』。所謂
遠近不指比喻的材料而指比喻的方法；他們能在普通人以為
不同的事物中間看出同來。他們發現事物的新關係，並且用
最經濟的方法將這關係組織成詩；所謂『最經濟的』就是將
一些聯絡的字句省掉，讓讀者運用自己的想像力搭起橋
來。」[8] 朱自清揭示的是李金髮為代表的象徵派詩人所開闢
的「比喻」的新視域。

8　朱自清：《新詩雜話》，頁 8，北京：三聯書店，1984 年。

　　比喻在以胡適為代表的初期白話詩人那裡顯然也得到過充分的運用。然而，誠如朱自清所言：「（胡適）的詩裡所用具體的譬喻似乎太明白，譬喻和理分成兩橛，不能打成一片；因此，缺乏暗示的力量，看起來好像是為了那理硬找一套譬喻配上去似的。別的作者也多不免如此。」⁹ 可以說，還沒有什麼人在比喻的天地中走得像李金髮這麼遠。他的詩作中充滿了朱自清所謂的「遠取譬」：「粉紅的記憶」，「衰老的裙裾」，「希望成為朝露」，「涼夜如溫和之乳媼」……具象與抽象的疊加與互證，使人們的諸種感知領域打成一片，極大地豐富了人們對世界的體驗與認知方式，也啟動了一種具有原創性特徵的詩歌藝術思維。

　　所謂的「遠取譬」正顯示出李金髮所稟賦的原創性的藝術思維能力，能在普通人以為不同的事物中間看出同來，其實顯示的正是詩性的本質——即詩的隱喻思維的本質。隱喻是詩歌的重要詩性元素，加拿大理論家弗萊曾說過：「詩性思維的單位是隱喻，從本質上說，隱喻是非邏輯性的，把兩種以上不同的事物等同起來，這是只有瘋子、情人、詩人才會做的事——或者還可以加上原始人。」¹⁰ 從這一點上說，「遠取譬」其實揭示了李金髮核心的詩學技巧，同時也形象地揭示了象徵派詩的詩藝本質——在不同質的事物中建立超

9　朱自清：《新詩雜話》，頁 24，北京：三聯書店，1984 年。
10　高友工、梅祖麟：《唐詩的魅力》，頁 192，上海：上海古籍出版社，1989 年。

越普通思維的奇異聯繫。這也是人類藝術思維的重要特徵，其身體性或者說人類學依據就是人們常說的「通感」，即諸種感官的相通和感覺、體驗的匯通。象徵主義把它提升到具有普泛性意義的詩學準則，這就是波德萊爾的名詩〈通感〉（也翻譯成「契合」）所奠定的原則。中國的象徵派詩人穆木天、馮乃超和王獨清們把這種詩學原則引入到中國詩壇，並不太成功地運用到詩歌創作實踐之中。而李金髮的詩則更從感覺和感性的意義上出發，對這種詩學原則反而實踐得更充分，並以他的幾本詩集為我們提供了探討比喻與通感的內在關聯的理想範例。

比喻與通感的關係是一個值得深入論證的課題。當比喻把不相聯屬的異質性意象並置在一起的時候，其中內在邏輯聯繫的建構大多依賴於通感，換句話說，是不同感官的感覺的相似性和體驗的相通性使「遠取譬」得以成立。因此，在相當多的情形裡，我們很難區分一種修辭到底是比喻還是通感。而對象徵派詩人來說，他們的通感尚不僅僅囿於現象界，更與一個超驗的本體域相通，波德萊爾在〈通感〉一詩中表達的正是這樣的思想：

> 自然是一座神殿，那裡有活的柱子
> 不時發出一些含糊不清的語音；
> 行人經過該處，穿過象徵的森林，
> 森林露出親切的眼光對人注視。

> 彷彿遠遠傳來一些悠長的回音，
> 互相混成幽昧而深邃的統一體，
> 像黑夜又像光明一樣茫無邊際，
> 芳香、色彩、音響全在互相感應。

　　而只有作為「通靈者」的詩人才能捕捉這種感應，才能成為隱晦的「象徵的森林」的辨識者和傳達者。

　　李金髮也確乎相信法國象徵派詩人藍波所謂的「詩人是通靈者」的說法，〈詩人〉一詩堪稱是李金髮的自畫像：

> 彳亍在斜陽之後，
> 覓昆蟲之蛻羽，以衛趣味之遠遊。
> 道旁之死獸，
> 為其不可滅之靈作飲料。

　　這正像波德萊爾從路邊的腐屍身上看到了存在者一樣。這也是一個通靈者的形象，他能在「心窩之底」長久記憶「大自然之諂笑」，「他的視聽常觀察遍萬物之喜怒」（〈詩人〉），他靠一根草兒，就能「與上帝之靈往返在空谷裡」，而他的哀戚「唯遊蜂之腦能深印著」。這裡的「草兒」，「遊蜂之腦」，都成為溝通靈魂與情感的具體化媒介，其間的關係看似非邏輯，但兩個意象卻以其可感性搭起

了創造性想像力的橋梁。從而我們可以說，詩中的意象的連綴或並置雖然看上去不涉理路，無關邏輯，實際上卻有著人類感性、意識與下意識作為難以覺察的底裡。而李金髮的詩作對於我們考察詩歌思維甚至人類思維的固有邏輯，有著不可多得的價值。

李金髮堪稱是中國現代詩壇的晦澀詩的始作俑者。如果人們只是簡單地視李金髮為晦澀難懂的「詩怪」，其詩作所蘊涵的多方面的詩學元素及其詩學意義，就可能被我們一筆帶過。「晦澀的詩學」作為人類詩歌史上的重要現象，還仍然有待進一步探索。至少在用現代漢語寫作的那些「晦澀」詩人之中，李金髮是不容越過的一個。

二十世紀的詩心：林庚

　　我進北京大學中文系已經太晚了，沒有機會在課堂上領略林庚先生的風采。第一次聽說林庚先生大約在入學伊始，有位老師提起林庚解釋王維的名句「大漠孤煙直，長河落日圓」，說這句詩可以看作一幅簡潔的幾何圖：大漠和長河是橫線；孤煙是豎線，這樣就構成了縱橫兩條座標，而落日則恰是與這縱橫兩條線相切的一個圓。在幾何中，與圓相切的切線最具有美感，而王維詩中的視覺美也正來自於這種幾何效果。

　　當時我們就對林庚先生既佩服又仰慕，覺得他這樣解釋古詩，真是絕了。後來讀他的《唐詩綜論》，才發現書中充滿了這種神奇的領悟。

　　林庚先生詮釋古詩，名篇極多，最有代表性的大概就是那篇〈說「木葉」〉。杜甫有兩句名詩「無邊落木蕭蕭下，不盡長江滾滾來」，黃庭堅也有詩「落木千山天遠大，澄江一道月分明」，其中的「落木」可以溯源於屈原的兩句更有名的詩：「嫋嫋兮秋風，洞庭波兮木葉下。」林庚先生說自

從屈原以驚人的天才發現了「木葉」的奧妙，此後的詩人們
也就再不肯輕易地把它放過，並在繼承的過程中創造性地發
展出了「落木」。然而為什麼杜甫們繼承了「木葉」之「木」
卻捨棄了「木葉」之「葉」呢？「無邊落葉蕭蕭下」豈不更
為明白嗎？「像『無邊落木蕭蕭下』這樣大膽的發揮創造性，
難道不怕死心眼的人會誤會為是木頭自天而降嗎？」

　　解決問題的關鍵在「木」字：「『木』字的好處，在於
能暗示那將落樹葉的枯黃顏色；在於能暗示較『葉』字更堅
強的一種情調；而『葉』字本身所帶來的卻是柔軟暗綠的感
覺……『木』字徑作『葉』字講本來是不邏輯，而詩的語言
則正是要犧牲一部分邏輯而換取更多的暗示。」（〈詩的語
言〉）「木」正具有這種更為普遍的潛在的暗示，由「木」
組成的「木葉」因此「就自然而然的有了落葉的微黃與乾燥
之感，它帶來了整個疏朗清秋的氣息」。

　　　「木葉」所以是屬於風的而不是屬於雨的，屬於爽
　朗的晴空而不屬於沉沉的陰天；一個典型的清秋的性
　格。至於「落木」呢？則比「木葉」還更要顯得空闊，
　它連「葉」這一字所保留下的一點綿密之意也洗淨了：
　　落木千山天遠大，
　　充分說明了這個空闊；這是到了要斬斷柔情的時候
　了。（〈說「木葉」〉）

可以見出支撐著林庚先生解讀的是一種敏銳而新鮮的感受力和體悟力。這種感受力和體悟力一直鮮活地流貫於先生從三〇年代起直至二十世紀後半葉的新詩創作與文學研究始終。無論是屈原與唐詩研究，還是《中國文學史》與《西遊記漫話》的寫作，都潛藏著一顆充滿穎悟和智慧的「詩心」。用林庚先生自己的語彙即是詩人自己的詩心「飛躍千里」去和古人的詩心「連成一片」，其中顯示出的「創造性正是從捕捉新鮮的感受中鍛煉語言的飛躍能力，從語言的飛躍中提高自己的感受能力，總之，一切都統一在新鮮感受的飛躍交織之中」（〈漫談中國古典詩歌的藝術借鑒〉）。

「創造性」是林庚先生詩論中出現頻度極高的一個字眼兒。他主張「中文系的學生，創造自己未來的歷史比研究過去的歷史的責任更大」。而感受與想像的能力正是創造性的精髓。這種想像力與感受力在詩歌創作中顯然更其重要。林庚認為「詩的語言因此如同是語言的源頭，它正如音樂，圖畫，都是未有語言之先的語言」。這就把「詩」上升到人類的語言以及詩性的發生學的意義上。

林庚自己的詩正實踐著這種理論。如〈破曉〉：

> 破曉中天傍的水聲
> 深山中老虎的眼睛
> 魚白的窗外鳥唱
> 如一曲初春的解凍歌

（冥冥的廣漠裡的心）
溫柔的冰裂的聲音
自北極像一首歌
在夢中隱隱的傳來了
如人間第一次的誕生

　　林庚這樣描述自己在詩成之後的震動感：「我這時忽然有一種無人知道的廣漠博大的感受」，「我覺得自己彷彿是站在這世界初開闢的第一個早晨裡。」這就是創世般的新鮮感，只有那種具有原創性的詩才會使人有開闢鴻蒙的喜悅。也許正是在這個意義上，聞一多稱這首詩是「水到渠成」。

　　詩中的「老虎的眼睛」意象可以說是一個現代詩中的新的原質。「這兩隻如火的眼睛在一個無邊的夜裡，將是如何一個有威嚴的力量啊。」這裡有渾然的境界，如同詩人自己所說：「藝術把人帶到原始的渾然的境界，才與生命本身更為接近。」

　　對「新的原質」的關注，構成了林庚詩歌理論的重要內容。

　　中國的詩史上的唐詩高潮之所以出現，正在於詩人以新鮮的眼光和闊大的胸懷發現了更多的詩的原質。林庚先生說，要想說明這原質的變遷，則莫過於直接看大自然的現象。建安以來的詩人都善於寫「風」，「枯桑知天風」，「高台多悲風」，「胡馬依北風」……等等，信手拈來都是好句。而對於「雨」則絕少佳作。直到王昌齡「寒雨連江夜

入吳，平明送客楚山孤，洛陽親友如相問，一片冰心在玉壺」，「雨」才正式在詩裡有了地位：

> 難道唐人以前都是晴天嗎？可是從此之後，「風」的詩意雖還不減當年，而「雨」的新感情卻越來越濃厚……到了杜牧的「清明時節雨紛紛，路上行人欲斷魂」，「雨」的情味乃直欲深入每一個人的靈魂；而李賀的名句：「況是青春日將暮，桃花亂落如紅雨」，這樣「雨」便又以一個新的姿勢成為詩中的原質。

又如「關」字，「關」在唐以前絕少入詩，「而到了唐代凡是『關』幾乎就都成為好詩，『秦時明月漢時關』這麼好的詩，何以要直等唐人才說得出？此外則『春風不度玉門關』，『西出陽關無故人』，在在都成為絕唱。」「關」正在唐人筆下構成了一個新原質。這種新的原質的發現，其實就是人的本質的新發現，是生命和創造力的新發現，是智慧和想像的新發現。一個創生了大量的新的原質的時代就是一個充滿活力的時代，盛唐氣象的產生正因為那個時期詩的新原質發現的最多。「宋人承唐人的餘澤，一切太現成了，酒啊，雨啊，柳啊，笛啊，山啊，水啊，斜陽啊，芳草啊，反而攪做一團，施展不開。」（〈詩的活力與詩的新原質〉）沿著這種思路，林庚先生追問：「傳統的詩的源泉為什麼會枯竭了呢？明顯的原因是一切可說的話都概念化了，一切的

動詞形容詞副詞在詩中也都成了定型的而再掉不出什麼花樣來了。」這對我們新詩的創作尤其具有啟示。新詩如果想要創造一個類似於盛唐氣象的輝煌時代，沒有大量的新的原質的發現和沉澱，註定是很難的。

詩是什麼？在林庚先生那裡，詩是「宇宙的代言人」。從這個意義上說，「詩心」構成的就是宇宙的靈魂。能夠成為這種宇宙的靈魂的詩人是太少了。而且，正如李白詩云「古來聖賢皆寂寞」，真正對宇宙人生有著屬於自己的感受和思索的詩人，其歷史命運終歸是寂寞的。

林庚稱「我的天性願意忍受一些悄悄與荒涼的；而且我也曾經在苦中得到過一些快樂；乃使我越發對於寂寞願意忍受下去。」這段文字寫於 1935 年，大半個世紀後的今天，林庚先生或許依舊這樣慣於悄悄與寂寞。前幾年中央電視台《讀書時間》曾為林庚先生做過一部短片，節目製作人稱在先生的寂寞的身影上凝聚著這個時代正在悄然喪失的感受力和想像力。的確，我們這個時代所迫切需要挽留和拯救的正是一種感受的能力和想像的能力，是對世界的詩化的領悟。人類所剛剛告別的二十世紀以及剛剛步入的二十一世紀，無疑是一個技術和物質層面取得了優先權的時代。然而，人類在發明了技術的同時，也越來越受控於技術，直到有那麼一天不自覺地成為技術的奴隸。海德格爾認為「技術的本質絕不是技術的」，「對人類的威脅不只來自可能有致命作用的技術機械和裝置。真正的威脅已經在人類的本質處觸動了人

類。」（《海德格爾選集》下 946 頁，上海三聯書店，1996
年 12 月第一版）「今天人類恰恰無論在哪裡都不再碰到自
身，亦即他的本質。」在這樣一個時代，人是否像海德格爾
所說的那樣能夠「詩意地棲居」在大地上，越來越值得懷疑。
我們更多地獲得了物質和欲望，喪失的卻是詩性和感受。從
這個意義上說，我們存在的終極依據也面臨著失落的危險，
真正的威脅確然「已經在人類的本質處觸動了人類」。

　　人類獲得拯救的途徑或許只有一個，那就是「詩性」。
也正是基於人類的「詩意地棲居」的本質，「詩心」才真正
構成了我們全部生存的靈魂，是人類能否創造詩性並領略詩
性的根本，是詩的出發點和歸宿地。正像二十世紀另一個詩
的靈魂──里爾克所說：「我們的使命就是把這個羸弱、短
暫的大地深深地、痛苦地、充滿激情地銘記在心，使它的本
質在我們心中再一次『不可見地』甦生。」這種「不可見」
正是超越於物質和技術之上的心靈性的存在，是精神的本
質，從而也是人的存在的本質，是生命的本質。林庚先生的
意義也許正是在這一點上體現的更為明晰，如他對藝術所下
的定義：「藝術並不是生活的裝飾品，而是生命的醒覺；藝
術語言並不是為了更雅致，而是為了更原始，彷彿那語言的
第一次的誕生。這是一種精神上的力量。物質文明越發達，
我們也就越需要這種精神上的原始力量，否則，我們就有可
能成為自己所創造的物質的俘虜。」

　　林庚對詩的藝術的理解，正是「語言的第一次的誕

生」，它傳達的是生命的新鮮感，是生命的醒覺，是精神上的原始力量。當我們有可能日漸喪失這些東西的時候，我們會發覺這是我們剛剛告別的二十世紀堪稱最彌足珍視的遺產，這種遺產，被林庚先生以一種非凡的感受力和領悟力從遙遠的時代繼承下來，並在已逝的一個世紀賦予了它新的原質。然而，在人類為著各種主義而喧囂躁動的世紀，這樣的詩心，只能是寂寞的。

前幾年關於林庚先生的那部電視短片拍攝的時候正是冬天，記得掃過燕園的很多鏡頭都染了雪意。畫面中的未名湖、博雅塔、後湖以及中文系所在的五院正是先生日常散步的地方。我自己就經常在湖邊見到先生遠遠的身影。這散步的身影，按陳平原先生所說，是燕園裡最為「亮麗」，卻即將消逝的特殊的風景。林庚先生自己所住的居所在燕南園，窗外小小的庭院中有一片竹林，以前每次從庭院旁穿過，都令人頓生「鳳尾森森，龍吟細細」之感。客廳的牆壁上掛著一只先生從前每年春天都會去放飛的風箏。而此刻是冬季，先生就端坐在椅子上，聆聽著竹林外的風聲，在午後的陽光中凝視著那只風箏，遙想天空。「而遙想天空就是遙想無限」。這種無限，正存在於林庚先生的詩國的天空裡。

出世情調和彼岸色彩：
廢名的詩境

在史家眼裡，廢名是三〇年代以戴望舒、卞之琳、何其芳為代表的「現代派」詩歌群體的一員，但卻被視為現代派詩人群中最晦澀的一位[1]。這與周作人提供的說法也恰相吻合，周作人當年也稱「據友人在河北某女校詢問學生的結果，廢名君的文章是第一名的難懂」[2]。不過，比起文章來，廢名詩的晦澀則更是有過之而無不及，這也多少影響了廢名在詩歌史上的聲譽。或許可以說，廢名作為一名詩人的聲譽在很大程度上要得益於他的具有詩化特徵的小說的烘托。卞之琳在八〇年代曾指出：「他應算詩人，雖然以散文化小說見長。我主要是從他的小說裡得到讀詩的藝術享受，而不是從他的散文化的分行新詩。」[3]三〇年代評論界對廢名小說

1　藍棣之：〈《現代派詩選》前言〉，《現代派詩選》，北京：人民文學出版社，1986 年。

2　周作人：〈《棗》和《橋》的序〉，《苦雨齋序跋文》，上海：天馬書店，1934 年。

3　卞之琳：〈《馮文炳選集》序〉，《馮文炳選集》，北京：人民文學出版社，1985 年。

《橋》表現出極大的熱情也多半由於在小說中讀到了更多的
詩境，評論者似發現廢名「到底還是詩人」[4]，不過這個結論
卻是基於他的小說而推導出來的。這恐怕與廢名公開發表的
詩作較少也不無關係。

　　廢名的詩與小說有相得益彰的地方，都表現出哲理的冥
想的特徵。其詩歌中也每每有出塵之想。1927 年廢名卜居北
京西山，從此開始長達五年的半隱居式的生活，其生活情境
在《莫須有先生傳》中可以略窺一斑。同時，廢名也集中創
作了一批新詩，詩中經常複現的，也正是一些「遺世」、
「禪定」、「隱逸」等絕塵脫俗的意象。深山中禪定的形
象，也堪稱是廢名的自畫像，正如廢名在這一時期創作的一
首詩〈燈〉的開頭一句所寫：「人都說我是深山隱者」。又
如這首〈淚落〉：

> 我佩著一個女郎之愛
>
> 慕嫦娥之奔月，
>
> 認得這是頂高地方一棵最大樹，
>
> 我就倚了這棵樹
>
> 作我一日之休歇，
>
> 我一看這大概不算人間，
>
> 徒鳥獸之跡，

4　鶴西：〈談《橋》與《莫須有先生傳》〉。

> 我驕傲於我真做了人間一椿高貴事業，
>
> 於是我大概是在那深山裡禪定，
>
> ……

詩人「慕嫦娥之奔月」，結果到了一處出離人間，只有鳥獸出沒的「頂高地方」，並把這種「深山裡禪定」視為「人間一椿高貴事業」。詩人自我設想的形象，正是這種「深山裡禪定」的形象，一如朱光潛當年評論《橋》時所說的那樣，是一個「參禪悟道的廢名先生」[5]。朱光潛也正是從「禪」的角度論及廢名的詩歌：「廢名先生的詩不容易懂，但是懂得之後，你也許更驚嘆它真好。有些詩可以從文字本身去了解，有些詩非先了解作者不可。廢名先生富敏感的苦思，有禪家道人的風味。他的詩有一個深玄的背景，難懂的是背景。」[6]這個「深玄的背景」，或許正是禪悟的背景，理趣的背景，它同時也構成了理解《莫須有先生傳》和《橋》的背景：「《橋》愈寫到後面，人物愈老成，戲劇的成分愈減少，而抒情詩的成分愈增加，理趣也愈濃厚。」[7]這種「理趣」的追求發展到詩歌創作中，就有了「深山裡禪定」的詩人形象。而且，這種「禪家道人的風味」在詩中不僅僅體現為深玄的背景，它構成了詩歌的總體氛圍，透露著

5 　孟實：〈橋〉，《文學雜誌》第 1 卷第 3 期，1937 年 7 月 1 日。

6 　朱光潛：《文學雜誌·編後記》第 1 卷第 2 期，1937 年。

7 　孟實：〈橋〉，《文學雜誌》第 1 卷第 3 期，1937 年 7 月 1 日。

詩人的審美理想，同時又具體地制約著詩中所選擇的意象。

廢名小說《橋》中的出世情調和彼岸色彩在他的詩中也得到了更充分的印證，體現為作者對一個夢幻般的想像世界的營造：「時間如明鏡，／微笑死生」（〈無題〉），「余有身而有影，／亦如蓮花亦如鏡」（〈蓮花〉），「太陽說，／『我把地上畫了花。』他畫了一地影子」（〈太陽〉），「夢中我畫得一個太陽，／人間的影子我想我將不恐怖，／一切在一個光明底下，／人間的光明也是一個夢」（〈夢中〉），「我見那一點紅，／我就想到顏料，／它不知從哪裡畫一個生命？／我又想那秋水，／我想它怎麼會明一個發影？」（〈秋水〉）這些詩每一首孤立地看，都似乎很費解，但放在一起觀照，詩中的「鏡」、「影」、「夢」、「畫」、「秋水」等等，就在總體上編織成了一個「鏡花水月」的幻美世界，一個理念化的烏托邦的存在。用周作人評價廢名小說《桃園》的話來說，即是「夢想的幻景的寫象」[8]。從這個意義上說，廢名的詩歌語言，是一種幻象語言。在一系列幻美的意象背後，一個幻象世界應運而生。到了 1936 年創作的〈十二月十九夜〉中，這個幻美的世界更臻佳境：

8　周作人：〈《桃園》跋〉，《苦雨齋序跋文》，上海：天馬書店，1934 年。

深夜一支燈，
若高山流水，
有身外之海。
星之空是鳥林，
是花，是魚，
是天上的夢，
海是夜的鏡子。
思想是一個美人，
是家，
是日，
是月，
是燈，
是爐火，
爐火是牆上的樹影，
是冬夜的聲音。

　　這首詩堪稱是「意象的集大成」，詩中幾乎所有的意象都是具體可感的，是可以在現實世界中找到對應的美好的事物，然而被廢名串聯在一起，總體上卻給人一種非現實化的虛幻感，似乎成為一個廢名參禪悟道的觀念的世界。一系列現實化的意象最終指向的卻並非實在界，而是一個想像界，給人以一種可望而不可即的飄渺感。所以香港文學史家司馬

長風稱這首詩「洋溢著淒清奪魂之美」[9]。詩人所表現出來的，正是這種編織幻美世界的詩藝技巧。

從營造幻象以及觀念世界的角度總體上理解廢名的詩作，可能不失為一條路子，並且有可能把握到廢名對中國現代詩歌史的特殊貢獻。倘若單從詩歌體式上講，廢名詩歌的不足還是比較顯見的。卞之琳的評價最為到位：「他的分行新詩裡也自有些吉光片羽，思路難辨，層次欠明，他的詩語言上古今甚至中外雜陳，未能化古化歐，多數場合佶屈聱牙，讀來不順，更少作為詩，儘管是自由詩，所應有的節奏感和旋律感。」[10] 尤其是廢名的詩歌語言過於散文化，白話化，打磨不夠，有時尚不及小說語言精煉，則是更明顯的缺失。但除卻上述不足，廢名詩歌獨特的品質卻是他人無法貢獻的。這種特殊之處可能正在於他為現代詩壇提供了一種觀念詩，一種令人有出塵之思的幻象詩，一種讀者必須借助禪悟工夫才能理解其深玄奧義的理趣詩。

朱光潛在評價廢名的小說《橋》時曾這樣說：「『理趣』沒有使《橋》傾頹，因為它幸好沒有成為『理障』，因為它融化在美妙的意象和高華簡練的文字裡面。」[11]「理趣」

---

9   司馬長風：《中國新文學史》中卷，頁202，香港：昭明出版社，1975年。

10 卞之琳：〈《馮文炳選集》序〉，《馮文炳選集》，北京：人民文學出版社，1985年。

11 孟實：〈橋〉，《文學雜誌》第1卷第3期，1937年7月1日。

之所以沒有使《橋》「傾頹」，可能不僅僅因為「它融化在美妙的意象和高華簡練的文字裡面」，而更因為《橋》在讀者期待視野中畢竟是小說，是「小說性」制約了「理趣」，使它沒有極端化。那麼在廢名更為純粹的觀念詩中，「理趣」有沒有成為把更多的讀者擋在門外的「理障」呢？這恐怕是廢名詩歌值得思索的另一個問題。

場域視野中的曹葆華

　　中國現代文學史上的很多作家其實都具有多重身分，而對這些作家的歷史評價也需要在現代文學以及文化的場域中綜合考察其文學活動的豐富性與多重性。即以詩人為例，如郭沫若、徐志摩、馮至、卞之琳、施蟄存、曹葆華等，在加冕詩人桂冠的同時，往往還佩戴著編輯家、翻譯家等名銜。這種多重的文化身分也決定了研究者需要重建一種多重的描述視野，才能更完整地定位這些現代作家。上海書店出版社2010年出版的由陳俐、陳曉春編輯的兩卷本《詩人 翻譯家曹葆華》（分別為「詩歌卷」和「史料・評論卷」）即為我們全面了解曹葆華（1906-1978）在中國現代文學史中的位置，提供了一種場域視野。

　　作為詩人的曹葆華1927年考入清華大學外國文學系，1931年又考入清華研究院，與孫毓棠、林庚一起，被研究者稱為「清華三傑」，在1930年至1932年間相繼有《寄詩魂》、《靈焰》、《落日頌》等幾部詩集問世。而在清華讀書期間就出版有詩集的只有聞一多、朱湘和曹葆華三人。早

在曹葆華的第一部詩集《寄詩魂》出版之前，作為學長的朱湘就在給曹葆華的信中稱他的詩「用一種委婉纏綿的音節把意境表達了出來，這實在是一個詩人將要興起了的吉兆」。徐志摩也致信曹葆華，稱《寄詩魂》「情文恣肆，正類沫若，而修詞嚴正過之，快慰無已」，無所保留地表達了一個前輩成名詩人對後進的獎掖與提攜。聞一多也在信中說：「大抵尊作規撫西詩處少，像沫若處多。十四行詩，沫若所無。故皆圓重凝渾，皆可愛。鄙見尊集中以此體為最佳，高明以為然否？」新月二子都在與曹葆華的前輩同鄉郭沫若的比照中解讀兩個詩人的同與異，從中可以見出二人對曹葆華的看重。而通觀《詩人 翻譯家 曹葆華》「史料‧評論卷」中收錄的書信往來，高出曹葆華兩屆的學長羅念生的信最長，言辭也最懇切，稱讚《寄詩魂》「好像在迷夢中忽聽了鈞天的神樂」，「一連讀了三遍，覺全詩的意境很高，氣魄很雄健。這是一座火山的爆裂，遠看是一個整體，近看不免有些凌亂」。羅念生的這種「整體觀」也見於錢鍾書 1932 年發表在《新月》雜誌上的對《落日頌》的書評中。錢鍾書稱《落日頌》裡的詩「禁不得這種水磨工夫來讀的。為欣賞作者的詩，我們要學豬八戒吃人參果的方法——囫圇吞下去」。與其他校友相比，錢鍾書的評論不免恃才傲物，言辭犀利：「作者的雕琢工夫粗淺得可觀：留下一條條縱著橫著狼藉的斧鑿痕跡，既說不上太璞不雕，更談不到不露藝術的藝術。」「作者的比喻，不是散漫，便是陳腐，不是陳腐，便

是離奇；例如『靈魂像白蓮花的皎潔』〈沉思〉，『舉起意志的斧鉞』〈想起〉，『嵌妝在琅瑯的歌裡』〈告訴你〉，『落葉揚起了悲歌』〈燈下〉，『幾點漁火在古崖下嚶嚶哭泣』〈沉思〉，都算不得好比喻。」「在作者手裡，文字還是呆板的死東西。」措辭幾近刻薄。但另一方面，錢鍾書也慧眼獨具地看到了曹葆華的特殊之處：「作者的詩還有一個特點，他有一點神祕的成分。」「作者將來別開詩世界，未必不在此。」錢鍾書最後認為：「作者最好的詩是作者還沒有寫出來的詩。」

　　錢鍾書這分犀利的洞察可謂於我心有戚戚焉。而其所謂曹葆華「將來別開詩世界」的「還沒有寫出來的詩」，或許就是此後幾年曹葆華所創作的大量別開生面的無題詩，並在1937年5月由上海文化生活出版社結集出版，是為《無題草》。在我看來，《無題草》是曹葆華真正找到了自己獨特性的詩歌創作，是他人無法貢獻的作品，也把錢鍾書所謂的「神祕的成分」發揮到現代詩人無出其右的地步。藍棣之在《現代派詩選》的前言中稱曹葆華與廢名一道，是現代派詩人群中兩個「真正詩風比較晦澀的」，主要根據的大概就是《無題草》。《無題草》中的詩作大都籠罩著一層神祕的甚至是詭異的面紗，這種神祕與詩人試圖探究生存的奧義密不可分。《無題》詩中的主題大都圍繞著前生、本我、死亡、靈魂等內容展開，如：「怎得有一方古鏡／照出那渺茫的前身／是人，是鬼，是野狗」；「靈魂像一個小皮球／永遠在

沙土上旋轉著」;「走進倒塌的古墓門／摸取前生殘留的足跡」;「看百尺城樓上有黑榜／懸著自己朱紅的名字」……與這些形而上的主題相吻合的,則是曹葆華無題詩中充斥的大量具有幽玄氣息的意象:古墓、白骨、古廟、神龕、孤魂、死人頭、道士壺中的日月等等。但是曹葆華的神祕不是西方象徵主義詩人探索上帝的存在以及窮究超驗域的基督教式的神祕,而更多的帶有東方的道教和佛家的玄冥色彩。他對前生的拷問,對輪迴與宿命的思索,對陰間與冥界的興味,都體現了本土文化的悠長的背景和潛在的制約力。

1933 年 10 月,曹葆華開始在《北平晨報》上編輯副刊《詩與批評》,前後歷時兩年半,集中刊登了卞之琳、何其芳、李健吾、陳敬容等詩人的創作,還大量登載了葉芝、瓦雷里、艾略特、瑞恰慈、威爾遜等西方最前衛的理論家的詩論,為三〇年代中期中國詩壇黃金時代的到來起了推波助瀾的作用。孫玉石和曹萬生教授都撰了長文高度評價《詩與批評》副刊在新詩歷史發展中的貢獻。收入《詩人 翻譯家 曹葆華》「史料・評論卷」中的孫玉石先生的文章稱:曹葆華「創辦的《詩與批評》,從整體上看,是與 1932 年施蟄存等人主辦的《現代》雜誌的傾向相近似,在推動新詩的象徵派、現代派發展中,是起過一定作用的很有價值的專門性的詩歌副刊。」

在《詩與批評》副刊上發表的西方詩論中,有相當一部分是曹葆華本人翻譯的,並在 1937 年以《現代詩論》的名目

由商務印書館結集出版，是曹葆華翻譯生涯的階段性成果。1939 年曹葆華奔赴延安後，對馬克思主義理論也發生了濃厚的興趣，並開始苦讀俄語，最終成為馬列經典文獻的翻譯大家。他抗戰初期在成都教過的一位學生多年以後「在馬恩列斯譯著的版權頁裡，偶然發現『校訂者曹葆華』六個字」，不禁由衷感嘆：「何等的驚喜！原來我的英語老師不僅是詩人、戰士，而且是這樣出色的俄文翻譯家！」

感嘆聲中其實彰顯的是曹葆華一生中的多重身分與多重貢獻。中國現代作家們雖然已經身處一個現代學科建制開始形成，現代性帶來的科層化分工越來越細密的時代，但剛剛發生的現代歷史同時也允諾給他們發展個性和才稟的豐富甚至駁雜的實踐空間，並最終決定了他們在「作家」「詩人」頭銜之外，往往還兼具其他多重的身分。這也要求後來的研究者須把現代作家的文學實踐放置在多重的場域空間中進行分析與考察。現代作家既在立體的場域空間中進行多重的文學、文化、政治實踐，同時也正是他們的多重實踐本身在生成和塑造著場域空間和邏輯。而這種場域空間也為我們全面觀照一個現代作家提供了更完整也更多元的歷史視野。

西部邊疆史地想像中的
「異托邦」世界
——解讀孫毓棠的〈河〉

一

　　我對孫毓棠的詩作〈河〉的解讀是從翻閱拉鐵摩爾的《中國的亞洲內陸邊疆》一書開始著手的。我試圖解決的困惑是，為什麼孫毓棠在詩中創造了一個流向廣袤的內陸沙漠地域的向西的大河？為什麼河流上相競的千帆承載的是一個種族性和集體性的通過河流的大遷徙，其方向是朝向黃沙漫漫的西部邊疆，甚至是一個歷史的版圖疆域之外的一個疑似子虛烏有的地方——古陵？這條穿越沙漠奔騰向西的幾千里長的河流所表現出的地理形態，在今天中國的版圖上似乎難尋蹤跡，更像是歷經滄海桑田的地質巨變之後蒸發在中國西部地理空間和歷史時間中的甚至連故道也消失殆盡的中古史上的河流。或許，這條嗚咽的大河，本來就存在於孫毓棠關於西部邊疆的史地想像中，連同詩中屢屢複現的「古陵」，是類似於福柯所謂的「異托邦」式的存在物。

　　這首寫於 1935 年的詩作借助超凡脫俗的想像力所勾勒的

這條西部大河以及神祕的「古陵」，因此多少顯得有些獨異。我試圖在拉鐵摩爾的《中國的亞洲內陸邊疆》中尋求某種解釋的可能性。當我讀到拉鐵摩爾關於「中國歷史的主要中心是黃土地帶」[1] 的判斷，讀到書中展示的華夏文明自秦漢直到盛唐都輝煌於中國的西部邊疆的史地圖景，同時聯想到孫毓棠創作〈河〉的時候的史學家身分，我開始意識到孫毓棠的想像力的脈管中流淌的可能是漢唐之血。作為歷史學家的孫毓棠，從民族歷史，尤其是從西北邊疆史地中汲取了想像力的資源以及歷史素材的給養，並最終獲得了一種宏闊的史詩圖景，進而超越了二十世紀三〇年代現代派詩人筆下的鏡花水月，而具有了一種史詩的蒼茫壯闊以及悲涼之美。

從這個意義上說，〈河〉堪稱是對民族歷史強盛時期的渾圓而豪邁的生命力的招魂曲。

二

解讀〈河〉的另一種可能的途徑是把〈河〉看成是孫毓棠的鴻篇巨制——敘事史詩〈寶馬〉的前史。從這一角度上說，兩年後問世的〈寶馬〉就並非一部毫無徵兆的橫空出世之作，其醞釀的因子或許已經在〈河〉中初露端倪。

孫毓棠 1933 年 8 月畢業於北平清華大學歷史系，讀書期

1　拉鐵摩爾著，唐曉峰譯：《中國的亞洲內陸邊疆》，頁 21，南京：江蘇人民出版社，2005 年。

間就關注於對外關係史，學士論文以《中俄北京條約及其背景》為題。此後孫毓棠大量中國史研究的成果，觸及政治、軍事、經濟、文化、民族、中外關係諸多領域。具體課題涉獵「戰國時代的農業與農民」、「漢代的農民」、「漢初貨幣官鑄制」、「戰國秦漢時代的紡織業」、「兩漢的兵制」、「漢代的交通」、「漢與匈奴西域東北及南方諸民族的關係」、「隋唐時期的中非交通關係」、「北宋賦役制度」等諸多領域。其中的先秦史、漢唐史、交通史等領域直接為〈河〉以及隨後的驚世之作〈寶馬〉提供了專業化的知識儲備。

　　孫毓棠在二十世紀三〇年代的中國詩壇多少顯得有些異類，這種異類性的最突出的標誌就是他發表於 1937 年的敘事史詩〈寶馬〉[2]。〈寶馬〉寫的是漢武帝時李廣利率兵西征大宛獲取寶馬的故事。〈寶馬〉發表後不久，孫毓棠在創作談〈我怎樣寫《寶馬》〉中自述：伐宛「這件事在中國民族的歷史中當然具有相當重要的地位，它是張騫的鑿空及漢政府推行對匈奴強硬政策的必然的結果，這次征伐勝利以後，漢的聲威才遠播於西域，奠定了新疆內附的基礎。在今日萎靡的中國，一般人都需要靜心回想一下我們古代祖先宏勳偉業的時候，我想以此為寫詩的題材，應該不是完全無意義的」，「已往的中國對我是一個美麗的憧憬，愈接近古人言

2　孫毓棠：〈寶馬〉，《大公報・文藝》，1937 年 4 月 11 日。

行的記錄，愈使我認識我們祖先創業的艱難，功績的偉大，氣魄的雄渾，精神的煥發。俯覽山川的雋秀，仰瞻幾千年文華的絢爛，才自知生為中國人應該是一件多麼光榮值得自豪的事。四千年來不知出頭過多少英雄豪傑，產生過多少驚心動魄的故事。……整個的民族欲求精神上的慰安與自信，只有回顧一下幾千年的已往，才能邁步向偉大的未來」[3]。這段自述既仰瞻中華幾千年的輝煌歷史，憧憬「神話所講述的年代」，又同時指涉了「講述神話的年代」——日寇兵臨城下民族面臨生死存亡的關頭，為讀者提供了理解〈寶馬〉的現實視角。晚年的孫毓棠談及當年〈寶馬〉的創作時亦稱：「緬懷古代兩千年前，我們是一個多麼光榮、偉大而有志氣的民族。」「打開案頭書，閱讀兩千餘年前司馬遷的《史記・大宛列傳》，讓我懷念我們祖先堅強勇猛、剛正果毅的精神和氣魄，在我年輕的心中，熱血是沸騰的。因此，我寫了這篇〈寶馬〉。」[4]

〈寶馬〉堪稱是孫毓棠對輝煌的民族歷史的一次回眸，詩中的意象因此「五光十色，炫人眼目。而且句句有來歷，字字有出典」[5]。將士西征的場面尤其被詩人極盡能事地鋪

3　孫毓棠：〈我怎樣寫《寶馬》〉，《大公報・文藝》，1937 年 5 月 16 日。

4　卞之琳：〈《孫毓棠詩集》序〉，《人與詩：憶舊說新（增訂本）》，頁 221-222，合肥：安徽教育出版社，2007 年。

5　卞之琳：〈《孫毓棠詩集》序〉，《人與詩：憶舊說新（增訂本）》，頁 223，合肥：安徽教育出版社，2007 年。

排。大宛國的「寶馬」也誠如詩題所寫，成為詩歌的核心。
王榮在《中國現代敘事詩史》中論及〈寶馬〉時指出，「需
要注意的是，和《史記・大宛列傳》及《漢書・張騫李廣利
傳第三十一》裡所記載的史實相比，在詩人所創造的虛構性
故事情節中，寶馬的獲得與否，不僅成為藝術結構的中心，
而且成為了牽動著國家的榮譽與尊嚴，將士與民眾等個人命
運的敘事主元素。所以，在主題思想方面，古代史實中窮兵
黷武的意味被消解淡化，漢王朝與大宛國的衝突，漢軍將士
的浴血奮戰，以至於普通民眾付出的犧牲等，成了展示古代
中國強悍剛健、不懼困難的民族性格與精神風貌的『有意味
的形式』。這在當時日寇步步緊逼，民族存亡危在旦夕的時
刻，就成了作者……用以激發中華民族奮發圖強的愛國精
神，『邁步向偉大的未來』等創作目的的一種有『意義』的
『實踐』性藝術表達方式。」[6]

　　〈寶馬〉中時時複現的，也是如〈河〉中的一唱三嘆般
的「向西」：

> 向西去！向西去！一天天
> 頭頂著寒空，腳踏著漠野，冷冰冰
> 叫你記不清北風已吹成什麼日子，
> 只知道月已兩回圓又兩回殘缺。

6　王榮：《中國現代敘事詩史》，北京：中國社會科學出版社，
　　2004 年。

> 向西去！曲折蜿蜒這幾十里大軍
>
> 像一條大花蛇長長地爬上了荒漠，
>
> 白亮亮戈矛的鋼刀閃爍著鱗光，
>
> 是鱗上添花紋，那戈矛間翻動的
>
> 五彩旌旗的浪，聽銅笳一聲聲
>
> 扭抖著銅舌，戰鼓冬冬冬敲落下
>
> 鋼釘的驟雨，駝吼，驢嘶，牝騾的長噑

卞之琳稱：「孫毓棠要不是史學專家，就不會寫出他的〈寶馬〉一類的代表詩作。」[7] 繁複的意象有賴於豐富的史地知識的強有力支援，也顯示出與早兩年發表的〈河〉的某種沿承性。〈河〉的出現因此可以看作是兩年後〈寶馬〉的某種預演，既標誌著〈寶馬〉淵源有自，也證明了〈河〉並非心血來潮的孤立之作。把〈寶馬〉作為〈河〉的前理解，似乎可以更好地闡釋〈河〉的難解之處。

孫毓棠的另類之處還在於，作為一個史學家，他既沒有對二十世紀三〇年代中國詩壇的潮流趨之若鶩，也無落伍之虞，反而能夠發揮自己的性情和專長進行寫作。在寫於1934年的〈文學於我只是客串〉一文中，孫毓棠更傾向於把自己

7　卞之琳：〈《孫毓棠詩集》序〉，《人與詩：憶舊說新（增訂本）》，頁 222，合肥：安徽教育出版社，2007 年。

視為一個業餘寫作者：「我是以史學為專業的人，並且將來仍想以史學為專業；文學和我的關係不過是『客串』而已。」[8]〈寶馬〉這般中國詩壇他人無法貢獻的敘事史詩以及〈河〉這樣具有獨異的詩歌美學特質的佳構，正是一個史學家「業餘」「客串」的產物。

三

作家馮沅君在 1937 年的〈讀《寶馬》〉一文中認為：「寫史詩，我覺得有三個不可缺少的條件：精博的史料，豐富的想像，雄偉的氣魄。」[9]這三個條件在孫毓棠的〈河〉中也得到了充分的體現。

〈河〉最初刊載於 1935 年 2 月 10 日《水星》第 1 卷第 5 期。開頭幾句即在無邊的荒沙的大背景下突現出一條「向西方滾滾滾滾著昏黃的波浪」的大河，三四句「帶著嗚咽哭了來，／又吞著嗚咽向茫茫的灰霧裡哭了去」奠定的是整首詩略顯悲涼甚至悲愴的基調。這種「嗚咽」既可以看成是河流的悲鳴，也可以讀解為下文船上遷徙者心底的哀音。接下來則從大尺度俯拍的漫漫黃沙的全景式鏡頭推向河流上的近距離中景：「載著大沙船，小沙船，舢板，溜艇，葉兒梭／幾千株帆檣幾萬支槳」，描繪的是一幅數以萬計的人群沿著

8　孫毓棠：〈文學於我只是客串〉，《我與文學》，生活書店，1934 年。

9　馮沅君：〈讀《寶馬》〉，《大公報・文藝》，1937 年 5 月 16 日。

一條大河千帆競逐，萬槳齊發的大遷徙的壯闊圖景。鏡頭接
著從中景推進到關於船帆的特寫：「荒原的風／似無形又似
有形，吹動白的帆，黑的帆，／破爛的帆篷顫抖著塊塊破篷
布」，暗示著這是一次漫長而艱苦卓絕的旅程。

　　接下來詩中有三處集中描寫了上千隻形體各異的船上的
搭載。除了「艙裡艙外堆著這多人」之外，一處寫的是船上
所載的日常生活和勞作的用具，一處寫的是「糧食，酒」以
及大大小小的牲畜連同寵物，第三處則集中寫的是沙船運載
的形形色色的兵器。從詩歌狀寫的具體圖景上看，這是一次
整個族群的背井離鄉的集體大遷徙，連家禽家畜都隨船帶
離。同時可以看出的是兵器在運載物中的重要位置，形形色
色的冷兵器意象彰顯出故事的古代背景，而對兵器的細緻入
微的摹寫一方面說明這支遷徙大軍的軍事化程度，另一方面
則說明軍事在當時所占據的重要地位，這似乎是一個兵民一
體化的族群。而「雙刃的戈矛」，「青銅的劍」，堆成了山
的「皮弓，硬弩，和黑魆魆的鋼刀」，「幾十船烏鐵的頭
盔，連環索子甲，／牛皮的長盾」等，也許同時暗示著這次
遷徙將不可避免地伴隨著一場軍事化的征服。

　　詩中的「嗚咽」、「哭」、「哽咽」等修辭策略反映出
孫毓棠沒有把這次族群遷徙寫成類似摩西「出埃及記」那樣
的壯舉，從「破爛的帆篷顫抖著塊塊破篷布。／曲折彎轉像
吊送長河無窮止的哽咽，／一片亂麻樣的呼囂喧嚷」等場景
中，也可看出亦無李廣利西征大宛的雄壯的聲威；而「艙裡

艙外堆著這多人，這多人，／看不出快樂，悲哀，也不露任
何顏色」，則可以想見踏上征程的人們對未來的些許茫然甚
至麻木，似乎這不是一次前途光明的旅程，而更是一次無奈
的甚至可能是被迫的流徙。

　　這首詩的美感風格由此而呈現出一種悲壯和蒼涼的色
調，但仍蘊有一種內在的雄渾的力度。這種力度恰恰蘊藏在
「看不出快樂，悲哀，也不露任何顏色」的人們的臉上，蘊
藏在「船夫一聲聲／疊二連三的吆喝」聲中，蘊藏在「青年
躬了身，鹹汗一滴滴點著長篙，／紫銅的膀臂推動千斤的
槳，勒住／帆頭繩索上一股股鋼絲樣的力量」中，更蘊藏在
「搖動幾千株帆檣幾萬支槳，荒原的風／似無形又似有形，
吹動如天如夜的帆：／多少片帆篷吸滿了力量，鼓著希望」
之中。而詩人最終把這次長旅定位為一次宿命之旅，尤其值
得回味的是重複兩次的「這不管」：

　　　誰知道
　　　古陵在茫茫的灰霧後有多麼遙遠，
　　　蒼天把這條河劃成一條多長的路？
　　　這不管，只要有寒風匆匆牽了帆篷向前飛，

　　　這不管，只要寒風緊牽了帆篷，長河的
　　　波濤指點著路──反正生命總是得飛，飛，
　　　不管前程是霧，是風暴，古陵有多麼

　　遠，多麼遙，蒼天總會給你個結束。

　　這裡出現的是「生命」與「宿命」意識的相互交織。「古陵」所代表的正是這種生命和命運雙重召喚，在〈河〉固有的拓展族群新的生命空間，超越既有生活以及存在形態的拓疆精神之外，攜帶上了某種更具有永恆性的「人」的色彩。而無論是開疆拓土的精神，還是聆聽命運的召喚，都與漢民族在漫長的歷史時間中逐漸形成的安土重遷的傳統構成了某種差異性。其中更為獨異的是關於生命的求索所展示的具有人類學意義的普遍性。有學者論及〈寶馬〉時指出：「它是一部真實表現歷史原生態的史詩，一部深邃洞察歷史複雜性的史詩，一部寄託著詩人憂國之心與民族性格理想的史詩。除此之外，關於西域自然環境的描寫，不僅提供了比古典詩詞更為宏闊而細膩的畫卷，而且涉及到人與自然的關係的哲學層面。」[10] 而〈河〉所最終抵達的更是關於人類的命運的層級。這也是這首詩的「異托邦」維度所蘊含的超越「時間之外的永恆性」。

四

　　〈河〉中最令人讚嘆不已的是「古陵」的意象以及「疊

10　秦弓：〈從《寶馬》看經典重讀的必要性與可能性〉，《江漢論壇》第 2 期，2005 年。

二連三」的「到古陵去」的呼喊。如何解讀「古陵」，也構成了詮釋〈河〉這首詩的關鍵環節。

文學史家陸耀東談及〈河〉中的「古陵」意象時指出：「〈河〉中十多次呼喚，到古陵去，古陵在哪裡？它只是一個象徵。如果從『古陵』兩個字面上猜測，它是古代的陵（墓）園。也就是說，不管前面是什麼地方，船上載的什麼，路途怎樣，船行快或慢……最終的地方是死亡，是墳墓。『到古陵去！』口號也就是駛向死亡的代名詞。」[11]

這裡把「古陵」看成「死亡」的代名詞可能有些闡釋過度了。「陵」不僅僅可以解讀為陵園，也可以解讀為山陵。但究竟是陵園還是山陵，詩中並沒有明確的透露，也絕非重要。詩人其實賦予「古陵」的是多重想像性與闡釋的多義性特徵：

　　　　誰知道古陵在什麼所在？誰知道古陵
　　　　是山，是水，是鄉城，是一個古老的國度，
　　　　是荒墟，還是個不知名的神祕的世界？

「古陵」魅惑孫毓棠的地方可能是這個字眼兒散發出的古遠的感覺以及神祕不可知本身，一種與現實世界相異質的「異托邦」的屬性。

11　陸耀東：〈論孫毓棠的詩〉，《文學評論》第 6 期，2007 年。

　　也有研究者認為〈河〉中的「古陵」似乎是一個堪比〈寶馬〉中所寫的西域國度，代表的是一種與華夏文明異質的異域文化。其實，雖然〈河〉與〈寶馬〉分享的是同樣的西域邊疆史地資源，但是在〈河〉中很難對「古陵」究竟是一個什麼樣的地方得出確鑿的答案。也有人認為「古陵」是一個古代的烏托邦或者是這個遷徙的種族的原鄉式的故鄉，但與經典的烏托邦想像相異的是，孫毓棠詩中的古陵，既不是一個典型的烏托邦世界，也並非「出埃及記」中猶太人所千里迢迢奔赴的一個祖先的民族集體無意識的記憶之邦，更不是陶淵明式的世外桃源。「古陵」是命運的他鄉，宿命的皈依。它更像是一個異托邦的符碼，是一個詩人在想像中構建的詩歌中的異質空間──一個邊疆史地意義上的「異托邦」。

　　二十世紀三〇年代的諸多現代派詩人在詩中構建了一個個「遼遠的國土」，夢中的伊甸園，如辛笛「我想呼喚遙遠的國土」（〈RHAPSODY〉），何其芳「我倒是喜歡想像著一些遼遠的東西，一些並不存在的人物，和一些在人類的地圖上找不出名字的國土」（《畫夢錄》）。這堪稱一批戴望舒所謂「遼遠的國土的懷念者」（〈我的素描〉）。「遼遠的國土」具有典型的烏托邦樂土的性質。但是孫毓棠似乎無意於營造樂土的維度。他有著自己獨異的資源──中國古代邊疆史地帶來的想像力的空間。古陵的特徵只有穿越沙漠的幾千里長河向西的空間維度，以及遙遠、神祕和廣袤本身，是一個最可能承載「異托邦」想像的地方，也是只有一種異

托邦的想像力才能真正企及的地方。也正是關於「異托邦」的想像，提供著現代人存在方式的別樣性和可能性，它是一個差異的空間，一個正史之外的世界。〈河〉中的古陵所獲得的正是人類在歷史時間和空間之外所有可能獲得的生存和繁衍的空間，它絕非理想和圓滿，卻具有獨異性和超現實性的意向性。

福柯於 1967 年 3 月 14 日在一次題為〈另類空間〉講演中指出：「作為一種我們所生存的空間的既是想像的又是虛構的爭議，這個描述可以被稱為異托邦學。第一個特徵，就是世界上可能不存在一個不構成異托邦的文化。這一點是所有種群的傾向。但很明顯，異托邦採取各種各樣的形式，而且可能我們找不到有哪一種異托邦的形式是絕對普遍的。」「我們處於這樣一個時代：我們的空間是在位置關係的形式下獲得的。」[12] 與大多數向歐洲與北美尋求位置關係的學者和作家相異，孫毓棠在學術領域以及詩中所獲得的位置，是先秦和漢唐史地研究給予他的，這一空間圖景正是在中國的西部。在〈寶馬〉中，是李廣利將軍出師的大宛，而在〈河〉中，則是一個誰也不知道的想像化的西部空間。如果說，〈寶馬〉的創作得益於《史記・大宛列傳》及《漢書・張騫李廣利傳第三十一》裡所記載的史實，那麼，〈河〉雖然可以在邊疆史地的背景中獲得理解的可能性，但卻是缺乏

12　福柯著，王喆譯：〈另類空間〉，《世界哲學》第 6 期，2006 年。

具體的歷史性的，它唯一具有的維度恰恰是福柯所謂的「空間性」和異質性。

　　福柯所處理的理論意義上的「異托邦」更想強調它作為一個差異性空間的特徵，同時強調異托邦與烏托邦的差別在於異托邦所具有的「現實性」：「烏托邦是一個在世界上並不真實存在的地方，而『異托邦』不是，對它的理解要借助於想像力，但『異托邦』是實際存在的。」[13] 但在深受福柯影響的西方文學理論家以及史學家的發揮性解讀中，則慢慢賦予了「異托邦」以遙遠的「想像性」的特徵。正如有研究者指出：「異托邦地理的基本特徵是某個遙遠的、封閉的、處在時間之外的永恆的地域。」[14] 張歷君在〈鏡影烏托邦的短暫航程：論瞿秋白遊記中的異托邦想像〉一文中，也強調福柯所舉的關於異托邦的例子中一些與旅行和流徙有關的例子：福柯「把船視為異托邦的極致表現，他指出，船是空間的浮動碎片，是沒有地方的地方。它既自我封閉又被賦予了大海的無限性，是不羈想像最偉大的儲藏所。『在沒有船的文明裡，夢想會枯竭，間諜活動取代了冒險，警察代替了海盜。』」[15]

13　福柯著，王喆譯：〈另類空間〉，《世界哲學》第 6 期，2006 年。

14　周寧：〈中國異托邦：20 世紀西方的文化他者〉，《書屋》第 2 期，2004 年。

15　張歷君：〈鏡影烏托邦的短暫航程：論瞿秋白遊記中的異托邦想像〉，王德威、季進主編：《文學行旅與世界想像》，頁 151，鳳凰出版傳媒集團、江蘇教育出版社，2007 年。

　　孫毓棠的〈河〉中那些千帆競逐，萬槳齊發的大大小小
的船隻，也堪稱是詩人的「不羈想像最偉大的儲藏所」。而
具有不可重複的獨異性的〈河〉最後啟示我們的是：詩歌是
最有可能儲存和建構異托邦的理想而完美之所。

　　　　　　　　　　2011 年 11 月 28 日於京北上地以東

　　附：

　　　〈河〉

　　　　兩岸無邊的荒沙夾住一條河，
　　　　向西方滾滾滾滾著昏黃的波浪；
　　　　從茫茫的灰霧裡帶著鳴咽哭了來，
　　　　又吞著鳴咽向茫茫的灰霧裡哭了去。
　　　　載著大沙船，小沙船，舢板，溜艇，葉兒梭
　　　　幾千株帆檣幾萬支槳；荒原的風
　　　　似無形又似有形，吹動白的帆，黑的帆，
　　　　破爛的帆篷顫抖著塊塊破篷布。
　　　　曲折彎轉像吊送長河無窮止的哽咽，
　　　　一片亂麻樣的呼囂喧嚷，雜著船夫一聲聲
　　　　疊二連三的吆喝：「我們到古陵去！
　　　　我們到古陵去！」
　　　　古陵是什麼地方？

沒有人知道，沒有人知道古陵
是山，是水，是鄉城，是一個古老的國度，
是荒墟，還是個不知名的神祕的世界。
只知道古陵遠遠的遠遠的隔著西天
重重煙霧。只聽見船夫們放開喉嚨
一聲聲呼喊：「我們到古陵去，到古陵去！」
大大小小多少片帆篷鼓住肚子吸滿了風，
小船喘吁吁嗅著大船的尾巴跑，
這一串檣頭像枯林斜拖幾千里路。
艙裡艙外堆著這多人，這多人，
看不出快樂，悲哀，也不露任何顏色，
只船頭船尾擠作一團團斑點的，
烏黑的沉重。倚著箱籠，包裹，雜堆著
雨傘，釘耙，條帚，鐵壺壓著破沙鍋；
女人們蓬了髮，狠狠的罵著孩兒的哭；
白髮的彎了蝦腰呆望著焦黃的浪；
青年躬了身，鹹汗一滴滴點著長篙，
紫銅的膀臂推動千斤的槳，勒住
帆頭繩索上一股股鋼絲樣的力量。
這一串望不斷像潮退的魚群，
又像趕著季候要南旋的雁隊，
一片片風剪著刀帆，帆剪著風，
「我們到古陵！到古陵去！」

誰知道

古陵在茫茫的灰霧後有多麼遙遠，

蒼天把這條河劃成一條多長的路？

這不管，只要有寒風匆匆牽了帆篷向前飛，

昏黃的河浪直向了西天滾，「到古陵去！

我們到古陵去！」小船載了糧食，酒，

大船載了牲畜——肥胖的耕牛和老馬，

白髮的山羊勾著烏角；滿船的呼嘩

是一籠籠雞，鴨，野雁和黑棕的豬；

鎖在船頭上多少隻狂信的癩皮狗，

罵桅杆上嚼著牙的跳蕩猢猻。

「到古陵去……古陵去！」滿蒙著

塵土的沙船載了雙刃的戈矛，青銅的劍，

皮弓，硬弩，和黑魃魃的鋼刀堆成了山；

幾十船烏鐵的頭盔，連環索子甲，

牛皮的長盾點綴著五彩的斑斕。

「到古陵去！」

誰知道古陵在什麼所在？誰知道古陵

是山，是水，是鄉城，是一個古老的國度，

是荒墟，還是個不知名的神祕的世界？

這不管，只要寒風緊牽了帆篷，長河的

波濤指點著路——反正生命總是得飛，飛，

不管前程是霧，是風暴，古陵有多麼

遠，多麼遙，蒼天總會給你個結束。

「到古陵去！」啊，古陵！船夫一聲聲呼喊，

搖動幾千株帆檣幾萬支槳，荒原的風

似無形又似有形，吹動如天如夜的帆：

多少片帆篷吸滿了力量，鼓著希望，

載了人，馬，牲畜，醇酒和刀矛，追隨著

長河波濤無窮止的哽咽，「我們到

古陵去！我們到古陵去，到古陵去！」

（載《水星》第 1 卷第 5 期，1935 年 2 月 10 日）

中國詩人的江南想像

　　林庚在二十世紀三〇年代曾經有過一次足跡遍布杭滬寧的江南之旅，時時縈繞在林庚心頭的是一種「在異鄉」的思緒。這種「在異鄉」既是一種人生境遇，一種心理體驗，同時也是詩歌文本中一種具體的觀照角度：「異鄉的情調像靜夜／吹拂過窗前夜來的風／異鄉的女子我遇見了／在清晨的長籬笆旁／黃昏的小船在水面流去／趕過兩岸路上的人了／前面是櫻桃再前面是柳樹／再前面又是路上的人／在樹下彳亍的走著／異鄉的情調像靜夜／落散在窗前夜來的雨點／南方的芭蕉我遇見了／在清晨的長籬笆那邊／黃昏的小船在水面流去／趕過兩旁路上的人了／前面是櫻桃再前面是柳樹／再前面又是路上的人／在樹下彳亍的走著／異鄉的情調像靜夜／吹落在窗前夜來的風雨」（〈異鄉〉）。

　　詩的奇特處在於變化中的重複與重複中的變化，傳達了一種「行行復行行」的效果，在整體上給人一種既回環往復又變幻常新之感。從視點上說，這是由作為異鄉客的詩人的視角決定的。詩人彷彿是坐在一隻小船上順水漂流，一路上

遇見了長籬笆旁的異鄉女子和芭蕉，趕過了兩岸的路人，又
趕過了岸邊的櫻桃和柳樹，如此景象一再重複，從清晨直至
黃昏。這首詩在形式上的複沓與詩人旅行中視角的移動是吻
合的，因此這種複沓並不讓人感到膩煩，重複中使人獲得的
是新奇的體驗。但最終決定著這種變幻感和新奇感的卻並不
是移動著的視角，而是視角背後觀照者陌生的異鄉之旅本
身，以及詩人身處異鄉的漂泊經歷在讀者心頭喚起的一種普
遍的羈旅體驗。這種體驗正來自詩人作為異鄉人的旅行視
角。而這種「在異鄉」的體驗也決定了林庚對江南的感受有
一種局外人的特徵：

> 來在滬上的雨夜裡
> 聽街上汽車逝過
> 簷間的雨漏乃如高山流水
> 打著柄杭州的雨傘出去吧
>
> 雨水濕了一片柏油路
> 巷中樓上有人拉南胡
> 是一曲似不關心的幽怨
> 孟姜女尋夫到長城
>
> ——〈滬之雨夜〉

　　南胡聲中那「似不關心」的幽怨昭示的正是詩人與江南的距離感與陌生感。

　　1954 年，台灣詩人鄭愁予寫下了〈錯誤〉：

> 我打江南走過
> 那等在季節裡的容顏如蓮花的開落
> 東風不來，三月的柳絮不飛
> 你的心如小小的寂寞的城
> 恰若青石的街道向晚
> 跫音不響，三月的春帷不揭
> 你底心是小小的窗扉緊掩
> 我達達的馬蹄聲是美麗的錯誤
> 我不是歸人，是個過客……

　　一個江南女子倦守空閨，苦候遠遊的意中人。遊子打這小城走過，可能恰巧邂逅了這個女子，抑或兩個人還發生了愛戀的故事。但一切不過是「美麗的錯誤」，最終「我」只是一個匆匆過客，在「達達」的馬蹄聲中，一個哀婉而又有幾分感傷的美麗故事就這樣結束了。然而詩人營造的江南想像卻剛剛開始，這是一個詩化的江南，一個有著等在季節裡如蓮花開落的美麗容顏的浪漫的江南，一個具有古典美的江南，一個多少攜有幾分神祕色彩的江南。

　　在另一個台灣詩人余光中那裡，江南則是一個多重時空

與多重文化的存在：

> 春天，遂想起
> 江南，唐詩裡的江南，九歲時
> 採桑葉於其中，捉蜻蜓於其中
> （可以從基隆港回去的）
> 江南
> 小杜的江南
> 蘇小小的江南
>
> 遂想起多蓮的湖，多菱的湖
> 多螃蟹的湖，多湖的江南
> 吳王和越王的小戰場
> （那場戰爭是夠美的）
> 逃了西施
> 失蹤了范蠡
> 失蹤在酒旗招展的
> （從松山飛三個小時就到的）
> 乾隆皇帝的江南

這首題為〈春天，遂想起〉的詩，在第一節就並置了多重江南時空：書本中的（「唐詩」）、童年的（「九歲時採桑葉於其中，捉蜻蜓於其中」）、現實的（「可以從基隆港

回去的」）、歷史的（「小杜」，即詩人杜牧）和浪漫的（「蘇小小」）。第二節則從西施、范蠡聯想到乾隆，輕描淡寫中完成了巨大的歷史時空跨度。江南因此是一個具有巨大的文化和歷史涵容的存在，既有吳越爭霸的古戰場，也有詩酒風流的古典遺韻，既是埋葬著詩人母親的傷心地，也是生活著詩人眾多表妹們的故鄉。這首詩寫於 1962 年，在當時冷戰對峙的歷史條件下，大陸的江南是詩人「想回也回不去的」，因此，江南就只能存活在詩人的想像中。這一想像中的江南卻比現實中的江南更加廣闊和深遠，它活在唐詩裡，活在詩人兒時的記憶裡。因此，詩人運用了多重時空穿插重疊、現實與歷史渾然一體的寫作技法，類似於電影中一個個蒙太奇鏡頭，把不同時間和空間的場景組接在一起。詩歌中呈現出的江南場景也就具有一種意念化的隨機性。這正是詩歌中的江南想像所具有的真正的藝術邏輯。

這幾首詩在我本人的南方想像中都占有重要的位置。在我遠赴江南之前，古今中國詩人就早已為我建構了江南的文化圖景。尤其是辛棄疾的「落日樓頭，斷鴻聲裡，江南遊子，把吳鉤看了，欄干拍遍，無人會，登臨意」，把江南想像、遊子情懷和落寞心緒融為一體，達到了江南想像的極致。我在大三結束的暑假正是吟誦著「落日樓頭，斷鴻聲裡」孤身在蘇杭周遊，可以說見識到了真正的江南。但奇怪的是，此後再提起「江南」二字，腦海裡浮現的仍是我從前想像中的圖景，與現實中的江南似無關聯。這種出自文學與

想像中的文化圖景，其實很頑固地盤踞在一個人的記憶和心理結構中。這就是文化想像的力量。

印證這種文化想像的力量的還有 1991 年自盡的詩人戈麥：

> 像是從前某個夜晚遺落的微雨
> 我來到南方的小站
> 簷下那隻翠綠的雌鳥
> 我來到你妊娠著李花的故鄉
>
> 我在北方的書籍中想像過你的音容
> 四處是亭台的擺設和越女的清唱
> 漫長的中古，南方的衰微
> 一隻杜鵑委婉地走在清晨
>
> ——〈南方〉

南方正存在於戈麥關於中古的想像中，「亭台的擺設和越女的清唱」都不是現實之物。即使「一隻杜鵑委婉地走在清晨」也未必是南方的真實景象，我後來經常有機會見識南方，順便關注有沒有杜鵑委婉走在清晨的景象，但從未得見，始覺這是戈麥想像中的江南杜鵑的一種藝術姿態。戈麥顯然是一位更喜歡生活在自己的想像世界中的詩人，他在一

篇自述中曾這樣狀寫自己：「戈麥寓於北京，但喜歡南方的都市生活。他覺得在那些曲折迴旋的小巷深處，在那些雨水從街面上流到室內，從屋頂上漏至鋪上的詭祕的生活中，一定發生了許多絕而又絕的故事。」現實中的南方人，也許不會覺得自己的生活是「詭祕」的。這種詭祕的南方，正是想像中的南方。而戈麥的南方想像正存在於文本之中，存在於古典詩詞中，存在於鄭愁予的〈錯誤〉等二十世紀前輩詩人的創作中，與真實的南方可能無關，更是關於南方的想像。

從某種意義上說，江南只存在於詩人的想像中。

「中國人從貓的眼睛裡看時間」

　　小時候東北家鄉農村有在貓的眼睛裡看時間的習俗。我因此也經常抱起家裡養的一隻瘸貓——因為冬天怕冷在爐子邊烤火，把腿烤瘸了——看貓的眼睛的瞳孔在一天裡的變化，大體可以分辨出時間是正午還是黃昏，不過與實際時間誤差經常太大，不似一位鄰居老人可以把誤差控制在一個小時以內。

　　上大學後讀到卞之琳一首題為〈還鄉〉的詩，裡面寫到祖父也喜歡在貓眼裡看時間：

　　　　好孩子，
　　　　抱起你的小貓來，
　　　　讓我瞧瞧他的眼睛吧——
　　　　是什麼時候了？

　　一時間特別有親切感，也就順便喜歡上了卞之琳。這首詩堪稱是鄉土時間意識的忠實寫真，同時證明了在貓眼裡看

時間是普覆江南塞北整個鄉土世界的習慣。波德萊爾在《巴黎的憂鬱》的〈鐘錶〉篇裡開頭即說「中國人從貓的眼睛裡看時間」，也間接透露出法國人似無此良好習慣。

　　一直沒有發現有關都市人從貓的眼睛裡看時間的材料，或許這種習俗的確具有鄉土性。而在卞之琳走出鄉土的二十世紀三〇年代，大都市中開始流行的已經是「夜明錶」，亦稱「夜光錶」，在夜裡也能看到錶的指針。劉振典有詩云：

> 夜明錶成了時間的說謊人，
> 煩怨地絮語著永恆的靈魂。

　　為什麼夜明錶成了時間的說謊人？確乎費解。如果強作解人，可以說夜明錶似乎在絮絮地述說著時間的永恆性，但其實它的秒針的每一下輕響都訴諸瞬間性，所以永恆只是一種幻覺。夜明錶在本質上昭示的是時間的相對性和時間的流逝性本身，從而構成了現代人焦慮的根源。或許正因如此，卞之琳在〈圓寶盒〉一詩中發出忠告：「別上什麼鐘錶店／聽你的青春被蠶食。」而現在大學生的手腕上早就沒有了手錶的影子，紛紛改看手機了，大概手機可以有效地避免時間流逝帶給人的焦慮。但是手機的形式感比起手錶來可是差多了。我父親那一代四〇後，在二十世紀六〇年代的最大願望就是攢錢買上海牌手錶，戴著一塊上海牌手錶比今天的八〇後買到蘋果五代還值得炫耀，看錶的動作也誇張異常，意圖

牽引女同志的目光，在那個時代不啻今天開了一輛寶馬。

　　或許正因為這種形式感，「錶」的意象也成為卞之琳的最愛。對於喜歡玄思的卞之琳來說，「錶」是他的奇思妙想的最好載體。如〈航海〉：

> 輪船向東方直航了一夜，
> 大搖大擺的拖著一條尾巴，
> 驕傲的請旅客對一對錶——
> 「時間落後了，差一刻。」
> 說話的茶房大約是好勝的，
> 他也許還記得童心的失望——
> 從前院到後院和月亮賽跑。
> 這時候睡眼朦朧的多思者
> 想起在家鄉認一夜的長途
> 於窗檻上一段蝸牛的銀跡——
> 「可是這一夜卻有二百浬？」

　　詩人擬想的是航海中可能發生的情境：茶房懂得一夜航行帶來的時差知識，因而驕傲地讓旅客對錶。乘船的「多思者」——可以看成是卞之琳自己的寫照——在睡眼朦朧中想起自己在家鄉是從蝸牛爬過的一段痕跡來辨認一夜的跨度的，正像鄉土居民從貓眼裡看時間一樣。而同樣的一夜間，海船卻走了二百海里。〈航海〉由此表達出一種時空的相對

性。驕傲而好勝的茶房讓旅客對錶的行為因其炫耀而多少有
點可笑，但航海生涯畢竟給他帶來了嚴格時間感，這種關於
時差的知識在茶房從前院跑到後院和月亮賽跑的童年時代是
不可想像的。最終，〈航海〉的情境中體現出的是現代與鄉
土兩種時間觀念的對比，而在時間意識背後，則是兩種生活
形態的對比。

卞之琳的另一首詩〈寂寞〉中則寫到「夜明錶」：

> 鄉下的孩子怕寂寞，
> 枕頭邊養一隻蟈蟈；
> 長大了在城裡操勞
> 他買了一個夜明錶。
> 小時候他常常羨豔
> 墓草做蟈蟈的家園；
> 如今他死了三小時，
> 夜明錶還不曾休止。

這首詩特殊的地方尚不在於對時間、空間或者說城市文
明和鄉土文明的反思，而在於卞之琳借助於「蟈蟈」和「夜
明錶」的意象，使鄉下和城裡兩個時空形象地並置在一起，
反映了兩種文明方式的對比性，背後則隱含著兩種價值判斷
和取向。而中國在從古老的鄉土文明向新世紀的都市文明轉
型期的豐富而駁雜的圖景，在〈航海〉和〈寂寞〉對時間的

辯證思考中，獲得了一個具體而微的呈現。

〈航海〉和〈寂寞〉也表徵著二十世紀中國的都市和鄉土之間彼此參照以及互相依存的關係。即使在今天，都市和鄉土也是不可分割的存在。你在都市裡吃的東西，大都產出於鄉土；你在都市打拼，你的子女可能還在鄉土留守。每年春節非常壯觀的人口大流動，被稱為地球上規模最大的候鳥遷徙，大都是在城市和鄉土中間往返奔波。鄉土與都市的關係，在二十一世紀獲得了新的繁複內涵，值得從社會學甚至人類學的角度重新審視和研究。

而在手錶和手機如此普及的今天，貓的眼睛偶爾也還會發揮表徵時間的作用。從校園網的BBS上讀到一個段子：一個美眉上課晚到，情急之下聲稱是在燕園流浪貓的眼睛裡看時間，結果造成半個小時的誤差。讀罷段子，童年那隻瘸貓再度浮現在自己的腦海裡，細細的瞳孔仿若一條線，竟是如此清晰。

詩人之死

一

　　十九世紀末葉以降，詩人為形而上的原因自殺已成為西方思想史中一個恆常的主題。無論是特拉克爾還是傑克‧倫敦，無論是葉塞寧還是馬雅可夫斯基，每個詩人個體生命的毀滅都會給西方思想界帶來巨大而長久的震動，迫使人們去重新審視既成的生存秩序和生存意義，重新思索個體生命的終極價值。如果說生存就其本性而言只能是個體性的，因而任何個體生命的毀滅和消亡總是給人以驚心動魄之感，那麼詩人的自戕，尤其具有強大的震撼力。因為，「詩是一種精神」（福斯特語），而詩人的死，則象徵著某種絕對精神和終極價值的死亡。這就是詩人之死格外引人關切的原因所在。

　　自從世界的歷史進入十九世紀末葉之後，整個人類在精神上就始終未能從一種「世紀末」的情緒中掙脫出來。尼采敲響了人類理性正史的喪鐘，斯賓格勒繼而又宣布西方已走向了沒落，於是人類迎來了如海德格爾所描述的世界之夜。

這是人類生存的虛無的暗夜，當此之際，「痛苦，死亡，愛的本質都不再是明朗的了」，這是一種對生存的目的意義和終極價值懷疑的心態，是人類生存的一個無法擺脫的夢魘。正是在這種生存虛無的黑暗底色之中，出現了世界範圍內的如此集中的詩人自殺現象。這種歷史現象幾乎是前所未有的。

在這個充滿著生存危機感的境況之下，詩人一直是一種特殊的存在。「詩人何為」？海德格爾曾如此拷問過詩人所稟賦的全人類的歷史使命。他認為，在這個世界陷於貧困的危機境地之際，唯有真正的詩人在思考著生存的本質，思考著生存的意義。詩人以自己超乎常人的敏銳，以自己悲天憫人的情懷，以自己對於存在的形而上感知，以自己詩的追尋蘊含著整個人類的終極關懷，並且在這個沒落的時代把對終極目的沉思與眷顧注入到每一個個體生命之中，去洞見生存的意義和尺度。唯有真正的詩人才可能不計世俗的功利得失而把思考的意向超越現象界的紛紜表象而去思索時間，思索死亡，思索存在，思索人類的出路，而當他自身面臨著生存的無法解脫的終極意義上的虛無與荒誕之時，他便以身殉道，用自己高貴的生命去證明和燭照生存的空虛。

因此，詩人的自殺必然是驚心動魄的。在本質上它標誌著詩人對生存的終極原因的眷顧程度，標誌著詩人對「現存在」方式的最富於力度和震撼的逼問和否定。從某種意義上講，詩人的自殺，象徵著詩人生命價值的最大限度的實現和確證。

　　於是，不難理解為什麼詩人筆下會充斥著「死亡」的意象，不難理解為什麼這些詩人的詩歌中會瀰漫著一種「先行到死」的憂鬱情緒。死亡是詩人所無法規避的一個形而上的問題，沉思死亡即是沉思存在，即是沉思人的本性。西方的許多詩人，從里爾克到荷爾德林到黑塞，都籠罩著死亡的恆久的巨大陰影。在這些詩人的觀念中，「死亡是現存在的一種不可代替的，不確定的，最後的可能性」，「本然的實存只能這樣來對待死亡，即它在死亡的這種不確定的可能性性質中來觀察它」，「將來就存在於應被把握的可能性之中，它不斷地由死亡這一最極端和最不確定的可能性提供背景」（施太格繆勒：《當代哲學主流》）。

　　死亡無疑是個體生命與生俱來的漆黑的底色和背景，只不過這種底色為常人所不自覺罷了。

二

　　漢民族歷來缺乏對於死亡的執著和思考。孔子的「未知生，焉知死」一下子就把死的問題懸置起來，以致綿延了幾千年之久的漢民族文化中絕少對死亡的沉思與歌吟。而死亡作為生存的基本參照和背景必然會給生帶來空前的力度，對死缺乏真正的自覺意識，其後果必然是對生缺乏真正的自覺。

　　當時間的鐘擺走到了二十世紀末葉，古老的民族之中終於產生了以自殺來洞見生存危機與虛無的先覺者。1989 年 3 月 26 日，被譽為「詩壇怪傑」的新詩潮代表人之一，年僅二

十五歲的詩人海子，留下將近二百萬字的詩稿，在山海關臥軌自殺。

　　一種深刻的危機早已潛伏在我們所駐足的這個時代，而海子的死把對這種危機的體驗和自覺推向極致。從此，生存的危機感更加明朗化了。

　　誠如世界進入了夜半時分一樣，漢民族其實早就籠罩在生存危機的陰影之中了。這不僅僅是作為民族群體生存的危機，更是「人」的意義上個體生存的危機，只不過我們民族對於「人」的危機太缺乏自覺罷了。海子死了，第一次表明作為個體的「存在」意識已經潛移默化地滲透到我們的生存觀念之中。可以說自從1840年西方利用船堅炮利打破了中國大門之際，民族生存的危機意識就一直威脅著中國人。整個中國的近代歷史便是民族救亡圖存的歷史。民族的「種」的存在主題一直占據著統治地位。而在幾近一個半世紀之後，這種「人」的危機意識才在個體先覺者的身上產生。只有我們民族的每個個體生命都面臨生存價值的危機感的時候，才能在最大限度上顯示出生命的內驅力，而我們這個民族的總體獲救的真正曙光，正是這種直面危機所喚醒的人的自覺之中。

　　海子在他達到頂峰狀態的詩作《太陽》中表明，他正是在這種生存的危機意識中開始他的人的覺醒的。他發現已經「走到了人類的盡頭」，在這種絕境之中「一切都不存在」，而生存只不過是「走進上帝的血中去腐爛」。他終於無法忍受這種腐朽而黑暗的存在，而讓自己的個體生命毀滅了。

　　幾乎是第一次，詩人的自殺距離我們如此切近，從而把我們所面對著的死亡的惘惘的威脅明朗化了。從此死亡不再是一個曖昧不明的難以察覺的生存背景，而是轉化為一種生存前景，作為一種情結，一種心緒，一種伸手可及的狀態沉潛於每個人的心理深處了。註定從此我們的生存要變得凝重而憂鬱。

　　如果說另一個異質文化傳統中的詩人自殺對我們來說尚是一種遙遠的回聲，那麼海子之死則是逼迫我們直面生存的危機感。海子以他的自殺提醒我們：生是需要理由的。當詩人經過痛苦的追索仍舊尋找不到確鑿的理由時，這一切便轉化為死的理由。而一旦當我們對生的理由開始質疑並且無法判定既成生命秩序和生存狀態具有自明性的時候，我們的個體生命的生存危機便開始了。

　　海子死了，這對於在瞞和騙中沉睡了幾千年的中國知識界來說，無異於一個神示。也許從此每個人的生存不再自明而且自足了。每個人都必須思考自己活下去的理由究竟是什麼。當這個世界不再為我們的生存提供充分的目的和意義的時候，一切都變成了對荒誕的生存能容忍到何種程度的問題。那麼我們是選擇苟且偷生還是選擇絕望中的抗爭？

三

　　海子的自殺昭示了個體生命存在的悲涼意味。在這個世界上如果要生存下去，對於生命存在和死亡有著清醒的自覺

意識的生命來說，是艱難的。他們要承受著常人所無法承受的「生命之輕」和「生命之重」，他們要忍受生存的焦慮和空虛感，他們要時時為生存下去尋找勇氣和毅力，而偶然和必然性的死亡卻永遠像一柄懸在頭上的達摩克利斯劍，隨時都準備君臨。似乎在漫長的人類歷史中個體的命運永遠在劫難逃。

　　然而就海子自身而言，他又未嘗不是幸運的。既然死亡為生存提供了「最極端和最不確定」的黑色的背景，那麼，唯有自殺才是同死亡宿命的主動的抗爭。因而海子之死，也許意味著永恆的解脫，同時更意味著詩人形象的最後完成。

　　施太格繆勒曾這樣評價里爾克：

　　　　正當那把人引向生活的高峰的東西剛剛顯露出意義時，死卻在那裡出現了。這死指的不是「一般的死」，……而是「巨大的死」，是不可重複的個體所完成和做出的一項無法規避的特殊功業。

　　中國詩壇的後來者當會記取海子這種前無古人的「特殊功業」的！

永遠的絕響

海子之死

1989 年 3 月 26 日，年僅二十五歲的詩人海子，留下將近二百萬字的詩稿，在山海關臥軌自殺。

我最初聽到這個消息時已是 4 月初。當摯友蔡恆平把這個驚人的噩耗告訴我的時候，我一下子驚呆了，半天說不出話。心裡彷彿被堵上了一塊沉重而巨大的石頭。我長久地想像詩人海子臨終前攜帶著四本書：《新舊約全書》、梭羅的《瓦爾登湖》、海涯達爾的《孤筏重洋》和《康拉德小說選》，在山海關徘徊的情景。海子死於黃昏時分，我想像著當天邊浮上第一抹晚霞的時候，海子終於領悟到來自冥冥天界的暗示，毅然棄絕了一切塵世間的意念，臥軌於山海關至龍家營之間的一段火車慢行道上。鮮血一瞬間染遍了西天的晚霞。

1989 年 4 月初的一個上午，海子自殺的消息傳到了他的母校北京大學。三角地響起了喜多郎夢幻般的音樂。音樂聲

中，海子的北大詩友為他募捐。出身於燕園的幾位詩人西
川、臧棣、麥芒和郁文等人默默地佇立在募捐箱旁，向每個
募助者點頭致謝。中午，燕園內的民主科學雕塑下舉行了海
子的悼念活動，雕塑周圍的空地上擠滿燕園學子。我也擠在
人群中，傾聽未名湖畔成長起來的一代年輕的詩人又一次朗
誦起海子的詩作〈亞洲銅〉和《太陽》。春日的正午的陽光
下是一張張年輕而悲傷的面孔。

　　海子，1964 年生，是「第三代」詩歌運動中最出色的詩
人之一，有「詩壇怪傑」之譽。海子的傾慕者和崇拜者有很
多，其中也包括我這個並不寫詩的燕園的後來者。

　　我和海子並無私交，只是在燕園的兩次詩歌朗誦會上聽
過他朗誦自己的詩作〈亞洲銅〉。印象中海子是一個沉靜、
內向而略有些靦腆的人，思緒總是沉浸於遠方一個不屬於現
世的未知王國之中。這種感受後來被海子的幾位詩友的回憶
證實了。海子是一個拙於現實生活而耽於想像世界之中的詩
人。他的生活簡單、貧瘠而孤獨。他所居住的一間陋室中甚
至沒有錄音機、收音機這一類生活必需品。除了與幾位摯友
的交往外，寫作構成了海子生活的全部內容，構成了海子生
命的支撐。海子遺留下來的近兩百萬字的作品，其中的大部
分都是在這種孤寂的生命形態中寫成的。海子在一篇〈自
述〉中這樣說：「我的詩歌理想是在中國成就一種偉大的集
體的詩。我不想成為一個抒情詩人，或一位戲劇詩人，甚至
不想成為一名史詩詩人，我只想融合中國的行動成就一種民

族和人類結合，詩和真理合一的大詩。」這種成就「大詩」
的宏闊理想已經部分地在他的詩作中得以實現了。然而，
「正當那把人引向生活的高峰的東西剛剛顯露出意義時」，
死亡卻降臨到了海子的頭上。

海子—戈麥現象

在當代中國自殺的詩人之中，海子並不是第一人，也不
是最後一人。

1987 年 3 月，一個筆名叫「蝌蚪」的三十三歲的女詩
人，用一把小小的手術刀割斷了自己大腿上的靜脈，在床上
安詳地死去了。

我對蝌蚪所知甚少，只知道她原名陳洴，與丈夫江河同
為「新詩潮」的詩人，在寫詩之餘也研究佛學，還寫小說。
當年當我在《上海文學》上談到她的遺作〈家‧夜‧太陽〉
時，蝌蚪的名字周圍已經加上了黑框。我記得當時我的反應
只是：一個詩人死了。

沒料到蝌蚪的自殺竟成為中國當代詩壇的一個具有魔力
一般的預言。

兩年後，也在 3 月，海子在山海關臥軌；1990 年 10 月，
浙江淳安的一個叫方向的年輕詩人決然服毒，把自己的生命
帶到了另一個世界；又過了一年，1991 年的 9 月，詩人戈
麥，棄絕了他所摯愛的詩歌生涯，遺留下二百多首詩稿，自
沉於清華園內的一條小河，時年二十四歲。

短短的四年間，四位青年詩人相繼自殺了。

方向是我的一位從未謀面的友人。早在 1987 年，我讀過他託人送來的一篇文章〈論北島的憂患意識〉，隨後彼此通過一封信，信中交流過對北島詩歌和中國「新詩潮」的意見。從方向的來信中，我感到他是一個誠摯的詩人。此後便音信杳無。誰料如今與他永遠無法謀面了。

自殺的四位詩人中，我最熟悉的是戈麥。戈麥原名褚福軍，生於 1967 年，黑龍江蘿北縣人。1989 年 7 月畢業於北京大學中文系，就職於外文局中國文學出版社。我和戈麥幾乎同時就讀於北大中文系，曾多次在一起「侃山」。戈麥是一個性格極其內向的人，很少有人能窺進他的內心城池。平時少言寡語，唯有當話題轉移到詩歌上時，他的話才多了起來。我們曾一起談過北島、海子，也談布羅茨基和博爾赫斯。從聊天中我感到戈麥對詩歌有著奉若神明般的熱愛，我還感到戈麥是一位有著自己的執著信念的人。但是除了詩歌和文學之外，我很少知道他還在想著別的什麼事情，我隱隱地覺察到他內心深處有著很沉重的內容，但這一部分內容甚至連他最好的詩友西渡也所知甚少。記得與戈麥的最後一面是 1991 年 7 月，戈麥匆匆趕來約我寫一篇關於沈從文的稿子，隨後順便說起了他的龐大的閱讀計畫，便又匆匆告別了。這一別便是永訣。

戈麥的死已經使我不再僅僅從孤立的個體生命的消殞這一狹窄的角度來考慮詩人之死的問題了。與死去的詩人生活

在同一時代的人都有責任去深思這一現象。

詩人的自殺引起了巨大而持久的反響。1989年4月，燕園內舉辦了海子的詩歌座談會，1990年的夏天，詩人蔡恆平和西川相繼在北大講堂舉辦海子詩歌的講座，能夠容納三百人的階梯教室擠滿了聽眾。海子生前摯友駱一禾和西川為海子遺作的出版募集資金。由燕園出身的幾位詩人創辦的詩歌刊物《傾向》，為海子出版了紀念專號。《花城》、《十月》、《作家》等刊物陸續發表了海子的組詩。到了1991年，南京的一家出版社正式出版了海子的紀念專集。春風文藝出版社也出版了海子的長詩《土地》。

詩人戈麥的棄世，激起了同樣的衝擊波。戈麥的母校北大舉辦了兩次戈麥的悼念活動。中文系系刊《啟明星》上刊出了戈麥的詩歌遺作，同時登載了戈麥的生前好友西渡的紀念文章〈戈麥的里程〉。1992年11月，由北大五四文學社主辦的「戈麥生涯」的座談會在北大文化活動中心舉行，與會者提出了「海子─戈麥現象」，把詩人之死提升到了一種中國詩壇的重要的文化現象這一角度來進行討論。

與此同時，山東濟南的詩人脣弋也在致力於整理、出版已故詩人方向的遺作。如今，把詩人自殺視為一種群體現象，這已經成為當代詩壇的一種共識了，這便是「海子─戈麥現象」。

超越個體的角度去思考「海子─戈麥現象」背後的文化內蘊，這堪稱是二十世紀留給中國詩壇的一項課題。

死亡詩章：自殺之謎

　　加繆在《西西弗的神話》一開頭就說：「真正嚴肅的哲學問題只有一個：自殺。判斷生活是否值得經歷，這本身就是在回答哲學的根本問題。」一個人「自殺的行動是在內心中默默醞釀著的，猶如醞釀一部偉大的作品。但這個人本身並不覺察」。加繆的後一段話對於海子而言只說對了一半。從海子的遺作《太陽》中，可以分明地感受到，海子對自己最終走上自殺的道路並不是沒有覺察，而是極端自覺的。對於海子，自殺似乎是一個必然的宿命。他一定很早就萌動並醞釀著自殺的意念，正像他醞釀詩劇《太陽》一樣。當他對於死亡的沉思終於趨向一個極致，當他承載著關於死亡冥想的長詩《太陽》一旦問世，海子便迎來了一個契機。於是詩人死了，詩人以自殺實踐了他在詩劇中的預言。《太陽》是海子遺留下來的詩劇中的一幕，它使海子的詩歌在力度和質感方面達到了巔峰狀態，它思索的是人的形而上存在的痛苦與絕望，以及在滅絕的氣氛中的掙扎與毀滅。詩人為詩劇懸擬的時間是：「今天。或五千年前或五千年後一個痛苦，滅絕的日子。」實際上，這種時間的設定是超時間的。它帶有鮮明的末日審判的意味。可以說，當這部詩劇的大幕尚未拉開，詩人已經為這齣詩劇奠定了死亡的總體情緒背景。

　　詩的開端是盲詩人的獨白：

> 我走到了人類的盡頭
>
> 也有人類的氣味——
>
> 在幽暗的日子中閃現
>
> 也染上了這隻猿的氣味
>
> 和嘴臉。我走到了人類的盡頭

　　詩人一再詠嘆「我走到了人類盡頭」，整部詩劇，也正在詩人把人類置於行將滅絕的境地而產生的絕望的歌吟。這是一種直面死亡的體驗和震撼。

　　海子《太陽》中對死亡的歌詠和體驗固然不能完全等同於海子自己的真實意圖，但《太陽》中的死亡意識卻分明啟示給我以一個海子自殺的契機。或許可以說，海子自盡的念頭已經在他心中醞釀很久了。

　　〈死亡詩章〉是詩人戈麥寫於1989年末的一首詩，詩中也是冥想死亡：

> 從死亡到死亡
>
> 一隻鼬鼠和一列小火車相撞
>
> 在這殘酷的一瞬
>
> 你還能說什麼

　　在另一首〈誓言〉中，詩人也表達了一種棄絕一切的意念：

> 所以，還要進行第二次判決
> 瞄準遺物中我堆砌的最軟弱的部位
> 判決——我不需要剩下的一切

從這種義無反顧的誓言中，我似乎可以隱隱理解了戈麥最後的棄絕並非是偶然的。也許死亡的欲念中有一種近乎「鬼打牆」的魔力，一旦走進這個迷宮，非大智大慧者很少有人再度走出。

許多人都試圖想像自殺的詩人死前的心境，是什麼促使死的渴念戰勝了生之欲望，但自殺永遠是一個謎。它的謎底已經由逝者永遠地帶到另一個世界中了，我們只能憑藉遺作去揣摩死者的心理動因。這無疑是一項艱難的工作。似乎可以斷言，他們的自殺的深層動機根源於一種深刻的心理與文化危機。這或許可以使我們的思索轉向時代與文化層面。

想寫一首詩

詩人方向死後安葬於千島湖畔，一片美麗的風景將會常年慰藉著這顆孤寂中飄然遠逝的靈魂。在方向的墓碑上刻著他遺書中的最後一句話：「想寫一首詩。」這是一句令人潸然淚下的碑文。

方向在臨死之際流露出的是對詩歌事業的摯愛，對生命的無限留戀。

我想起戈麥，想起他聊天時對詩歌所表露出來的赤子般

的執迷，想起他對中外文學巨著中的成就的無限景仰以及他所構想的龐大的創作與閱讀計畫。

　　我又想起海子，想起了他掛在他的陋室中的僅有的一幅裝飾畫：梵高的油畫〈阿爾療養院的庭院〉。我想起了海子生前寫的一篇文章〈我熱愛的詩人——荷爾德林〉。可以說，梵高和荷爾德林是海子最景仰的兩個人。海子把抒情詩人分為兩類，第一種詩人熱愛生命，「但他熱愛的是生命中的自我，他認為生命可能只是自我官能的抽搐和分泌。而另一類詩人，雖然只熱愛風景，熱愛景色，熱愛冬天的朝霞和晚霞，但他所熱愛的是景色中的靈魂，是風景中大生命的呼吸。梵高和荷爾德林就是後一類詩人。他們流著淚迎接朝霞。他們光著腦袋畫天空和石頭，讓太陽做洗禮。這是一些把宇宙當廟堂的詩人。」

　　海子正是這樣一個詩人，他的全部生命哲學可以歸納為「熱愛」。這種「熱愛」的哲學構成了海子詩歌的真正底色。正像他在〈我熱愛的詩人——荷爾德林〉中所說：「這詩歌的全部意思是什麼？要熱愛生命不要熱愛自我，要熱愛風景而不要僅僅熱愛自己的眼睛。做一個熱愛『人類祕密』的詩人。這祕密既包括人獸之間的祕密，也包括人神、天地之間的祕密，在神聖的黑夜中走遍大地，熱愛人類的痛苦和幸福，忍受那些必須忍受的，歌唱那些應該歌唱的。」

　　但似乎無法理解的是，海子，這位熱愛生命，熱愛「人類祕密」的詩人，卻放棄了生前的權利，選擇的是與生命截

然相反的另一條道路，這使我聯想起里爾克的一句話：「只有從死這一方面——如果不是把死看作絕滅，而是想像為一個徹底的無與倫比的強度——那麼，我們只有從死這一方面才可能徹底判斷愛。」或許可以說，海子的死構成了他對生命之愛的最富於強度的完成。

這樣我們可以理解了為什麼方向在臨死前的最後一句話是「想寫一首詩」，為什麼海子有生之年充滿激情地表述了對生命，對「人類祕密」的摯愛。愛與死，這生命的兩大主題就這樣似乎矛盾地統一在自殺的詩人身上。以死為參照的愛充滿了生命的激情與力度，而以愛為背景的死才更加顯得耀眼與輝煌。

我一直堅信，死去的詩人們是懷著對生命的巨大的熱愛遠逝的。作為倖存者的我們，能夠從這一點得到什麼樣的啟示呢？

我想起了詩人歐陽江河悼念埃茲拉・龐德的一首詩〈公開的獨白〉：

> 他死了，我們還活著。
> 我們不認識他就像從不認識世界。
> 他祝福過的每一顆蘋果，
> 都長成秋天，結出更多的蘋果和飢餓。
> 我們看見的每一隻飛鳥都是他的靈魂。
> 他布下的陰影比一切光明更熱烈，

　　沒有他的歌，我們不會有嘴唇。

　　但我們唱過並且繼續唱下去的，

　　不是歌，而是無邊的寂靜。

　　在這「無邊的寂靜」之聲中，回蕩在我的耳際的，是自殺的詩人們留下的永遠的絕響。

燕園詩蹤

　　1989 年 3 月 26 日將是燕園詩人永遠紀念的日子。北大出身的詩人海子於這一天在山海關自殺。海子的死以及兩個月後他的詩友駱一禾的棄世是作為民間化的燕園詩歌歷史上的一個標誌，一個轉折。從此，燕園詩歌開始有了廣泛的社會聲譽，北大在中國當代詩壇上的地位也越來越引人矚目。臧棣在《北大詩選：1978-1998》跋中說：「北大向當代詩壇輸送的優秀詩人之多，尚無其他任何一所大學可以與之媲美，」「以致於有人戲稱，北大乃是當代詩界最主要的一條詩歌傳送帶。」從這個意義上說，由臧棣和西渡編選的《北大詩選：1978-1998》是對新時期以來燕園詩歌的全面總結，把北大出身的詩人如此大面積地聚合在一起並正式地推向文壇，這還是第一次。

　　從今天看來，海子是八〇年代燕園詩歌的一個象徵，他為已中斷了的北大詩歌傳統，重新找到了想像力的資源，這就是鄉土與民間資源。他和駱一禾一起發現了「麥子」和「麥地」的意象，正因如此，西北詩人燎原稱他倆是「孿生

的麥地之子」，並稱麥子的發現，正像梵高發現了向日葵一樣，標誌著中國詩人已經超越了單純的模仿階段，進入了創造性的想像時期：「中國的向日葵——麥地，是被眾多省悟了的詩人尋找而由海子、駱一禾最先找到並且說出的。由這個詞延伸開去的村莊、人民、鐮刀、馬匹、瓷碗、樹木、河流、汗水……的意象系列，現在時態中為這一些樸素之燭照醒的對良心、美德和崇高的追認和進入，幾乎囊括了中華民族本質的歷史流程和現實的心理情感，從而成為中國人的心理之根。『藝術能夠更新我們對生活經驗的感覺』。麥子是我們這個農耕民族共同的生命背景，那些排列在我們生命歷程中關於麥子的痛苦，在它進入詩歌之後便成為折射我們所有生命情感的黃金之光。成為貧窮崇高的生存者生命之寫實。」海子與駱一禾歌詠麥子和麥地的詩篇，捕捉到了本土化、原生態的意象，擴大了燕園詩人的感受力和詩歌境界，從此，北大詩歌有了自己的經典甚至傳統。八〇年代中期的燕園詩歌之所以迎來它的鼎盛階段，除了歷史本身提供了大環境因素之外，或許與這種「經典」的形成有著更本質的關聯。儘管更年輕氣盛的詩人未必把海子們的詩奉為經典，但是無法低估那種潛移默化的影響作用。當海子的〈亞洲銅〉中的名句「愛懷疑和愛飛翔的是鳥，淹沒一切的是海水／你的主人卻是青草，住在自己細小的腰上，守住野花的手掌和祕密」在燕園傳誦的時候，一股清新的抒情氣息便在校園詩人的心裡氤氳。當西川的〈秋聲〉在未名湖詩歌朗誦會上博

得了雷鳴般的掌聲的時候，一種開闊曠遠的氣魄便留在每個聽眾的記憶中。西渡便稱「對海子的發現，於我是一件大事」，「我在八八年前後寫的詩是深受海子早期詩歌影響的，用詞、氣氛都刻意模仿海子」。詩歌是一項必須創新的事業，但它先是一項代代延續的事業。維繫其間的，便是一種內在的血脈和傳統。

當海子尚未轉向後期的長詩和史詩創作時，「寓言、純粹的歌詠和遙想式的傾訴」是他短詩作品三種基本的方式（清平語）。很難斷言海子從他的抒情短詩走向鴻篇巨制是不是一種損失，但無可置疑的是，他的短詩創作更直接也更深刻地影響了燕園詩人的創作。洪子誠先生稱：「海子早期的抒情短詩，寫他夢幻中飛翔的那個世界，那五月的麥地，新鮮而久遠的風，鮮花一片的草原，秋天豐收的籃子……這些浪漫主義的詩作中，少年時代的生活體驗昇華為對質樸、單純的原生生命狀態的嚮往。」（《中國當代新詩史》）在詩的想像中追尋夢幻般的質樸、單純的原生態的生命境界，構成了《北大詩選》的貫穿性母題。從駱一禾、海子到BC-1、西塞、白鳥、紫地、程力、郁文、徐永，有一條內在的線索。其中西塞的詩尤其別具一格，既有西北民歌的單純質樸，又有洛爾迦謠曲般的委婉和雋永，尤其贏得了女同學的青睞。下面這首〈走西口〉更是被人爭相傳誦：

　　我不是為了你才走的

西口外那麼荒涼
你唱一支隴味兒的情歌吧
讓口外開滿你的名字

西北的姑娘／即使成為母親
也是愛花的
你姓馬
母親便稱你馬蘭

我噙著淚水
走過風聲滿潮的西口
從此，夢中會是安穩的
我坐在一塊冰冷的石上
張望放羊的孩子
太陽血
洗紅高原上行走的父親

我走過西口
口外開滿你的名字

　　西塞有一組詩，題為《在民間的天空下》，這組詩標誌
著他與海子一樣，找到了鄉土與民間資源。這種鄉土，儘管
在有的詩人那裡來源於童年生活的經驗背景，在本質上乃是

想像化的鄉土，無法在現實中複製，但對於八〇年代這一批
具有流浪天性與浪子情結卻在現實中永遠找不到歸宿的校園
詩人來說，想像中的鄉土也構成了漂泊靈魂的莫大慰藉。來
自於江南滬上的郁文也這樣嚮往他的草原：

> 春天在一棵大樹下我獨自
> 想起草原上的舊客店
> 想起松火／想起馬奶酒
>
> 我想起那個穿裙子的姑娘
> 兩隻眼睛天空般明亮
> 我在她的水罐裡痛飲愛情
> 她的小木窗
> 一次次為我打開，又一次次關上
>
> 想起她把我的愛情
> 編進長長的黑辮子
> 盤在頭上
> 牽直每一個騎在馬上的
> 小伙子的目光

　　這些鄉土與戀情的詩意想像清新而遼遠，卻同時有一種
飄忽的夢幻感，代表著燕園詩歌的一條主導性流脈，也表徵

著燕園詩歌的一種共性品格，即體驗大於經驗，夢想性超過現實感，最終營造的是自足於校園內的純粹情感化的想像空間。衡量這些詩歌的最重要的尺度便是是否具有天賦的想像。

也許更能體現燕園詩歌傳統的主導特徵的是西川、臧棣所代表的具有學院派氣質的寫作。學院派是一個有爭議的字眼兒，我這裡只涉及它所關涉的學院背景。臧棣在《北大詩選》跋中說，「大學教育（或者說學院背景）在當代詩歌的寫作中所起的作用、所提供的動力，變得越來越重要，越來越持久。對比北大詩人在八〇年代和九〇年代的創作，便可以看出。前一階段，北大詩人基本上受當代詩潮的左右而極少能對詩歌進程產生影響；至多，也只是在寂寞中堅持自己的藝術立場。後一階段，由於駱一禾、海子、戈麥、西川、西渡等人的成就逐漸為人們所承認，北大詩人的創作開始反過來對當代的詩歌進程產生越來越大的影響，並導致當代的詩歌格局發生了某些根本性的改觀。」這種越來越大的影響，不能不說其學院背景構成著最重要的支撐。如果說在慣常的理解中，「學院派」的概念總是令人聯想起循規蹈矩、象牙之塔、扼殺創造力等等負面字眼兒，因此校園詩人們大都並不認同「學院派詩歌」的說法，那麼，《北大詩選》的問世，多少向人們展示出學院背景是怎樣塑造了北大詩人敏銳而超前的詩學意識和探索精神，並怎樣賦予校園詩人以活躍的想像力和相對深厚的文化底蘊。儘管北大詩歌想保持先鋒和前衛姿態總不免以犧牲大量讀者為代價，但在大眾世俗

文化和體制文化甚囂塵上的今天，可能比以往任何一個時代都更需要文學與藝術的先鋒性，而校園詩歌以其固有的先鋒性在現時代是對抗世俗性的最好方式，同時又是瓦解日漸體制化的大學制度的新的想像力的重要資源。《北大詩選》在世紀末得以問世的更值得關注的意義可能正在這裡。

學院背景的重要方面，是詩人們直接從西方十九、二十世紀世界級詩人那裡攝取營養。葉芝、龐德、艾略特、里爾克、奧登、布羅茨基、金斯伯格、米沃什、博爾赫斯、埃利蒂斯……一連串的名字構成了學院派寫作的資源背景，對中外經典文本的廣泛閱讀賦予校園詩歌以濃郁的書卷氣。其中最具代表性的可能是臧棣。這是一個其人其詩都獲得詩友們私下裡交口稱讚的詩人。1990年冬，另一位北大詩人蔡恆平在一首題為〈認識十四行——給臧棣〉的詩中描述過他：

行走在街道兩頭的身影飄忽的人，很少駐足等待的人

額頭亮大、長髮紛揚的人，緘默不語的人，回家的人

風雪中安詳地關上身後的兩扇小門，順著樓梯拾級而上

我們當中有誰認識他的面容？或者，誰是他願意認識的面容

　　那是誰呀：夜深人靜才開口說話，是與神明交談

　　多年過去依然不願留下讓人覺察的痕跡，像四季輪

回的天氣

　　他身穿微服，獨自一人出沒在城市暗夜的中間道路

　　這樣漫長的巡遊曾有一次驚動梧桐葉上秋天的露水

　　有一天是大地的節日：他從領地歸來

　　帶回兩束光澤雍容的麥穗

　　一束別在腰際，一束迎風致意

　　那是誰呀。這個人身材高大，與人為善

　　伸出一隻手向人間問好，祝福大家

　　這是多麼讓人難以認識。因此他是誰呢？

　　這是一個詩人對另一個詩人所可能產生的最好形式的解讀，昭示著詩人間的理解所能達到的深切的程度。詩人臧棣在北大詩人們的眼裡也確乎像蔡恆平描述的那樣，在自己詩歌的領地像一個帝王一樣進行漫長的巡遊。他收穫的作品正如「光澤雍容的麥穗」，有一種學院派的華貴氣質。這種華貴從另一方面講也的確「多麼讓人難以認識」。他的詩追求深邃的思想、孤絕的意象以及精心的句式，名聲遠播的同時也拒斥了不少讀者。

　　八〇、九〇年代之交是燕園詩壇又一個重要階段。這是

詩人們普遍走向內斂和沉潛的時代。西川、臧棣、麥芒、清平、西渡、紫地、蔡恆平都創作了他們詩歌生涯中堪稱是最成熟的作品，戈麥也迎來了輝煌而短暫的爆發期。《北大詩選》記錄了一代校園詩人從浪漫的激情到凝重的沉思的心靈歷程。

蔡恆平在這個時期著有自選集《手工藝人》和《接近美》。這兩部詩集的轉向在一批詩人中具有代表性。《手工藝人》的題目本身已經標識著詩人對自我身分的自覺體認。從這種體認中衍生出的創作心理和動機，是把詩歌看成獨一無二的無法機械複製的手工藝品。這就使詩人有可能專注於詩歌本身的自律和自足從而使創作達到相對完美的純粹境地。「純粹」在詩人蔡恆平的理解中還意味著經歷了外部世界的紛紜表象之後，向一種最簡單也最真實的狀態的回歸。一切都是難以把握的，一切都是過眼雲煙，一切都是時間的幻象，詩人最終所能企及的，可能只是身邊最簡單最單純的事物。這就是他的〈肖像十四行〉表達的意念：「雙手能抓住的東西才是事物的本質。」他曾在一張紙上開了一份清單，列下了他認為最簡單而最必須的東西：一、哥們兒；二、啤酒、香煙、足球；三、書。這份清單恰好可以作為上句詩的注腳，儘管「哥們兒」們都覺得這份清單已然奢侈。

蔡恆平這一階段最出色的詩作之一是〈漢語──獻給蔡，一個漢語手工藝人〉。這是題贈給他自己的詩，詩中把「漢語的迷宮」看成是他最後棲身之處，看成是「另一種真

實，更高的真實」：

> 數目龐大的象形文字，沒有盡頭
> 天才偶得的組裝和書寫，最後停留在書籍之河
> 最簡陋的圖書館中寄居的是最高的道
> 名詞，糧食和水的象徵；形容詞，世上的光和酒
> 動詞，這奔馳的鹿的形象，火，殉道的美學
> 而句子，句子是一勺身體的鹽，一根完備的骨骼
> 一間漢語的書房等同於一座交叉小徑的花園
> 不可思議，難言的美，一定是神恩浩蕩的禮物
> 因為它就是造化本身：愛它的人
> 必然溺死於它，自焚於它。然而僅僅熱愛
> 就讓我別無所求。——美從來是危險的
> 我生為漢人，生於世紀之末，活到如今
> 漢語的迷宮，危險的美的恩賜
> 是我最後棲身之處

　　這種對漢語迷宮的執迷，反映了詩人在經歷了喪失、棄絕與破碎之後試圖在語言世界中獲得拯救的心路。對於詩人而言，語言世界是比現實世界更容易把握的實體。在特定時代的體驗中，語言世界是比現實世界更真實的世界。這與柏拉圖的著名觀念大相徑庭。語言不再是現實的摹本，我們在語言的存在中比在現實的存在中更容易感受到生命的可靠性

和具體性。這不僅意味著詩歌世界是詩人感到更切實更易把握的實體而更在於生活在語言中就是生活在更深刻的意義中，就是生活在存在所能展示的無限豐富的可能性中。這多少說明了燕園詩人何以在九〇年代初獲得了更堅實的詩歌實績的原因。

熟悉這一階段燕園創作的人可能對蔡恆平的小說有著更深刻的印象。他的幾部發表在中文系學生刊物《啟明星》上的小說如〈上坡路與下坡路是同一條路〉、〈誰會感到不安〉都在燕園引起很大反響。蔡恆平認為寫詩和寫小說在創作心理上有極大的不同。如果說寫小說自己就是上帝，是主宰者，是在稿紙上自己創造一種生活（昆德拉是典範），那麼寫詩則是心靈同自我之外的一個冥冥中的上帝或主宰者對話，是聆聽聖樂，是領悟，是淨化。如果說真正的詩歌有唯一一種標準和尺度的話，那就是神的尺度，這也正是里爾克與瓦雷里的最終啟示。也正是在這個意義上，蔡恆平認為「美是難以接近的」，詩人只能永遠趨近於這種神性之美。這也正是他的另一本詩集取名為「接近美」的含義所在。詩人麥芒在《北大往事》中提及「這個藝術家主角最終進一步自稱為聖徒蔡」大體上正是這一段時期。洪子誠先生在為《北大詩選》作的序中也回憶說，蔡恆平在讀當代文學研究生的時候，有一個學期作的是「當代文學與宗教」的專題，對顧城詩的「宗教感」推崇備至。

之所以稱「聖徒蔡」在這個階段有代表性，是因為他的

諸多詩友都經歷了類似的體驗。臧棣以長達十九首的組詩《在埃德加‧斯諾墓前》表達了他世紀性的沉思默想，組詩以「巨大的棲息，猶如天主君臨」作為結尾。西川則一以貫之地被視為「一個領取聖餐的孩子」的形象。他的詩「常常是寧靜而安詳的。它表現類乎『天啟』的神聖暗示，探求人與自然之間的同一，傳達了現代人對於永恆精神的嚮往」（《中國當代新詩史》）。西渡在緬想但丁的過程中「重新獲得了祈禱的能力」，「心地變得像這冬天一樣聖潔」。清平的詩則獲得了讚美詩一般的澄明與純淨。戈麥則在創作《通往神明的路》的系列詩作，西渡形容他「過的是一種不食人間煙火的聖徒式的生活」。或許只有麥芒是個例外，那一段時間燕園詩人都知道他寫了一首〈蠢男子之歌〉：

> 可怕的死亡教會我放縱欲望
>
> 二十歲是短命，一百歲也是夭折
>
> 上天不會再派同樣的人
>
> 頂替我享受那分該得的恩典
>
> 既然我掙不到什麼財產
>
> 那就索性賠個精光吧
>
> 像一隻無所事事的雄蜂
>
> 交尾一次便知趣地去死

這是典型的浪子心態。但是，換另一個角度看，麥芒未

嘗不是以浪子的方式走聖徒的路，正像黑塞的小說《納爾齊斯與歌爾德蒙》寫的那樣，浪子和聖徒最終殊途同歸。

把八〇、九〇年代之交的燕園詩壇看成一個重要階段，還不僅因為詩人們創作的普遍成熟，更因為詩人們的創作態度。他們把詩歌看成一項偉大的事業，看成是一種精神，看成是一種生命的掙扎與探索，這就是從先驅者海子、駱一禾、戈麥那裡繼承下來的燕園詩歌的更內在的血脈和傳統。從此寫詩可能不再出於青春期本能的躁動，不再是吟花弄月的無病呻吟，也不再是「後一切主義」時代的名利場的角逐。它變成了一種執著，一種思索，一種嚮往。這就要談到蔡恆平的一首詩〈歌唱〉。在他的理解中，詩歌的某些本質也正是歌唱的本質；儘管無法比較詩人和歌者對世界的領悟與言說中哪一種更接近生命的本性，但至少在蔡恆平的詩中，詩人與歌者的形象有一種同一性。「歌唱者，是永久痛悔的盲詩人／他因為傷害美麗而雙目失明／他的一生只剩下一句傷逝的歌詞。」於是，歌唱成為這個盲詩人生命的最後形式。這使人想起了荷馬，想起了荷馬時代詩與歌的同一，使人彷彿看到一個遊吟詩人彈著豎琴在愛琴海岸憂鬱地歌唱，由此人們會想到自己在這個世上所具有的最好的形象也許便是歌唱的形象了。正是這個歌唱的形象賦予蔡恆平的詩集《接近美》在冥想的底色之上以一種虔誠的執著。這種虔誠的執著使他甚至他的其他詩友奉獻了恐怕他們自己都無法再重複的詩作。這些校園詩作產生於特定的年代，同時又以

其特定的心理內容成為這一年代的忠實見證。

　　詩人麥芒在《北大往事》中談到從他所在的北大中文系八三級開始,「往下,中文系似乎每隔一級都會有四五個寫詩的同仁在《啟明星》上群體露面,這好像也成了一個不成文的傳統。」這一說法是中文系歷屆學子公認的。「每隔一級」指的是八三、八五、八七級。八四級最有名的蔡恆平也是因病休學一年才從八三級屈尊到八四級來的。不過八六級仍有雷格、橡子、蒙夫、谷行、余世存等幾個出色的詩人,只是在前輩們群體閃亮登場的氣勢之下被掩蓋了些許光芒而已。八八級在九〇年代初也脫穎而出了幾個較有潛質的詩人,但畢竟給人一種輝煌時代的餘緒之感。此後中文系連同整個燕園的詩歌傳統岌岌可危,直到九五年前後中文系另一個奇數年級——九一級的幾位詩人的奇跡般的出現。

　　王雨之、胡續冬、冷霜等詩人闖入北大詩壇在九〇年代中期的背景下有一種橫空出世的效果。如此描述並非故意誇大其詞,只是想表達一種驚喜。燕園詩歌的某些傳統看似斷裂,實際上卻有無法割斷的血脈潛在地傳承著。這並不是說胡續冬、王雨之們在重複著前輩們的寫法,實際上他們對既往的時代以及自己所身處的時代均有著足夠清醒的判斷。胡續冬有首詩這樣開頭:

　　　　必須重新開始一場雪,就像
　　　　詞語失去光輝

乾裂的樹幹渴望點燈：一場雪
代表一頭抵著天使的腳趾
並向懸崖奔跑的／羔羊

　　如果脫離開此詩的具體語境，我們不妨把這幾句詩看成
又一代詩人的自白。詩人們渴望重新點亮一盞詩性之燈，然
而這個時代卻首先要求他們在天使與懸崖並存的境遇中找好
自己的平衡。在某種意義上來說，對於詩歌事業而言這是一
個更困難的時代。如何延續北大詩歌的內在傳統，同時又直
面新的歷史情境，開拓新的詩性想像，是這一批燕園詩人在
世紀末所面對的挑戰。

後記　詩心接千載

　　出於對廢名的偏愛，也喜歡上了廢名喜愛的一些中國古典詩句。

　　在寫於上世紀三〇年代的〈隨筆〉中，廢名稱：「中國詩詞，我喜愛甚多，不可遍舉。」在有限的數百字的篇幅中，他著重列舉的有王維和李商隱的詩句：「我最愛王維的『春草明年綠，王孫歸不歸』。因為這兩句詩，我常愛故鄉，或者因為愛故鄉乃愛好這春草詩句亦未可知。」還有李商隱〈重過聖女祠〉中的兩句：「一春夢雨常飄瓦，盡日靈風不滿旗。」稱這兩句詩「可以說是前不見古人，後不見來者，中國絕無而僅有的一個詩品」。廢名對自己的這一略顯誇大其詞的判斷給出的解釋是：

　　　　此詩題為「重過聖女祠」，詩系律詩，句系寫景，雖然不是當時眼前的描寫，稍涉幻想，而律詩能寫如此朦朧生動的景物，是整個作者的表現，可謂修辭立其誠。因為「一春夢雨常飄瓦」，我常憧憬南邊細雨天的

孤廟，難得作者寫著「夢雨」，更難得從瓦上寫著夢雨，把一個聖女祠寫得同《水滸》上的風雪山神廟似的令人起神祕之感。「盡日靈風不滿旗」，大約是描寫和風天氣樹在廟上的旗，風掛也掛不滿，這所寫的正是一個平凡的景致，因此乃很是超脫。

廢名因為「一春夢雨常飄瓦」而「常憧憬南邊細雨天的孤廟」，我則因為廢名的解讀而愈發感受到晚唐溫李的朦朧神祕。

除了晚唐，廢名還喜歡六朝。日本大沼枕山有詩云：「一種風流吾最愛，南朝人物晚唐詩。」用到廢名身上其實更合適。廢名喜歡庾信的「霜隨柳白，月逐墳圓」，稱「中國難得有第二人這麼寫」，並稱杜甫的詩「獨留青塚向黃昏」大約也是從庾信這裡學來的，卻沒有庾信寫的自然。在寫於抗戰期間的長篇小說《莫須有先生坐飛機以後》中，廢名曾不惜篇幅闡釋庾信〈小園賦〉中的一句「龜言此地之寒，鶴訝今年之雪」，稱那隻會說話的「龜」「在地面，在水底，沉潛得很，牠該如何地懂得此地，牠不說話則已，牠一說話我們便應該傾聽了」，我對廢名在《莫須有先生坐飛機以後》中記錄的作者歷經戰亂年代的不說則已的「垂泣之言」的「傾聽」，也正因為廢名對〈小園賦〉中的這句詩的鄭重其事的解讀。

還有廢名的「破天荒」的作品——長篇小說《橋》。

　　《橋》雖然是小說，卻充斥著談詩的「詩話」。《橋》中不斷地表現出廢名對古典詩句的充滿個人情趣的領悟。如《橋》一章中：「李義山詠牡丹詩有兩句我很喜歡，『我是夢中傳彩筆，欲書花葉寄朝雲。』你想，紅花綠葉，其實在夜裡都布置好了，——朝雲一剎那見。」小說裡的女主人公稱許說「也只有牡丹恰稱這個意，可以大筆一寫」。在〈梨花白〉一章中，廢名這樣品評「黃鶯弄不足，含入未央宮」這句詩：「一座大建築，寫這麼一個花瓣，很稱他的意。」這同樣是頗具個人化特徵的詮釋。廢名當年的友人鶴西甚至稱「黃鶯弄不足」中的一個「弄」字可以概括整部《橋》，正因為「弄」字表現了廢名對語言文字表現力的個人化的玩味與打磨。鶴西還稱《橋》是一種「創格」，恐怕也包括了對古詩的個人化的闡釋。

　　「黃鶯弄不足，含入未央宮」經廢名這樣一解，使我聯想到美國詩人史蒂文斯的名句「我在田納西州放了一個罈子」以及中國當代詩人梁小斌的詩句「中國，我的鑰匙丟了」，並在課堂上把這幾句詩當成詩歌中「反諷」的例子講給學生，同時想解說的是，廢名對古典詩歌的此類別出機杼和目光獨具的解讀，其實構成的是在現代漢語開始占主導地位的歷史環境中思考怎樣吸納傳統詩學的具體途徑。廢名對古典詩歌的諸般讀解也是把古典意境重新納入現代語境使之獲得新的生命。在某種意義上廢名進行的是重新闡釋詩歌傳統的工作，古典詩歌不僅是影響中國現代文學的一種迢遙的

背景，同時在廢名的創造性的引用和闡釋中得以在現代文學的語境中重新生成，進而化為現代人的藝術感悟的有機的一部分。正是廢名在使傳統詩歌中的意味、意緒在現代語境中得以再生。在這個意義上說，廢名是一個重新激活了傳統「詩心」的現代作家。

我作為一個中國現代文學的研究者和從事文學教育的教師，對中國傳統詩歌中的佳句、美感乃至潛藏的「詩心」的領悟，也深深地受惠於現代作家的眼光。

當年在高中課堂上學朱自清的〈荷塘月色〉，文中引用的「採蓮南塘秋，蓮花過人頭。低頭弄蓮子，蓮子清如水」最早喚起我這個漠北之人對於杏花春雨「可採蓮」的江南的想像和神往。

而學魯迅的〈紀念劉和珍君〉，最後背下來的卻是魯迅引用的陶淵明〈挽歌〉中的那句「親戚或餘悲，他人亦已歌。死去何所道，托體同山阿」，一時思索的都是這個「何所道」的「死」。

上大學後讀郁達夫，則喜歡他酷愛的黃仲則的詩句「如此星辰非昨夜，為誰風露立中宵」，腦海中一段時間裡也一直浮起那個不知為誰而風露中宵煢煢孑立的形象。

後來讀馮至的散文，讀到馮至說他喜歡納蘭性德的「誰念西風獨自涼，蕭蕭黃葉閉疏窗。沉思往事立殘陽。被酒莫驚春睡重，賭書消得潑茶香。當時只道是尋常」，才逐漸體會到另一種歷經天涼好個秋的境界之後依舊情有所鍾的中年

情懷。

　　讀林庚，喜歡他闡釋的「無邊落木蕭蕭下」（杜甫）和「落木千山天遠大」（黃庭堅），從中學習領會一種落木清秋特有的疏朗闊大的氣息。沈啟無說當年林庚「有一時期非常喜愛李賀的兩句詩，『東家蝴蝶西家飛，白騎少年今日歸』。故我曾戲呼之『白騎少年』，殆謂其朝氣十足也」。於是留在我腦海裡的林庚先生就始終是一個白騎少年的形象，這一「白騎少年」也加深了我對林庚先生所命名的「盛唐氣象」和「青春李白」的理解。

　　至於沈啟無本人則喜歡賀鑄的詞「凌波不過橫塘路，但目送芳塵去，錦瑟華年誰與度？月橋花院，瑣窗朱戶，唯有春知處」，稱「這個春知處的句子真寫得好，此幽獨美人乃不覺在想望中也」。這個「幽獨美人」由此與辛棄疾的「燈火闌珊處」的另一美人一道，一度也使我「不覺在想望中也」。

　　讀卞之琳，喜歡他對蘇曼殊〈本事詩之九〉的徵引：「春雨樓頭尺八簫，何時歸看浙江潮。芒鞋破缽無人識，踏過櫻花第幾橋。」卞之琳的〈尺八〉詩和他華美的散文〈尺八夜〉都由對這首「春雨樓頭尺八簫」的童年記憶觸發。我後來也在卞之琳當年夜聽尺八的日本京都聽聞尺八的吹奏，再次被蘇曼殊這一「性靈之作」（林庚先生語）深深打動。

　　與卞之琳同為「漢園三詩人」組合的何其芳則頗起哀思於「胡馬依北風，越鳥巢南枝」的比興，從中生發出的是自

己生命中難以追尋的家園感。一代「遼遠的國土的懷念者」的孤獨心跡正由這句古詩十九首反襯了出來。

讀端木蕻良寫於上世紀四〇年代的短篇小說〈初吻〉，則困惑於小說的題記「鳥何萃兮蘋中，罾何為兮木上」，覺得這稱得上是屈原的「朦朧詩」，不若林庚所激賞的以及戴望舒曾在詩中化用過的那句「嫋嫋兮秋風，洞庭波兮木葉下」那般純美。

同是《詩經》，張愛玲最喜歡的是「死生契闊，與子成說。執子之手，與子偕老」，稱「它是一首悲哀的詩，然而它的人生態度又是何等肯定」。而周作人則偏愛「風雨如晦，雞鳴不已」。大約雞鳴風雨中也透露著知堂對一個山雨欲來風滿樓的時代的深刻預感。

……

這些詩句當然無法囊括古典詩歌中的全部佳句，甚至也可能並不真正是古詩中最好的句子，尤其像廢名這樣的作家，對古典詩歌的體悟，恐怕更帶有個人性。但現代作家們正是憑藉這些令他們低回不已的詩句而思接千載。古代詩人的遙遠的燭光，依然在點亮現代詩人們的詩心。而這些現代作家與古典詩心的深刻共鳴，也影響了我對中國幾千年詩學傳統的領悟。

與讀小說不同，讀詩在我看來更是對「文學性」的體味、對一種精神的懷想以及對一顆詩心的感悟過程。中國的上百年的新詩恐怕沒有達到二十世紀西方大詩人如瓦雷里、

龐德那樣的成就，也匱缺里爾克、艾略特那種深刻的思想，但是中國詩歌中的心靈和情感力量卻始終慰藉著整個二十世紀，也將會慰藉未來的中國讀者。在充滿艱辛和苦難的二十世紀，如果沒有這些詩歌，將會加重人們心靈的貧瘠與乾涸。沒有什麼光亮能勝過詩歌帶來的光耀，沒有什麼溫暖能超過詩心給人的溫暖，任何一種語言之美都集中表現在詩歌的語言之中。儘管一個世紀以來，中國詩歌也飽受「難懂」、「費解」的非議，但正像王家新先生的一首詩中所寫的那樣：

> 令人費解的詩總比易讀的詩強，
> 比如說杜甫晚年的詩，比如策蘭的一些詩，
> 它們的「令人費解」正是它們的思想深度所在，
> 藝術難度所在；
> 它們是詩中的詩，石頭中的石頭；
> 它們是水中的火焰，
> 但也是火焰中不化的冰；
> 這樣的詩就需要慢慢讀，反覆讀，
> （最好是在洗衣機的嗡嗡聲中讀）
> 因為在這樣的詩中，甚至在它的某一行中，
> 你會走過你的一生。

我所熱愛的正是這種「詩中的詩，石頭中的石頭」。而

其中「水中的火焰」以及「火焰中不化的冰」的表述則是我近年來讀到的最有想像力的論詩佳句，道出了那些真正經得起細讀和深思的詩歌文本的妙處。王家新所喜歡的杜甫「萬里悲秋常作客」的詩句，也正是這種「詩中的詩」。在詩聖這樣的佳構中，蘊藏著中國作為一個詩之國度的千載詩心，正像在馮至、林庚、戴望舒等詩人那裡保有著中國人自己的二十世紀的詩心一樣。

國家圖書館出版品預行編目(CIP)資料

三〇年代的中國現代派詩人 / 吳曉東著. -- 初版.
-- 臺北市：人間, 2020.05
295 面；14.8×21 公分. -- （中國近.現代文學
叢刊；18）
ISBN 978-986-98721-0-2（平裝）

1. 新詩　　2. 詩評

820.9108　　　　　　　　　　　　109001772

中國近・現代文學叢刊 18

三〇年代的中國現代派詩人

作　　者　　吳曉東
發 行 人　　呂正惠
社　　長　　陳麗娜
總 編 輯　　林一明
封面設計　　仲雅筠
出　　版　　人間出版社
　　　　　　台北市長泰街 59 巷 7 號
　　　　　　（02）2337-0566
郵政劃撥　　11746473・人間出版社
電　　郵　　renjianpublic@gmail.com
排版印刷　　龍虎電腦排版股份有限公司
總 經 銷　　聯合發行股份有限公司
　　　　　　新北市新店區寶橋路 235 巷 6 弄 6 號 2 樓
　　　　　　（02）2917-8022
初版一刷　　2020 年 5 月
I S B N　　978-986-98721-0-2
定　　價　　320 元